조선의 얼굴

조선의 얼굴

영남좌도 인물 문중 풍습으로
보는 우리 역사

이도국 지음

學而思 학이사

종가, 조선의 얼굴

이 책은 조선시대 영남지방의 인물, 문중, 역사, 풍습에 관한 이야기다. 대부분의 이야기는 나 자신을 위한 글이다. 훗날 내가 다시 읽어 볼 때 가슴 깊은 곳에서 눈물덩어리가 일어나야 된다고 매번 아끼고 다듬었다. 가장 많이 참조한 것은 왕조실록과 여러 문집이다. 실록은 너무 방대하여 검색어로 주로 활용했고, 조상이 지은 문집은 서문과 발문을 꼭 읽어보고 탐나는 글귀는 기록해 두었다가 글 어딘가에 인용했다.

역사는 거창하거나 대단한 것이 아니다. 우리들의 이야기이다. 과거는 먼저 온 오늘이요 조상은 앞서 산 우리들이다. 옛사람들은 자신의 정체성을 조상으로부터 찾으려고 했다. 조상이 전해주는 기맥(氣脈)은 내 몸 안에 여전히 살아있다고 했고 이 몸은 선조의 몸이라 했다. 우리 역사는 그저 대들보와 서까래로 엉성하게 엮어놓은 것이 아니라 씨줄과 날줄로 단단하고 곱게 짜여 있다. 왕조사가 씨줄이고 씨족사가 날줄이다. 책에서는 역사의 한 축인 씨족이 주된 소재가 됐고 씨족의 중심인 종가를 조선의 얼굴이라고 썼다.

필자는 정통 사학자가 아니다. 역사애호가 혹은 역사연구가로 인생 2막에 몰입할 뿐이다. 인생 1막은 KB에서 은행원으로 일했다. 은행원은 따져보기를 좋아한다. 이 자금이 왜 필요할까, 이 자금이 지원되면 회사는 살아날 수 있을까 등 늘 이유와 적합성을 따졌다. 그 연장선에서 인생 2막에 역사를 들여다보면서 자꾸 '왜'를 강조하게 됐다. 조금이라도 이상하다고 여겨지면 실록을 찾아보고 원문의 앞뒤를 차근차근 살펴보았다.

　당시 젊고 똑똑한 사관들은 어떤 마음으로 이렇게 썼을까? 백성 평안이 머릿속을 떠나지 아니했던 국왕의 말씀을 적으면서 어려운 한자가 아닌 우리글로 사초를 썼다면 어떻게 썼을까? 언문불일치로 사실 이탈은 어디까지일까? 한글로 옮기면서 오류는 없었는지, 고전 문헌에는 어떻게 나타나 있고 얼마만큼 자주 언급돼 있는지를 세심하게 들여다보았다. 옛 문헌에는 늘 언문불일치의 답답함과 외국어 아닌 외국어, 한문의 한계라는 아쉬움이 있다. 그럼에도 불구하고 바탕 색깔이 없는 역사애호가의 눈으로 우리 역사를 들여다보니 역사의 미세사(微細史)가 미풍에 흔들리고 더 아름답게 보였다. 미세사는 조상의 글이다.

　영남은 고개 너머 남쪽 땅으로 서울에서 보면 조령이나 죽령을 넘어야만 닿을 수 있는 먼 변방이었다. 경주와 상주 고을의 이름에서 따온 경상도가 조선 후기 중국의 영향으로, 중국을 따라 한다고 지형적 특성에 방위를 붙여 영남(嶺南)이라 불렀다. 호남, 호서, 영동, 영서도 마찬가지다. 당시 주거환경이 열악하여 춥고 겨울이 긴 한강 이북 사람들에게 따뜻한 남쪽은 항상 그리움의 대상이었고, 산 너머 남촌은 아련한 그 무엇이었다. 조선사를 연구한 하버드대학교 에드워드 와그너(1924~2001) 교수는 우리나라 반촌지역을 '초승달 모양의 양반지대'라 표현했다.

반도 동남쪽에서 서북쪽으로 이어진 비옥한 충적평야에 형성된 동성부락지대가 초승달 형상과 같다고 했고, 그 시작점이 영남이었다. 세계사에서 초승달 지대(Fertile Crescent)는 고대 문명의 발상지였다. 왕조시대에는 고을 수령을 '목민관(牧民官)'이라 했다. 가축 돌보는 것이 목축이요 백성 보살피는 것이 목민이니, 어진 목민관의 행적을 찾기 위해 실록을 비롯해 고전의 바다를 헤엄쳤다. 한국고전 DB로 구축되고 있는 고전의 바다는 갈수록 그 깊이를 더해 읽을거리가 많다.

예로부터 군자는 천하의 영재를 얻어 가르치는 것을 큰 즐거움으로 여겼다. 뛰어난 제자를 복숭아와 자두에 은유하여 온 누리에 가득하다고 도리만천하(桃李滿天下)라 했다. 스승 찾아 천 리 길은 당연시했고 큰선비 문하에 들어가는 것을 영광으로 여겼다. 과거에 합격하는 것을 급제(及第)라 하듯 큰 스승 문하에 이르는 것을 급문(及門)이라 했다. 큰 스승 제자명부가 급문록이다. 영남 대학자 급문록을 들여다보다가 나의 한문 해독력이 모자람을 부끄러워했다.

필자에게 역사 지침서는 런던대학교 마르티나 도이힐러(1935~) 교수가 지은 우리 역사서 『조상의 눈 아래에서(Under the Ancestors' Eyes)』이다. 학창시절 교과서보다 더 많이 읽었다. 수없이 밑줄을 치고 포스트 잇을 붙였으며 너덜거리는 표지는 다시 한지로 단단히 덧씌웠다. 누가 뭐라고 하지 않지만 스스로 그분의 한국 제자로 생각하며 그분이 쓴 우리 역사서로 꾸준히 공부하고 있다. 최근에 발간된 『추억의 기록, 50년 전 내가 만난 한국』 종이판은 구경도 하기 전에 절판됐다.

이 책은 우리나라가 씨족사회임을 역설하면서 씨족의 사회적 인식을 극히 서구적인 방법으로 고찰한 학술서적이다. 책의 쪽수가 1,000쪽에 달하는데 참고 논문과 주 해석이 200쪽이 넘는다. 우리나라 역사에 대한 서술이므로 모호함이 없이 분명하게 이해하려고 사전을 찾아 메모하고 괄호를 넣고 일부를 생략하고 각주를 들여다보며 숙독했다. 하지만 풍부한 지식, 뛰어난 표현, 방대한 자료 인용에 기가 질리기도 했다. 각주를 살펴보면서 수시로 책 앞뒤로 오고 가기가 불편해 각주 편만 복사해 별도로 제본하기도 했다.

이 책을 처음 접하고 5년이 지난 지금도 책상 위 필자의 손에서 가장 가까운 곳에 놓여 있다. 정통으로 사학을 공부하지 아니한 필자가 어떤 역사적 사실에 대한 인식에 의문이 올 때 이 책에는 어떻게 서술되어 있는지, 가장 먼저 살펴본다. 역사적 시선의 길잡이인 셈이다. 도학자와 유학자의 차이, 귀천을 당연시한 학문적 심적 근거, 천산(賤産) 자식에 대한 양반 아버지의 갈등, 붕당에 대한 새로운 접근, 경연과 서연이 국왕 자질에 미친 영향, 동서양 역사관에 대한 초보적 접근과 비교, 지나친 애국 사관이 주는 문제점, 그 답을 찾기 위해 이 책을 무수히 넘겼고 하얗게 밤을 새웠다.

우리나라 역사 연구에 일생을 바쳐 묵직한 담론과 새로운 시각을 던져주어 필자처럼 평범한 역사애호가조차 한없이 부끄럽게, 한없이 경탄하게 만들어 큰 선물을 보내 주신 노학자에게 이 자리를 빌려서 감사의 뜻을 올린다. 2015년에 미국에서 영문으로 출판된 것이 2018년에 국역됐다. 김우영, 문옥표 두 역자의 국사학에 대한 박학한 지식과 탁월한 용어 선택에도 그저 놀랄 뿐이다.

도이힐러 교수의 저변에 깔려있는 것은 우리나라 씨족에 대한 사랑이다. 사랑하는 마음으로 넓고 깊게 섭렵했고 각고의 노력으로 역작을 만들어냈다. 동서고금을 막론하고 씨족 분쟁으로 일어난 전쟁은 무수히 많았지만 우리나라는 오천 년 역사에서 한 번도 씨족 분쟁이 일어나지 않았다. 부침과 성쇠를 거듭하였지만 왕조를 뛰어넘어 연년세세로 내려왔다. 향리는 수백 년 역사의 동성마을로 이루어져 있었고 거기에는 조상을 받들고 학문과 족외혼으로 세교를 넓히며 오순도순 살아왔다. 그래서 도이힐러 교수는 인류사에서 가장 인간다운 전근대기 모습이 우리 씨족이라고 느꼈을 것이다. 우리가 모르는 우리 씨족의 아름다움을 도이힐러 교수는 발견해 사랑했다.

늘 곁에서 응원해 준 아내 김성복 님께 사랑을 띄우며, 가슴 따뜻한 사람들과 함께하기 좋은 책을 만들어 주신 학이사에도 고마움을 전한다.

2024. 4.
이도국

9

제3부 조상, 그 위대한 사람들

제4부 선비사회의 사랑과 미움

제5부 남아있는 자를 위하여

1부
역사의 향기

선비의 향기, 문집과 목판

옛 선비들은 글을 사랑했다. 글 짓는 일이 일생의 업이었고 글을 곧 도(道)라 여겼다. 고려시대 최자가 쓴 『보한집』 서문에 '글이란 도를 밟아가는 문으로 떳떳한 이치에 맞지 않으면 건너지 않는다' 고 했고, 최치원의 『고운문집』에는 글을 '도의 개화' 라 했다.

글을 아끼고 사랑한 선비가 세상을 떠나면 후손들은 그의 글을 모아 문집을 만들었다. 문집은 선비의 일생이었고 집안의 가보였다. 문집이 없는 선비는 진정한 문사로 대접받지 못했으니 선비의 평생 염원은 문집 발간이었다.

선비의 향기 문집

우리나라에는 고려 전기 이전 문집은 거의 전해오지 않는다. 조선 성종 때 서거정이 중심이 되어 만든 『동문선』에 김인문과 설총 등 신라시대 인물들의 시문 몇 편이 수록돼 있고, 문집으로는 최치원의 『계원필경』이 유일하다. 강감찬과 김부식의 문집이 있었다고 하나 절멸됐고 대각국사 의천의 시가 절집으로 전해오던 것을 일제강점기 시절에 해인사에서 문집으로 간행했다.

우리나라 인쇄술은 12세기 『초조대장경』을 만들면서부터 발달하게 되는데 그 결과 고려 무신정권 이후에 만든 문집이 전해온다. 이규보의 『동국이상국집』을 시작으로 이제현의 『익재난고』, 이색의 『목은집』, 정몽주의 『포은집』, 정도전의 『삼봉집』 등 여말 신진사류들의 아호를 딴 문집이 조선 초에 많이 발간됐고 그 흐름이 새 왕조로 이어져 조선은 문집의 나라가 된다.

문집 발간은 옛날부터 어려운 일이었다. 고려 원종 때 이인로의 『파한집』을 발간하면서 아들 이세황은 발문에 이렇게 썼다.

> "선친의 유고를 글자 한 자라도 잃어버릴까 봐 깨어있을 때나 잠잘 때나 항시 간직한 세월이 50년이었다. 나의 힘이 부족하여 이루지 못한 것을 안렴사(관찰사) 도움으로 목판에 새기니 찬란한 빛이 선친의 유택(幽宅)을 밝히게 됐다."

가장 큰 어려움은 비용이다. 조선 전기에는 관아의 도움을 받아 많이 발간했고 후기에는 문집 발간을 유림의 공의로 결정하고 비용을 공동 부담했다. 아울러 문집 발간이 서원의 주요사업으로 추진되면서 간행이 활발해졌다. 비록 한사(寒士)로 살았을지언정 조상의 글을 문집으로 만들어 향당에 올리는 일은 가문의 더없는 영광이었고 문집 발간 인물 수가 가문 위세의 척도였다.

인류문화유산 목판

금속활자나 목활자는 조정 교서관에서 교재를 만들거나 실록을 간행하는 데 사용했고 민간에서는 주로 목판을 새겨 찍었다. 불교 경전을 인쇄하기 위해 만든 목판이 대장경판이다. 해인사 장경각에 보관된 경판이 81,258개이므로 팔만대장경이고 경판 두께가 3cm 내외이므로 경판을 한 줄로 쌓아 올리면 백두산 높이와 비슷하다. 1995년에 유네스코 세계문화유산, 2007년에 세계기록유산이 됐다.

문집은 드물게 목활자로 만든 것이 있으나 대부분 목판을 새겨 만들었다. 추로지향의 고을 경상도에는 유난히 문집 발간이 활발했다. 최근 경상도 305개 문중과 서원에서 소장하고 있었던 문집 책판을 안동 한국국학진흥원에 기탁했는데 그 수량이 6만 4천여 개이다. 제작 시기와 지역은 다르지만 유교책판으로 집단지성의 표상이기에 2015년 유네스코 세계기록유산으로 등재됐다.

판각 나무는 주로 산벚, 돌배, 고로쇠, 박달나무였고 뒤틀림을 방지하고자 바닷물이나 진흙 속에 수개월 담그고 쪘다. 목판에 글을 새기는 사람을 각수(刻手)라 하는데 각수의 우두머리를 도각수(都刻手)라 했다. 각수는 평생 판각만 하는 장인이었고 평민보다 스님이 많았다.

고려시대부터 기법이 전승돼 왔으며 숙련된 각수는 3일에 목판 한 장을 새겼고 목판에 새기려면 먼저 정성스레 필사를 해야 하는데 글을 잘 쓰는 필사가는 하루에 3장을 썼다고 했다. 먹물은 소나무를 태워 생긴 그을음으로 만든 송연묵(松煙墨)을 사용했다. 한 권의 문집을 만드는 데 평균 150여 장의 목판을 판각했으며 수개월에서 2년 반이 걸렸다는 기록이 있다.

각수승刻手僧

실학자 이수광은 그의 문집 『지봉집』에 "가야산의 늙은 각수승 묘순은 재주가 뛰어나지만 성품은 순박하다네. 글씨 새기는 것이 이번 생의 업이고 스님 노릇은 허깨비로다."라고 친하게 지내던 용봉사 승려 묘순을 스님이 아니라 각수라고 놀렸듯이 각수승이 많았다.

경상도 유학자 정시한은 그의 『산중일기』에 "울산 운흥사 스님 연회는 홀로 불경 수천 판을 11년 동안 하루같이 새겼는데, 새벽부터 저녁까지 한결같아 보는 사람은 힘들어도 본인은 팔짱을 끼고 있는 것처럼 편하다고 했다."고 남겼다. 이렇듯 각수승에게 판각은 곧 수행인 듯하다. 인조 때 전라감사 원두표는 각수승 100여 명을 불러 모아 『주자전서』를 찍었다는 기록이 있다.

솜씨 좋은 각수는 절집에 많았고 나무 재료를 구하기 쉬웠으므로 문집 발간은 사찰에서 많이 이루어졌다. 『퇴계문집』 중간본은 안동 봉정사에서, 『서애문집』 초간본은 해인사에서, 노론의 『박세당 문집』은 성주 쌍계사에서 간행했다. 『박세채 문집』 목판이 해인사에 보관되어 있으니 간행을 해인사에서 한 듯하다.

최근 전국 114개 사찰에서 보관하고 있는 목판을 전수 조사했는데 불교 경판이 1만 9천여 점, 문집 목판이 7천5백여 점 나왔다. 이처럼 문집의 판각과 인쇄는 사찰에서 많이 이루어졌고 판각한 목판을 사찰 장판고에 그대로 보관했다. 17세기 이후 문중 족보도 대부분 사찰에서 간행했다.

큰 사찰에는 반석과 구유가 많이 남아있는데 반석은 그 위에서 닥나무 껍질을 찧었고 구유는 삶은 닥나무 껍질로 닥풀을 만들어 한지를 뜨는 데 사용했다. 통도사의 조정 공물은 한지였고 한지 만드는 노역이 힘들어 젊은 스님들이 몰래 도망갔다는 기록이 있다.

팔도 감영의 목판 판각

조선시대에는 조정의 요청으로 팔도 감영에서 목판 판각과 서적을 많이 발간했는데 그중 경상감영이 가장 활발했다. 영·정조 이후 경상감영에서 발간한 서적은 총 200여 종에 달한 것으로 알려져 있다. 1791년 정조 때 고려 말 대학자 정도전의 『삼봉집』을 재간행하면서 경상감영에서 판각을 다시 새겼고, 『동의보감』은 경상감영과 전라감영에서 주로 간행해 경상감영본을 영영본, 전라감영본을 완영본이라 했다. 우리나라 선비 문집으로 가장 방대한 송시열의 『송자대전』도 정조 때 평양 감영에서 목판을 새기고 발간했다. 『주자전서』는 전라감영에서 발간했다.

정조 때 실학자 검서관 이덕무는 그의 저서 『청장관전서』에 "서적 한 판의 인각은 백 대의 이익이며 만인의 이익이 되니 이는 천하의 지극한 보배"라 하면서, "한 번 인쇄한 뒤 습기에 찬 목판을 그대로 햇볕에 놓아두면 뒤틀려 벌어지고 주름이 지니 판각 공력이 아깝게 된다."고 했다. 또 경상감영에는 책판이 얼마나 많았는지 "감영에 책판을 흙탕 뜰에 벌려 놓아 진흙 발에 밟히게까지 되니 일대의 액(厄)"이라고 하면서, "해인사의 불경 대장경판은 시렁에 질서 정연하게 꽂아 놓아 본받을 만하다."고 했다.

책의 나라 조선

『조선왕조실록』 중 가장 부실한 실록은 『선조실록』이다. 임진란으로 25년간 사관(史官)이 쓴 사초가 불탔기 때문이다. 그러나 사관이 아니더라도 누가 시키지도 않았는데 우리 조상은 전란 중에도 수많은 기록을 남겼다.

장수(이순신)는 『난중일기』, 정승(류성룡)은 『징비록』, 의병장(이로)은 『용사일기』, 선비(정경운)는 『고대일록』, 관리(김용)는 『호종일기』, 유생은 『임진창의록』을 써 전란 참상을 후세에 전했다. 그 가운데 『난중일기』와 『징비록』은 국보가 됐고 『호종일기』는 보물이 됐다. 사신을 가면 사행일기를 썼고 산수 유람하면 유산기를 남겼다.

1866년 병인양요 때 강화도를 침략한 프랑스 함대의 병사였던 앙리 쥐베르가 당시 조선의 모습을 기록한 책이 최근에 소개되었는데 그 속에는 이런 내용이 있다.

"극동의 가난한 나라에서 우리가 경탄하지 않을 수 없고 동시에 우리의 자존심을 상하게 하는 한 가지 사실은 아무리 가난한 집이라도 집안에 책이 있다는 점이다."

조선은 책의 나라였다. 옛날 책은 식물성 한지로 만들어져 벌레 먹기 쉬웠다. 그래서 처서 절기가 되면 여름 장마철에 눅눅해진 책을 햇볕에 말리는 '포쇄'라는 풍습이 있었다. 볕이 좋은 날에 아낙네는 옷과 이불을 말리고 농부는 곡식을 말리고 선비는 책을 말린다는 말까지 생겼다.

문집 수난사

연산군은 무오사화 때 점필재 김종직을 부관참시하면서 문집을 전부 수거하여 불태웠고 문집 편찬자와 간행자를 귀양 보냈다. 『점필재집』은 중종 때 다시 발간되었는데 사림의 종장인 그의 글이 많이 없어져 시문만 전해온다.

갈암 이현일은 영남산림(山林, 사림의 우두머리)으로 숙종 때 이조판서를 지냈는데 노론과 치열하게 싸웠다. 그의 문집이 사후 100년이 지나 순조 때 발간되자 아직 신원(伸寃)되지 않아 죄인이 쓴 글이라고 어렵게 만든 문집과 목판을 노론 조정에서 불태워버렸다. 『갈암집』은 왕조가 망하기 직전 1909년에 해배되어 비로소 간행됐다.

백호 윤휴는 주희 성리학과 다른 입장을 취해 이단으로 지목받은 인물이다. 19세 때 10년 연장의 송시열과 속리산 복천사에서 3일 토론 끝에, 송시열이 '30년간 나의 독서가 참으로 가소롭다'고 자탄하게 만들었지만 훗날 사문난적(斯文亂賊)으로 규탄받아 그의 유고가 불태워질 위험에 처해지자 후손은 유고를 청도 운문산에 비밀리 숨겨두었다. 백호 사후 250년이 지난 1927년 일제강점기 시절에 영남 유림의 도움으로 진주에서 문집 『백호집』이 발간됐다.

『송자대전宋子大全』

문집 이름에 대전을 붙인 것은 송시열의 문집, 『송자대전』이 유일하다. 정조대왕의 문집도 『홍재전서』이다. 원래 송시열의 문집은 사후 30년에 간행된 『우암집』이 있었는데 노론이 장기집권하면서 그의 제자들이 세를 과시하기 위해 문집을 새로 만들면서 서문을 정조에게서 받았다. 그렇게 조선의 주자라 하면서 성인반열에 올려 『주자대전』처럼 문집 이름을 『송자대전』이라 했다.

문집의 크기도 우리 역사상 가장 방대한 215권 102책으로 나랏돈으로 만들었다. 『퇴계문집』은 51권 31책으로 도산서원에서 발간했다. 『송자대전』은 크기에 치중하고 내용을 엄선하지 않아 선비의 덕목인 겸양과 절제를 잃어버려 후세인에게 좋은 평가를 받지 못했다. 다양한 의견에 사문난적의 굴레를 씌우고 모화사상에 매몰돼 주희를 지나치게 존숭한 것은 우리 역사의 슬픈 모습이다.

시詩, 문집의 꽃

문집의 꽃은 시다. 모든 문집은 시로 시작한다. 글을 사랑한 우리 조상은 어디를 가든, 누구를 만나든 자연과 사람과의 교감을 시로 남겼다. 같은 한시라도 중국 시는 어딘가 중국 냄새가 나고 조상이 지은 한시는 우리 정서가 담겨있다. 세종대왕이 한글을 창제하고 동국시언해를 만들지 왜 『두시언해』를 만들었는지 아쉽다.

안타까운 점은 우리 조상의 주옥같은 글이 대부분 한자로 쓰여져 국역을 하지 않고는 그 뜻을 알 수 없다는 것이다. 한글은 시조나 가사처럼 놀이문화와 여흥을 즐기는 데 사용됐고 수량도 많지 않다. 시를 짓거나 기록을 남기거나 지식을 담는 공적인 글은 한자였다. 한국고전번역원에서 고전번역 DB를 구축하기 위해 한자로 쓰인 우리 고전을 국역하고 있는데 현재까지 20% 정도 진행된 것으로 추정되고 전부 다 국역하려면 앞으로 30년은 더 걸린다고 한다. 그만큼 우리 조상들은 글을 사랑했다.

고려시대 최고 문장가로 평가받는 이규보의 오언절구, 「샘 속의 달(詠井中月, 영정중월)」이다. 최근 고교 국어영역 예문으로 나오는데 우리 조상의 글은 이렇게 아름답다.

산승이 달빛을 탐하여/ 병 속에 물과 함께 길어 담았네/ 절에 다다르면 비로소 깨달으리라/ 병을 기울이면 달빛 또한 텅 빈다는 것을

山僧貪月色 幷汲一瓶中 到寺方應覺 瓶傾月亦空 (산승탐월색 병급일병중 도사방응각 병경월역공)

과거, 천년왕조의 원동력

고려 광종 때(958년) 처음 실시한 과거제도는 갑오개혁(1894년)으로 폐지될 때까지 천년사직과 함께했다. 백성의 출세 사다리였고 인재의 순환 통로였다. 수많은 역사적 인물이 과거로 등장했고 역사의 한 축이 되어 왕조를 유지하는 원동력이 됐다. 급제자에게 나라에서 내리는 연회를 은영연(恩榮宴), 집안에서 벌이는 잔치는 용문에 이르렀다고 도문연(到門宴)이라 했다. 세 아들이 과거에 오르면 그 어머니에게 잘 키웠다고 늠록(廩祿)을 주었고, 다섯 아들이 과거에 오르면 오자등과댁이라 칭송했다. 하지만 급제와 보임은 별개였다. 과거는 과연 양반계층의 전유물이었을까?

소과와 대과(문과)

'계사년 춘삼월에 소과합격하고 이듬해 식년시에 대과급제하여' 같이 옛글에 소과합격과 대과급제가 한 문장으로 나오니 소과를 대과의 1차 시험으로 잘못 알고 있는 경우가 많다. 소과는 1차 시험이 아니라 엄연한 과거이다. 글공부하는 유생은 많고 벼슬자리는 한정돼 있으니 대과로 관리를 뽑고 소과는 성균관 입학자격과 명예를 주었다. 성균관 유생이 되면 초시가 면제되고 별시 정보를 얻을 수 있으며 숙식이 해결되니 지방 유생에게 큰 도움이 됐다.

소과와 대과의 1차, 2차 시험이 초시와 복시이다. 3차 전시(殿試)는 대과에만 있었다. 대과는 유학(幼學, 유생 신분)이면 누구나 응시할 수 있어 조선 후기 대과 급제자의 80%는 소과 없이 대과만 합격했다. 대과에 합격하면 홍패를, 소과에 합격하면 백패를 받았다.

대과 합격자 명부가 국조방목, 소과 합격자 명부가 사마방목이다. 3년마다 열리는 식년시(자·묘·오·유년의 정기과거)와 증광시(경축과거)에 함께 실시됐다. 식년(式年)은 쥐, 토끼, 말, 닭띠의 해를 말하는데 식년에는 과거를 치르고 호구조사를 했다. 한 갑자에는 식년이 20번 왔다. 지난 식년에는 자식 같은 소를 팔아 과장(科場)에 보냈는데 오는 식년에는 팔 묵정밭조차 없다고 했으니 과거 공부에는 돈이 많이 들었다.

대과에는 초시 240명, 복시 33명을 뽑았고 소과는 생원시와 진사시로 나뉘어 각각 초시 700명, 복시 100명을 뽑았다. 소과 합격자는 허 생원, 박 진사처럼 생원과 진사를 벼슬처럼 불렀다. 초시는 지역별로 합격자 수를 안분했고(경상도는 대과 30명, 소과 각 100명) 향시라 했다. 향시 장소는 고을별로 순환했고 초시 합격자도 마찬가지로 벼슬처럼 불렀다. 황순원의 단편소설, 「소나기」의 주인공이 윤 초시 증손녀이다. 대과에 급제하면 두 줄기 계화 꽃가지를 복두(어사모)에 꽂으니 한자어 계수나무 계(桂)로 대과급제를 은유했고, 소과에 합격하면 백패를 받으니 흰 연꽃으로 상징해 연꽃 연(蓮)으로 나타냈다.

대과는 어려운 시험이니 풍진 세상에 소과만으로 나라에서 인정하는 인물로 대우받고 학자로서 사회적 명망을 누릴 수 있었다. 합격자 평균 연령도 소과가 높았으며 향교·서원의 청금록(靑衿錄, 유생명부)에 이름을 올리고 향촌 유림을 이끌었다. 소과를 사마시라 하는데 고을마다 합격자 모임인 사마계, 명부인 사마안이 있었다. 이는 고대 중국에서 관리 천거 인물을 대사라 하는데 연유했다. 또 '감시와 동당시' 가 짝인데 감시(監試)가 소과, 동당시가 대과이다. 대과 과거장이 동당(東堂)이다.

조선왕조 오백 년 동안 소과가 229회, 대과가 500여 회 열렸으며 합격자는 소과가 4만 5천 명, 대과가 1만 5천 명이다. 별시인 정시·춘당대시·알성시는 대과만 열어 소수 인원을 뽑았다. 조선 후기 영남 문중이 명문가임을 내세울 때 '대과 14장·소과 66장' 처럼 소과를 대단하게 여겼다. 영남 선비는 학식이 뛰어났더라도 대과에 응시하지 않은 인물이 많았고 진사 이상 벼슬은 하지 말라는 유명(遺命)도 있었다.

무과와 잡과

무과는 고려 때 거의 없었고 조선 초 문과와 함께 실시됐다. 선발인원은 28명인데 대체로 지켜졌고 많이 뽑을 때도 50명 내외였다. 갑자기 수천 명을 뽑는 별시가 더러 있었는데 이로 인해 무과급제자 수가 10만 명이 넘었고 질이 떨어지는 과거로 여겼다. 수천 명을 뽑은 특별무과는 당시 국제정세에 따른 긴급 군병 모집 과거였다. 조선 군대는 속오군(양민·천민 군역군대)으로 전투력이 약했다. 나라가 위급할 때 전투력을 강화하고자 신분을 불문하고 무예에 능한 군병 모집에 무과과거를 활용했다.

군병 모집 무과는 임란 때 황해도 장정을 군병으로 만들기 위한 행재소 별시, 광해군 때 명과 후금 전쟁에 실리외교를 펼쳤던 강홍립의 만주출병 군병 8,200명, 병자호란 때 인조의 남한산성 호종 군사를 위한 산성 무과 6,500명, 또 숙종 초 청나라에서 삼번의 난이 일어나자

호운불백년(胡運不百年, 오랑캐 운은 백 년 못 간다)이라 하여 효종이 북벌 준비를 위해 실시한 만과(萬科) 14,200명이다. 만과 급제자는 청의 강희제가 명의 오삼계를 진압하자 유야무야됐다. 이 밖에 정조 때 문효세자 책봉 증광시에 2,700명, 개화기 마지막 과거에 신식 군대 자원 1,150명 등이 있었다. 이러한 군병 모집 특별무과를 제외하면 문과와 별반 다르지 않았고 『국조방목』에 수록된 급제자 수는 3만 명이다.

서자는 물론 천인도 면천되면 무과에 응시할 수 있으므로 평민의 신분 상승 기회가 주어져 사회적 의의가 컸다. 문반 우위의 조선 오백 년 왕업에 무반 반란이 한 번도 없었다. 무관이라 할지라도 충효를 중요시한 성리학을 일찍부터 배웠고 주로 변방을 지키는 고된 업무이지만 나라에 대한 충성심이 강했다. 세종 이래 국토가 한 뼘도 줄지 않은 것도 무반의 공이 컸다. 조선 후기 문과 과거 문이 좁아지자 김해 김(金), 밀양 박(朴)씨와 같은 영남 대성(大姓)들은 무과 과거로 대거 진출했다.

잡과는 기술직 과거인데 역과(통역), 음양과(천문), 의과(의술), 율과(법률)로 4과이다. 식년시와 증광시에 열렸고 각각 10명 미만을 뽑았다. 중인이 주로 응시했고 3품 당하관까지 승진했다. 역과 출신인 역관은 중국어와 일본어 통역을 담당했고 조선 후기 밀무역으로 거대한 부를 축적한 역관 집안이 출현했다. 밀양 변씨 변승업, 인동 장씨 장현, 김해 김씨 김근행, 우봉 김씨 김지남 집안이다. 대대로 세습했고 당상 역관이 돼 역사 무대에 등장하기도 했다. 1712년 백두산 천지 남쪽에 정계비(定界碑)를 세울 때 실제로 올라가 국경을 실측한 인물은 역관 김경문이었다. 천주교 신도로 밀양에 유배, 최초로 희생된 김범우와 개화기 선각자 오경석도 역관 출신이다.

과거 시험문제

과거 답안 종이는 명지(明紙)라 하여 응시자가 준비했고 붓 벼루와 함께 과장으로 가져갔다. 소과 생원시는 경전 지식을, 진사시는 시부(詩賦) 짓기였고 문과는 대책을 묻는 논술이었다. 문과 시험은 무척 까다로워 백지 답안지가 많았다. 문과 문제로 세종은 윤대(輪對, 신하와 국왕 만남)시 신하들이 서로 이간질하는 것을 막을 방법을 물었고, 세조는 북쪽 변방의 인구는 줄고 남쪽 인구는 늘어나는데 효율적인 나라 대책을 제시하라며 오늘날 고민거리를 오백 년 전에 출제했다. 정조는 사물에는 본디 매우 작으나 이치가 담겨있는 것이 있다며 귤을 사례로 들어 사람의 기호와 자연의 이치를 설명하라는 문제를 냈다.

숙종 때 영양 주실마을의 조덕순은 1690년 식년시를 보기 위해 한양으로 가서 도성 사람들에게 지금 가장 급선무가 무엇인지를 물으니 한결같이 도둑 때문에 골치가 아프다고 했다. 그는 며칠 동안 곰곰이 대안을 생각했고 과거에 도적 해결방안이 출제됐다. 조덕순이 쓴 답안은 어느 시대인들 도둑이 없고 어느 나라인들 도적이 없으랴만, 그것을 다스리는 법이 세대마다 같지 않다며 법 집행의 엄정함보다 교화라고 하는 인정(仁政)을 근본 처방으로 제시했다. 이 답안으로 조선 후기 영남 선비로 드물게 장원급제했지만 등과 3년 후 사헌부 지평 시절에 병으로 세상을 떠났다. 옥천 조덕린의 친형으로 시인 조지훈의 선조이다.

급제와 보임

어렵게 대과 급제하면 향리에서 도문연을 열고 사흘 동안 유가(遊街, 고을행진)를 벌이며 가문의 영광이라 했지만 보임은 별개였다. 영남 선비는 글을 잘 지어 주로 겸춘추에 보임됐고 조선 후기에는 두어 번의 임기가 끝나면 더 이상 보직을 받지 못해 대부분 낙향했다.

영조 전후로 경상도 관찰사를 지낸 조태억과 유척기는 "영남에는 문과 급제자가 90~100명이나 있지만 겨우 한 고을 살고는 더 이상 보임을 받지 못해 초야에 묻혀 울분을 삼키고 있다."고 조정으로 서계를 올리기도 했다. 당시 영남 인물의 당상관 보임은 하늘의 별 따기였고 참상은커녕 7품 참하로 마치기 일쑤였다. 1694년(숙종 20년) 갑술환국부터 1788년(정조 12년)까지 백 년 동안 당상관에 보임된 영남 선비는 나이가 많아 주는 명예직 수직(壽職)을 제외하고 실질 당상관은 겨우 몇몇이었다. 급제자는 계속 배출되고 관직은 한정돼 있으니 힘없는 영남 급제자는 녹봉 없는 무보직이 많았고 이를 벼슬 운이 없다고 하며 하늘의 뜻으로 여겼다.

역사적 인물과 오자등과

고려시대부터 역사적 인물은 대부분 과거로 등장했다. 고려의 강감찬, 서희, 윤관, 김부식, 이규보, 안향, 이제현, 문익점, 정몽주, 정도전은 모두 문과 급제자이었고 고려와 원나라 과거 동시 급제자는 이곡·이색 부자를 비롯하여 10여 명이 나왔다. 고려시대 문관 최고 선호직은 과거 시험관으로, 급제자들은 그를 좌주(座主)라 부르며 평생 스승으로 모셨다.

또 다섯 아들이 등과한 집안을 오자등과(五子登科)댁이라 하여 크게 우러러보는데, 낳아 키우기도 힘들거니와 모두 과거 급제한다는 것은 무척 어려운 일이었다. 선조 때 문장가 김시양은 『자해필담』에서 아들 5형제가 급제한 집안은 겨우 몇뿐인데 여말에 단양 우씨 우현보,

세종조 순흥 안씨 안관후, 전의 이씨 이예장, 성종조 광주 이씨 이극배, 중종조 함양 박씨 박홍린, 선조조 남원 윤씨 윤서 집안이라면서 그 집안 터를 명당이라고 했다. 영남에서는 학봉 김성일 본가인 의성 김씨 내앞 대종가를 오자등과댁(소과 포함), 풍산 오미의 풍산 김씨 김대현 집안을 팔연오계(소과 여덟 대과 다섯)라 하여 명문가로 우러렀다.

조선 후기 과거급제자의 50%가 양인 출신으로 신분이동이 역동적이라는 최근의 연구 결과가 나왔고, 18세기부터 서얼에게도 문과 과거 문이 열렸다. 실제로 한미한 가문에서 등과하여 영의정까지 올라 나라 동량재가 된 인물도 많다. 조선 750여 문중에서 문과 급제자를 배출했다. 어느 제도인들 폐단이 없으랴만 과거는 나라에 새로운 인재를 공급하여 역사를 순환시켰고 고려·조선을 천년왕조가 되게 한 원동력이었다.

조상의 글, 한문 이두 언문

1895년 1월부터 『조선왕조실록』은 국한문으로 돼있다. 천오백여 년 동안 문명의 언어, 공용문자로 군림하던 한자 천하에서 갑오년 개혁에 국한문 혼용이란 이름으로 한글이 처음 기록에 등장하게 된다. 지혜롭고 학문에 열정이 넘쳤던 우리 조상들은 왜 오백 년 동안 우수한 우리글 언문을 외면했을까? 세종대왕이 만든 언문을 후대 왕들이 과연 천한 글이라고 여겼을까? 갑오개혁 때 언문(諺文)을 나라 글(國文)로 한다는 칙령을 내리자 어느 누구도 그 흔한 반대 상소를 한번도 올리지 않았다.

이두는 한자의 음과 뜻을 빌려 우리말을 표기한 것이다. 우리말을 글로 적으려는 욕구에서 시작됐고 한자 글자이지만 한문이 아니다. 한문으로 해독이 불가능하고 우리말로 읽어야 그 뜻을 알 수 있다. 삼국시대에 처음 만들어져 조선시대 내내 중인 서리(胥吏)들이 사용하다가 갑오개혁으로 국한문이 혼용되면서 사라졌다.

조상의 한자생활

우리 조상들은 입말(구어, 口語)로 우리말을 사용했지만 글말(문어, 文語)로 한문을 쓰는 이중적인 언어생활을 했다. 출생과 더불어 입으로 우리말을 하고 글은 한자를 쓰는 일상 속에 살았다. 작명, 호구단자,

별급문, 관혼상제, 천자문, 과거 등 주변 글이 모두 한자였고 어려서부터 한문 공부만 하여 사대부의 한문 이해도는 무척 높았다.

한자는 기원전 2세기경 한반도로 넘어와 나라 글로 자리 잡았다. 15세기 훈민정음 창제 이후에도 한글을 언문(諺文), 한문을 진서(眞書)라 하여 한문을 글다운 글이라 했고 조선 후기에는 한문화 숭상이 더욱 심해져 한자를 작은 중화의 상징으로 여겼다. 하지만 한문을 읽을 때에는 토씨나 구결을 달아 나눔과 구별을 지음으로써 한자를 우리말 속으로 넣으려고 애썼다. 한자는 중국 글이니 언문불일치의 불편함을 그렇게 해서라도 줄이도록 애썼다.

조상은 일생을 한자 문자로 생활하면서 수많은 글을 남겼다. 하지만 평생 한시를 지었으나 당송시문을 뛰어넘을 수 없었고, 사대부의 빼어난 글이라지만 춘추전국시대에 지어진 유가경전의 틀 속에 맴돌았지 그 틀을 깨뜨리거나 벗어나지 못했다. 외국어 아닌 외국어로 어려운 한문 문장을 잘 짓는다는 것은 무척 어려운 일이었다. 당대 최고의 문장가라 했지만 그것은 변방 동이(東夷)의 나라, 우리들의 이야기였고 글로써 한자문화권에 문명을 떨친 이들을 찾아보기가 어렵다. 어문불일치의 불편함이 무척 컸지만 사대부라는 우월적 자존감에 빠져 우리글을 외면했다. 같은 한자를 쓰더라도 우리말은 중국말과 달라 항상 역관이 필요했고 평민들 가운데 극히 소수만 한자 해독이 가능했다. 양반 부녀자와 평민들은 언문으로 문자생활을 했다. 한자는 배우기가 쉽지 않은 문자로 전근대기 중국의 문맹률은 무척 높았다. 한자의 글자 수는 대략 5만 자로 이체자(異體字)까지 합하면 8만여 자가 된다. 그중 실제 쓰이는 상용한자는 5천여 자이고 조선 선비들은 4~5천 자 정도를 안 듯하다.

한문과 이두 吏讀

아득한 옛날 원삼국시대에 우리 조상들은 우리글이 없었으므로 한자를 빌려 우리말을 문자화했다. 한자의 소리를 빌리든 뜻을 빌리든 그것으로 우리말을 적었다. 사람 이름인 유리, 거칠을 儒理, 居柒로, 벼슬 이름인 이사금, 마립간을 以師今, 麻立干으로 단순히 소리를 빌려 나타내기도 했고, 우리말 어미 '없거늘'은 無去乙, '특별한'은 別爲, '당하여'는 當爲, '이었음'은 亦是在, '하다'는 爲如로 표기했다. 이를 차자(借字)표기라 하는데 이두이다.

이두는 문자라기보다 표기 방법이다. 신라 향가에 쓰인 향찰, 불경에 사용한 구결, 한문의 토 등도 넓은 의미의 이두이다. 이두는 신라시대 설총이 만들었다고 하나 대부분 문자가 그러하듯 서서히 자연발생적으로 생겨났으므로 그동안 사용해 왔던 이두를 설총이 집대성했다고 본다. 이두는 하급관리인 이서(吏胥)들이 많이 사용했고 명칭도 그런 연유에서 나왔다.

이두 표기가 처음 나오는 금석문은 5세기 초 광개토대왕의 비문이다. 이후 수많은 고문에 이두가 나오고 세종 때 정인지는 설총이 처음 만든 이두를 비루하지만 관부와 민간에서 지금까지 쓰고 있다고 했다. 최만리는 수천 년 동안 서리의 장부에 이두를 사용하여도 문제가 없다며 한글창제 반대 상소를 올렸다. 또 임란 때 선조는 교서를 내리면서 평민들은 이해하기 어려우니 이두를 넣어 방문을 붙이고, 언문으로도 번역하여 촌민들이 쉽게 알 수 있도록 하라고 했다. 이처럼 조선시대에 이두가 광범위하게 사용되고 있었고 한문·이두·언문의 사용계층이 일정하게 나뉘어 나름대로 문자생활을 하고 있었다.

정조 때 문신 이의봉은 신라·고려의 이두를 묶어 나려이두(羅麗吏讀)

를 지었는데 이두 어휘 172종에 언문으로 독음을 달아놓았다. 조상이 쓴 고문서에는 이두가 수시로 나오고 그것을 한문으로 읽으면 해독이 안 되니 고문 국역화 작업은 그만큼 더디게 진행되고 있다고 한다.

실록 속의 훈민정음

훈민정음은 1443년 섣달 그믐달 창제 반포하였는데 실록에 이렇게 썼다. "임금이 친히 언문 28자를 지었는데 그 글자가 옛 전자(篆字)를 모방하고, 초성·중성·종성으로 나누어 합한 연후에야 글자를 이루었다. 무릇 문자와 속된 말을 모두 쓸 수 있고, 글자는 비록 간단하고 요약하지만 전환하는 것이 무궁하니, 이것을 훈민정음이라고 일렀다." 우리글을 언문이라 했으며 글씨체는 고서체인 전서(篆書)를 모방하여 만들었고 백성을 가르치는[訓民(훈민)] 바른 소리[正音(정음)]라 했다. 오늘날 널리 알려진 "나랏말이 중국과 달라 문자와 서로 통하지 아니하므로~"는 1446년 반포 어제(御製)에서 나왔다.

예조판서였던 정인지가 『훈민정음해례』 서문을 썼는데 "지혜로운 사람은 아침나절이 되기 전에 이를 이해하고, 어리석은 사람도 열흘 만에 배울 수 있다. 정음(正音)의 창제는 전대의 것을 본받은 바도 없이 자연히 이루어졌으니, 만물의 뜻을 깨달아 모든 일을 이루는 큰 지혜는 대개 오늘날에 기다리고 있을진저."라며 한나절이면 언문을 익힐 수 있고 세상을 만드는 큰 지혜라고 했다.

집현전 부제학 최만리는 상소문에서 "우리 조선은 개국 때부터 지성스럽게 대국을 섬기어 중화의 제도를 준행했는데, 이제 따로 언문을 만드는 것은 중국을 버리고 스스로 이적과 같아지려는 것으로 어찌 문명의 큰 흠절이 아니오리까. 언문은 새롭고 기이한 한 가지 기예에 지나지 않는 것으로 학문에 방해만 있고 정치에 유익함이 없"다고 하여 사대모화에 어긋나기 때문에 훈민정음 창제를 반대한다고 했다. 이러한 주장은 왕조 내 조선 선비의 주된 흐름이 된다.

언문은 천한 글일까

한글은 문자의 창제 기원과 원리, 반포일까지 알려져 있는 세계 유일의 문자이다. 세종대왕은 우리글을 만들고 이름을 무엇으로 할지 무척 고심했다. 그래서 실록에 훈민정음과 언문이 함께 나오는데 주로 언문을 썼다. 실록을 검색하면 훈민정음은 10회만 나오고, 언문은 151회, 언간·언찰·언서·속언 등은 1154회 나온다. 언문서적의 편찬과 인쇄를 위해 언문청을 만들었고 정인지 성삼문 최항 신숙주 박팽년 강희안 이선로 등 당대 최고 인재들이 근무했다.

언문은 과연 천한 글자를 나타내는 말일까? 성군 세종대왕이 직접 참여하여 끝까지 살폈고, 왕세자를 비롯하여 수양대군과 안평대군, 정의공주까지 공을 들인 언문을 후대 왕들이 과연 천한 글이라고 여겼을까? 전혀 아니다. 왕조실록 어디에도 언문이 천한 글이란 뉘앙스가 없다. 언(諺)은 말씀 언(言)에 선비 언(彦)을 합친 '선비의 말'이란 뜻이다. 실록에는 언문과 진서(眞書)가 쌍둥이처럼 나온다. 언문은 한글을 조선시대에 불렀던 말이지 부녀자의 글이나 비속어가 아니다. 언문을 상스러운 말이라고 하는 이유는 일제 때 언문을 한글로 개명하면서 타당성을 강조하고 민족주의 고취를 위해 언문을 왕조 유물로 폄하한 데서 나왔다. 갑오개혁 때에는 국문이라고 했다.

언문은 배우는 글이 아니고 익히거나 깨우치는 글이다. 정조 때 대제학을 지낸 이계 홍양호는 길거리 아이들이나 항간의 아낙네라 할지라도 능히 언문으로 통한다고 했다. 부녀자들은 글하기란 이름으로 언문을 깨우쳐 언간과 내방가사를 많이 지었다. 부녀자 언간을 내간이라 했고 언문편지 교과서 격인 『언간독(諺簡牘)』이 일찍부터 나왔다.

1977년 충북 청원의 순천 김씨 묘에서 192장의 편지가 출토됐는데 그중 언간이 189장이고, 1989년 달성 구지의 진주 하씨 묘에서 172장의 편지가 출토됐는데 그중 167장이 남편 현풍 곽씨 곽주가 쓴 언간이다. 그리고 내방가사는 영남 양반가의 부녀자들 사이에 성행했는데 현재 발굴된 것만 6천여 편에 달한다.

사대부로서 한자문화권에 문명을 떨친 인물은 없었고 외국에서 가장 많이 발간된 우리 저작물은 허균의 『동의보감』이다. 사대부는 언문을 주로 놀이나 여흥, 즉 시조나 가사, 소설이나 편지를 쓰는 데 사용했고 지은이를 모르는 작품이 많으며 대부분 필사본이다.

17세기 명·청 교체기, 만주 글과 문화가 중국 한족문화에 혼합될 때 우리나라도 백성생활과 밀접한 관련이 있는 조세, 농사, 송사 등의 업무에 언문 사용을 병행하도록 국정을 바꿀 기회에 있었는데 혜안을 가진 군주와 명신이 없어 이루지 못했다.

그래도 왕조 내내 언문 탄압은 없었다. 연산군의 언문 금지는 일시적이었다. 왕실 부녀자의 언간이 많았고 대비의 언문 교서가 자주 내려왔다. 왕조의 언문 정책은 방임이었다. 언문은 시대 흐름에 따라 백성 속에서 자연스레 변화됐고 우리글로 내려와 한글이라 이름으로 세계에서 가장 우수한 문자로 우뚝 섰다.

죽은 자에게 바치는 글, 비문碑文

사대부가 세상을 떠나면 자손들은 고인의 일생을 정리하여 행장을 짓고 무덤 앞에는 묘비를 세우고 땅속에는 묘지를 묻어 망자를 기렸다. 묘비는 이승의 밝은 세계에 여기가 고인의 안식처로서 신성한 곳임을 밝히는 표식이었고 묘지는 저승의 어두운 세계에 고인을 맡기는 명부였다. 비문은 죽은 자에 대한 마지막 헌사(獻詞)로 함부로 짓지 않았고 지어주지도 않았다. 비를 세우고 지석(誌石)을 묻는 일은 어렵지만 해야 할 신성한 의무였다.

행장行狀

행장은 일생의 행적을 서술한 것으로 선비가 세상을 떠나면 가장 먼저 짓는다. 고인의 세계(世系), 성명, 자와 호, 관향, 벼슬, 생몰년월일, 자손, 언행 등을 기록했다. 행장을 읽으면 고인을 직접 보는 것 같아야 잘 쓴 것이라 여겼고 비문, 만사(輓詞), 시호·증직자료, 전기 등을 작성하는 데 사용돼 중히 여겼다.

조선 초기에는 간결하였으나 후기에 들어서 남송 주희의 행장을 본받아 장황하고 길게 썼다. 서인계 인물의 행장은 비교적 길었고 남인계 인물의 행장은 간명하고 짧았다. 고려 말부터 지었는데 이색 행장은 권근, 정인지 행장은 강희맹, 이이 행장은 김장생, 류성룡 행장은 정경세, 김성일 행장은 정구가 썼고 퇴계는 조광조, 권벌, 이현보 행장을 지었다.

묘비와 묘갈

묘비는 죽은 이의 행적을 기록하여 무덤 앞에 세우는 비석으로 사각을 묘비, 둥근 것을 묘갈로 구별했으나 나중에 혼용하여 사용했다. 비문은 고인에 대한 기록으로 매우 소중하고 집안 품격과 관련되므로 비문 짓기를 누구에게 부탁하는가가 자손들의 큰 고민거리였다. 함부로 지어주지 아니했으며 세의(世誼)가 두터운 고명한 이에게 예를 갖추어 청해야만 했다.

비문의 문구로 발생된 분쟁이 노·소론 분당이다. 명재 윤증이 아버지 윤선거의 묘갈명을 스승인 송시열에게 부탁했다가 남인에 대한 사제 간 시각 차이로 관계가 틀어져 분당과 당쟁으로 연결되고, 이후 수많은 선비가 목숨을 잃었다. 우의정까지 오른 명재는 이 사건으로 자기 묘에는 비를 세우지 말도록 유언으로 남기기도 했다.

비문은 고인의 일생을 산문으로 먼저 서술하고 마지막에 운문시를 지어 마무리하는데 이를 명(銘)이라 했다. 명은 시의 함축미로 마감을 하니 품격이 더해지고 고인을 흠송하는 의미가 있다. 실제로 명을 읊조리면 세상을 떠난 자와 남은 자의 교감이 가슴에 와닿는다.

그리고 정2품 판서 이상 지낸 이들의 비를 신도비라 하여 크기와 옥개석이 달랐고 사후 추증 벼슬이 내려오면 무덤 가까이 큰길가에 많이 세웠다. 신도(神道)란 죽은 자의 길, 신령이 다니는 무덤에 이르는 길을 말한다.

묘지墓誌

묘지는 죽은 이의 행적을 돌이나 도자기에 새겨 무덤 옆에 묻는 것으로 원시 신앙과 맞물려 토지신에게 죽은 자의 육신을 맡기는 청탁의 표시이자 이승세계를 떠나 저승세계로 들어가는 명부였다. 묘비는 풍우에 마모되어 읽을 수 없어도 묘지는 온전하게 남아있는 경우가 많았다.

백제 무령왕릉의 지석은 땅의 신에게 묘터를 샀다는 증표로 국보 163호이다. 1920년 중국 낙양(뤄양) 망산에서 발견된 의자왕의 왕자, 부여융 묘지석은 백제 멸망 후 의자왕과 왕족·신하 만 이천여 명이 중국으로 끌려가 역사 저편으로 사라진 흔적이고 지석이 발견된 낙양 망산은 상두꾼 만가에 나오는 그 북망산이다.

2008년 북한 개성에서 고려 말 대학자 익재 이제현의 묘지석이 발견됐는데 가로 6.6m 세로 60cm의 거대한 석판으로 목은 이색이 비문을 지었다. 1975년 서울 방이동에서 서거정의 묘지석이 출토되었는데 직사각 판형의 백자 도자기이며 모두 19장으로 가로 30cm 세로 20cm 도판에 음각으로 글자를 새겼다.

아울러 족보를 만들거나 조상의 연원을 찾고자 할 때 지석에 새겨 놓은 조상의 세계(世系)가 가문의 뿌리를 찾는 데 귀중한 근거가 됐다.

비문으로 엮어 만든 『국조인물고』

비문을 주로 엮어서 책으로 만들기도 했다. 정조 때 만든 『국조인물고』는 조선 초부터 숙종 때까지 주요 인물에 대한 전기를 엮은 책으로 74권의 필사본이다. 이천여 인물의 묘갈명, 묘지명, 묘표, 행장, 시장(諡狀, 시호신청 글) 중에서 가장 잘된 것을 골라 그대로 실었는데 비문이 대부분이며 국역으로 완역됐다. 사대부 일생을 기록으로 남기는 데 비문이 큰 역할을 했음을 보여준다.

비문을 지은 이는 당색에 따라 완연하게 구별되었다. 서인계 인물은 송시열, 이정구, 신흠이 많이 지었고 남인계 인물은 허목, 조경, 정경세가 주로 지었다. 역사 속 인물의 비문을 살펴보면 황희 비명은 신숙주, 한명회 비명은 서거정, 이순신 비명은 대동법의 재상 김육이 지었다.

서인계 인물인 이항복 비명은 신흠, 이정구 비명은 김상헌, 정철 비명은 송시열이 썼고 남인계 인물인 김성일 비명은 정경세, 이덕형 비명은 조경, 장현광 비명은 허목이 썼다. 퇴계는 이연경 비명을 썼는데 사촌인 영의정 이준경의 부탁으로 지은 듯하다.

자찬비명

자찬비명(自撰碑銘)은 죽음을 앞두고 살아온 지난날을 되돌아보며 스스로 지은 비명을 말한다. 다른 사람이 쓸 경우 꾸밈과 가식으로 지나치게 미화할 것이 염려되어 자신에 대한 평가를 스스로 엄정하게 내린 글이다. 자찬비명을 쓴 대표적인 인물은 퇴계 이황과 다산 정약용이다.

퇴계는 일찍이 자기 삶에 대하여 스스로 뜻한 바를 운문으로 소박하게 지어 놓았는데 이것이 퇴계선생 자명(自銘)이다. 4언 24구이며 마지막 구절이다.

"시름 가운데 즐거움 있고 즐거움 속에 시름이 있도다. 승화하여 돌아가리니 다시 무엇을 구하랴."

하늘의 뜻에 따라 그냥 왔다가 그냥 가는 삶이니 더 무엇을 바라겠느냐고 흐르는 물처럼 맑고 고요하게 마감했다.

다산은 노론치하 세태에서 묘비에 글을 지어 세상에 자신을 드러낼 수 없으므로 묘지에 글을 지어 자신을 달래고 땅에 묻었다. 지난날의 악연을 언급하면서 착한 것을 즐기고 옛것을 좋아했으나 행동하고 실천함에 과단성이 있어 화를 당했으니 운명이라 여겼다. 자명 마지막에 이렇게 자신을 달랬다.

"간사하고 아첨하는 무리들이 기세를 펼쳤으나 하늘이 곱게 다듬었으니 잘 거두어 갖추어 두면 장차 아득하게 멀리까지 들려오리라."

역사의 수레바퀴 속에서 참혹함을 견디고 마침내 자신의 피땀으로 지은 수많은 저술에 대하여 후대의 평가를 기다리겠다는 안온함과 잠시 비껴갈지 모르지만 역사는 언젠가 다시 바르게 흘러간다는 준엄함이 느껴진다.

퇴계의 묘비명

퇴계가 벼슬을 그만두고 고향으로 내려온 이듬해 병이 깊어 세상을 떠나자 묘비명을 누가 짓는가에 대해 논의가 일어났다. 퇴계는 세상을 떠나기 전 조카에게 비석을 세우지 말고 조그마한 빗돌에 이름만 새기도록 당부했다. 그러나 조정 관례에 따라 예장(禮葬)을 하고 신도비를 세우지 않을 수 없었다.

자손과 제자들은 회의를 거쳐 호남의 고봉 기대승에게 비문을 맡기기로 결정했다. 퇴계는 1569년 부친의 묘비를 다시 세우면서 비문을 고봉에게 짓도록 했고 회재 이언적의 비명을 부탁받았으나 명현의 덕은 여러 사람이 칭송해야 한다며 이 또한 고봉에게 짓도록 했으니, 퇴계는 7년간 사단칠정 논쟁을 벌인 고봉이 일찍부터 뛰어난 제자임을 인정하고 비문 인가를 내렸다. 학봉과 서애는 삼십 전후의 나이로 아직 현달하기 전이었고 이런 연유로 퇴계 비문을 짓는 영광이 호남의 뛰어난 제자 고봉에게 돌아갔다.

고봉은 퇴계가 쓴 자명을 먼저 싣고 비문을 지었다. 보통 명(銘)은 비문의 마지막에 붙이는데 퇴계가 직접 쓴 자명인 만큼 존경의 의미로 앞쪽에 실어 잘 드러나게 했다. 고봉이 지은 비문으로 비석을 세우고 20년이 지난 1596년에 묘지석을 땅에 묻었다.

고봉도 퇴계의 명을 지었는데 비문에 퇴계 자명이 있으니 비석에 새기지 못하고 광명(壙銘), 즉 땅에 묻은 명이라 하여 그의 문집 『고봉집』에 실었다. 광명의 마지막이다.

> "선생의 이름은 천지와 더불어 영원할 것을 내 아노라. 선생의 의복과 신발이 이 산에 의탁해 있으니 천년 후에도 행여 이곳을 유린하지 말지어다."

다산이 쓴 묘지명

정약용은 1801년 신유박해 때 죽은 인물, 이가환, 권철신, 이기양, 오석충의 묘지명을 지었다. 동병상련의 아픔으로 지은 글이지만 세상에 드러내면 다시 앙화를 당하니 글로써 고인을 달래고 땅에 묻어 억울한 죽음을 저승세계에 알리려 했다.

절친했던 이가환의 묘지명에 "만물은 끝내 모두 죽는 것이니 대감만이 홀로 원통한 것은 아니리."라고 달랬고 권철신의 묘지명에서

"백세 뒤엔 다시 대감을 알 사람이 없겠기로 이 변변치 못한 글을 땅에 묻어 하늘의 뜻을 살피겠노라."고 했다.

한음 이덕형 7대손, 참판 이기양은 그의 장남 이총억이 천주교신자라서 신유사옥에 엮이게 돼 유배지인 함경도 단천에서 세상을 떠나는데 다산은 그의 묘지명에 이렇게 썼다. "대감은 평생 천주교서적을 한 글자도 읽지 않았지만 화를 당했고 대감과 같은 죄목으로 귀양을 갔던 나는 살아서 돌아왔는데 대감은 돌아오지 못하였으니 실로 억울한 죽음이요 대감의 관(棺)이 북에서 오니 깃발만 펄럭이고 백성들은 슬퍼하면서도 영광으로 여긴다."고 했다.

기호남인 정승 오시수의 증손으로 친한 벗인 오석충의 묘지명에는 다산 자신도 귀양살이하고 있음에도 불구하고 "어렵게 돈을 마련하여 전라도 신안 임자도에서 귀양살이하는 공(公)에게 보냈더니 공은 이미 죽어 한 달이 지났다. 녹봉을 받으면 식량을 사주고 땔감도 나누던 옛 벗이었건만 공이 죽은 날짜도, 무덤이 어디에 있는지 알 수 없으니 이 묘지를 지어 공의 무덤을 아는 자가 나타나기를 기다리겠노라."고 했다.

이렇듯 비문은 죽은 자에게 바치는 마지막 헌사(獻辭)로 역사가 되고 전설이 되어 우리 인문학 속에 남아있다.

영남 양반가의 혼반婚班 이야기

혼인은 인류대사라 하여 옛날부터 사람의 일생에 있어 중요한 일 가운데 하나였다. 사연 많고 눈물 많은 인간사가 혼사였다. 자유혼이 아닌 중매혼으로 배우자를 선택했던 옛사람의 혼인에는 혼반이라는 집안의 격이 혼사를 좌우했다. 그 인습이 오늘날까지 내려와 결혼은 집안끼리 하는 것이라고 하고 이왕이면 뼈대가 있는 집안을 찾기도 한다.

영남 양반가 혼반은 30~50여 집안

영남 양반 집안은 배우자 선택 시 '반드시 가문을 따져보고' 결정했다. 따지는 가문의 실체가 과연 있는 것인지 영남대학교 민족문화연구소 고(故) 조강희 박사의 유작 『영남 양반가문의 혼인관계』에 그 실체가 잘 드러나 있다.

퇴계종손 6대 150년간 친가 외가 처가의 통혼사례 250건을 추출하여 10년에 걸쳐 일일이 찾아다니며 실태를 분석한 역작이다. 250건 혼인은 99개 집안 간 이루어졌고 그중 3회 이상 혼인이 이루어진 집안 수는 30개, 2회 혼인 집안 수는 20개, 1회 혼인 집안 수는 49개였다.

경상도 재지사족의 유력 집안은 대부분 포함되어 있고 3회 이상 혼인이 이루어진 30개 집안을 현재의 행정구역으로 분류해 보면 다음과 같다. 안동 6·봉화 4·경주 3·영주 3·상주 2·영양 2·성주 2·달성 2·김천 1·영덕 1·칠곡 1·문경 1·밀양 1로 당시 교통과 숙박 여건이 열악하였음에도 불구하고 혼인망은 경상도 전 지역에 걸쳐 그물망처럼 넓게 퍼져있었다.

혼인으로 인연을 맺는 것을 세교(世交)라 하며 한번 맺은 인연은 대를 이었고 세교가 두터운 집안은 혈육처럼 가까웠다. 이처럼 격이 비슷하면서 중첩적인 혼인관계가 이루어진 양반문중의 지체를 혼반(婚班)이라 한다. 지체가 높은 문중은 그들끼리, 그다음의 격을 가진 문중은 또 그들대로, 겨우 양반말석에 이름을 올린 집안은 그 나름대로 혼인망을 형성했다. 한번 맺은 세교는 끊어지지 않게 소중히 여겼다.

실제 사례이다. 상주의 지체 높은 문중 딸이 달성의 명문가로 출가하였으나 신행도 하기 전에 사망하였다. 양가 집안에서는 자칫하다간 오랜 친구인 혼주끼리 우정에 금이 가고 집안 간 세교가 끊어질지 모르니 한 번 더 사돈을 맺어야 한다고 해서 그 동생들을 다시 결혼시켜 인연을 이어갔다. 혼반을 결정하는 주요 요소는 조상, 학문, 관직, 재산의 순이었다. 아무리 재산이 많더라도 가문에 현조(顯祖, 훌륭한 조상)가 없으면 상위그룹 혼반에 들어갈 수 없었고 문중의 문집발간 인물 수는 가문 위상의 척도였다.

중매쟁이는 항상 저울을 가지고 다니며 저울추가 기울지 않아야 불행한 일이 생기지 않는다고 했다. 조선 후기 향촌의 지배 질서가 재편되고 있음에도 불구하고 향리나 중인에서 양반으로 신분 상승한 집안이나 경제적으로 새로이 성장한 신향(新鄉)집안에서 전통의 구향(舊鄉)집안과 혼사 맺기는 거의 불가능하였다.

길혼과 연줄혼으로 인연을 맺고

혼반이 비슷한 집안이라도 왠지 '잘되는 집안' 과 '잘 안되는 집안' 이 있다고 했다. 잘되는 집안과 인연을 맺으면 검은 머리 파 뿌리 되도록 해로하고 자식을 많이 낳아 훌륭하게 키워 높은 벼슬에 오르거나 글을 잘 지어 가문에 영광을 가져온다 하여 이를 길혼(吉婚)이라 했다.

길혼 집안과 혼인은 재미가 좋아 혼사 이야기가 나오면 먼저 그 집안을 찾게 되고 누대에 걸쳐 통혼이 이루어졌다. 영남 양반문중 대부분은 서너 개의 길혼 집안을 가지고 있었다. 길혼에도 들어오는 사람이 잘되는 경우와 나가는 사람이 잘되는 경우가 있다. 며느리로 맞이하는 혼인과 딸자식을 내보내는 혼인인데 특별한 근거가 있는 것은 아니지만 문중 통혼의 속설로 이를 선호했다.

연줄혼은 양가 집안을 소상하게 알고 있는 인척이 중매하여 이루어지는 혼인인데 주로 먼저 결혼한 여성이 친가와 시가의 혼인 적령자를 연결하여 성혼시키는 경우를 말한다. 양가를 잘 알고 있으니 실패할 위험이 적고 본인이 실제 사례가 되니 양반가 혼인에서 자주 일어났다.

양반가에 길혼과 연줄혼이 반복되니 다양한 모습의 혼인이 생겼다. 시댁 질녀가 친정 동생댁이 되거나 처사촌이 매부가 되는 등 누이 바꿈이 되거나 아버지 사돈이 내 사돈이 되기도 했다. 또 서너 문중이 한 방향으로 혼인관계가 연속적으로 성립되어 물레혼이 일어나고 친가의 같은 항렬이 시가에서 숙모뻘이 되어 서열 혼란도 생겼다. 동성불혼을 교묘하게 피하면서 중첩적인 혼인으로 '따지고 보면 남이 없다' 란 연비연사가 널리 퍼지게 되었다.

가문의 위세가 혼반을 넓히고

"평민의 인연은 가까운 데 있고 양반의 인연은 먼 데 있다."는 이야기와 "양반혼인 칠백 리"라는 말이 있는데 이는 가문의 위세가 클수록 멀리 떨어진 지역까지도 혼사가 이루어진다는 의미이다.

낙동강을 사이에 두고 좌도와 우도로 나뉘던 경상도가 임란 후 남인과 북인으로 갈라지면서 상도와 하도로 부르게 되는데 그 결과 오늘날 경남·북이 됐다. 하도 사람들은 "웃녘혼인을 해야 진짜 양반이 된다."고 하여 상도혼을 선호하고 상도 사람들은 "아래쪽과 풍습이 다르다."라는 이유로 하도혼을 그렇게 좋아하지 않았다.

봉화 양반집안과 사돈을 맺은 함양 양반은 이렇게 말하고 있다. "선친께서 살아계실 때 무슨 수를 쓰더라도 좌·상도 쪽 혼인을 한번 해야 한다고 말씀하셨다. 함양 거창 산청지역의 웬만한 문중들과 혼인을 수없이 하였지만 안동 봉화 쪽과 사돈을 맺어야 옳은 양반이 된다는 선친 소원을 이제야 풀었다."

겉으로는 풍습이나 속설로 핑계 대지만 영조 때 이인좌의 난으로 큰 타격을 입은 하도 사람들의 당시 남아있던 상도 큰 양반에 대한 막연한 선망 같은 것이 아닐까 싶다. 실제로 250건 혼인 중 12건이 상·하도 사이 혼인이었다.

영남 문중은 갯가는 재미가 없다 하여 해안고을 집안과 혼인은 가급적 피했다. 그런데 영덕 영해고을은 예외였다. 고려 말 대학자 한산 이씨 이색이 외가인 이곳에서 태어났고 반가 역사가 천년에 이르러 재령 이씨, 영양 남씨, 무안 박씨 등 명문가가 많아 소안동이라 했다.

예안 할배는 이렇게 말했다. "안동 사람들은 닭 한 마리 잡으면 온 고을이 나누어 먹는다는 말이 있다. 골이 좁아 생산은 적은데 쓰일 데는 많아 생활이 궁핍하기 짝이 없었다. 셋째 여식 혼사 이야기가 나왔을 때 여러 군데 자리가 났지만 영해집안으로 정했다. 조상님 제삿날에 어물 걱정은 덜 수 있을까 했다. 실제로 집안에 큰일이 있을 때 평소 구경도 못 하던 귀한 어물들을 짝으로 보내왔다."

가문 혼사 뒤에는 슬픔이 묻어있고

양반사회에서 배우자가 사망하면 남자는 가계를 이어야 할 책임감과 집안을 번성시켜야 할 의무감에 바로 재혼했다. 자식이 많아야 가문이 융성해지므로 재혼 삼혼은 흔한 일이었다. 당시 열악한 의료시설로 출산으로 인한 여성 사망률이 무척 높았고 죽음은 초산이든 노산이든 무작위로 다가왔다.

양반여성은 남편이 사망하면 평생 수절했다. 정려를 내리고 열녀문을 세워 수절을 강요했고 수절하지 않고 후살이나 첩이 되는 것은 가문의 수치였다. 가난한 양반은 딸을 팔아 혼사를 치루었고 사돈댁은 처가 덕에 양반급수가 올라가 '치마양반' 이라 했다.

처녀 딸을 잘사는 집의 후처로 출가시키는 재·삼혼은 여성의 희생이 뒤따랐다. 후처의 경우, 남편 호칭이 이미 전처 택호를 딴 ○○○어른으로 불리고 있었으므로 후처는 택호도 죽은 전처의 것을 사용해야 했고 자기가 낳은 자녀들도 전처의 친가를 외가로 불러야 했다. 이를 '그림자 새댁' 이라 했다.

친정집 위세가 강하여 남편 호칭이 바뀌면 그림자 같은 후처 서러움을 겪지 않았다. 없는 것이 죄이지 전처소생까지 다 키우고 이름마저 없는데 누가 어린 딸을 재취로 보내고 싶겠느냐고 했다.

조선 여인의 신행新行길

조선시대 혼례는 신랑이 신부 집에 와서 혼례를 치루고 신랑 집안 사람들은 하룻밤 유숙한 뒤 돌아갔다. 신랑 역시 사나흘 머물다가 본가로 돌아간다. 그리고 대략 1년이 지난 후 신부가 신랑집으로 신행하면서 비로소 정식 결혼생활이 시작된다. 신부집에서는 혼례일보다 1년 뒤의 신행 때가 더 부담스러웠다.

선산 무반(武班)양반 안강 노씨 집안에서 풍산 하회 류씨 집안으로 신행하는 모습을 68년간 일기를 쓴 것으로 유명한 노상추(1748~1829)가 기록으로 남겼다. 노상추 집안은 조손이 당상관에 올랐고 그는 정조 승하 당시 금위영 천총(정3품, 국왕호위 부대장)직에 있으면서 지근거리에서 정조를 모셨다. 노상추 일기이다.

> "일찍 신행하려고 아침 식전에 유복이 가마 끄는 말 1필을 몰고 도착했다. 가마, 휘장, 등롱은 해평 최 진사댁에서 빌렸다. 말은 7필이고 하인이 10명, 신부 가마 앞에 서는 여자 종 2명, 신비(新婢, 신부와 함께 가는 여자 노비)로 진분이 낳은 계란이가 따라갔다. 아버지가 친히 가셨다. 누이를 송별하기 위해 일가친척이 여럿 오셨다. 신행하고 닷새 만에 아버지가 돌아오셨다. 별탈 없이 끝났다고 하니 기쁘고 다행스럽다.(1768. 10. 16.)"

양반가 신행 행렬은 대단한 볼거리였다. 곱게 단장한 계집종 둘이 앞에 서고 말 일곱 필과 열 명 넘는 종자(從者)가 우쭐거리고 꽃가마 옆에는 신비가 까불락거렸다. 선산-하회 백오십 리 신행길이었다. 꽃가마를 빌린 해평 최 진사댁은 인조 때 강원감사를 지낸 인재 최현의 종택인 북애고택, 쌍암고택인 듯하다.

이렇게 신행한 노상추의 누이는 5년 만에 남편이 죽어 청상(靑孀)이 되었다. 이제 갓 스물을 넘긴 그녀는 여느 반가 며느리와 같이 재혼하지 않고 평생 시댁 하회를 떠나지 않았으며 몇 년에 한 번씩 선산 친정나들이 했다.

이처럼 조선 여인은 혼반이라는 굴레 속에서 평생을 이름이 없는 여인이 되어 때로는 질경이처럼 질기게, 때로는 들국화처럼 가냘프게 살았다.

씨족의 출발, 성과 본관

우리나라는 씨족사회였다. 향리는 동성마을로 수백 년 동안 일가
친척이 모여 살았고 혈연공동체로 같은 성을 가졌다. 성은 백 가지가
넘어 왕조시대 나라 국민을 백성(百姓)이라 했고 한 번 취득한 성은 바
꾸지 않았다. 성씨 시조의 고을이 본관이다. 성과 본관이 합쳐진 이름
으로 씨족이 탄생하여 역사 속에서 부침과 명멸을 거듭하다가 오백여
년이 지난 15세기부터 그들의 연원을 추적해 족보를 만들었다.

씨족은 시간과 공간을 가로지르고 왕조의 경계를 뛰어넘었다. 붕
당의 토대가 되었고 붕당에 끈질긴 생명력을 부여한 것도 씨족이었
다. 하지만 같은 땅에서 태어나 같은 풍상을 겪었는데 오늘날 씨족 번
성에 엄청난 차이가 나는 이유는 무엇인가.

성姓의 생성

우리나라 성(姓)은 삼국시대에 처음 생겼다. 고구려의 을지·연, 백
제의 부여·흑치처럼 역사 속에 등장하지만 본격적인 성씨라기보다
지배계급의 칭호로 사용된 듯하다. 신라가 삼국을 통일하자 고구려와
백제 성(姓)은 사라지고 신라 성만 남게 됐다. 신라는 박·석·김 세왕
족과 이·최·정·손 등 육부촌의 여섯 귀족, 견당유학생 등 일부 계층
만 중국식 성을 사용했다.

본격적인 성(姓)의 생성은 고려 건국과 더불어 시작됐다. 극심한 혼란기를 거치고 후삼국을 통일한 태조 왕건은 왕조 통치방법의 일환으로 개국공신에게 중국식 성을 하사하고〔賜姓〕, 지방 호족에게는 당해 거주지의 우월적 지배권을 인정하는 토성(土姓)을 분정(分定)하거나 본인이 중국식 성을 선택함으로써 성관(姓貫, 성+본관) 형성이 시작됐다. 사성을 받은 공신들은 대부분 당해 성씨의 시조가 됐고, 토성 분정은 군현제 개편과 더불어 지방 호족들에게 고을의 지배권을 인정해 주어 본관의 시초가 됐다. 혼란기 유이민을 정착시키고 백성을 지역별로 관리하여 사회질서를 확립하려는 수단이었다.

고려사 태조세가에 등장하는 인물을 살펴보면 940년(태조 23년)을 기준으로 이전에는 이두식 고유명 인물이 많다가 그 이후부터 중국식 한자 이름이 점차 일반화됐고, 광종을 거쳐 성종 대에 이르면 관리 명부에 이두식 이름은 보이지 않는다. 개국공신 신숭겸, 홍유, 배현경, 복지겸도 통일 이전에는 삼능산, 홍술, 백옥, 복사귀로 불렀다.

사성과 토성 분정으로 시작된 성씨 체계는 고려 개국 후 백 년이 지난 1055년, 문종이 과거시험에 성과 본관을 가진 자, 즉 씨족록에 등재된 자만이 응시할 수 있도록 법령을 개정하자 공적자격 획득에 성과 본관이 필수요건으로 자리 잡았으며 이후 일반 백성들도 점차 성을 취득하게 됐다. 노비나 화척 등 천민은 계속 무성층(성이 없는 계층)으로 남아 있다가 구한말 갑오개혁으로 성관을 취득하게 된다.

성姓의 취득

우리나라 성은 신라 성, 고려 태조가 하사한 성, 본인이 선택한 성, 중국에서 넘어온 성으로 나눌 수 있는데 취득 과정은 조상으로부터 물려받거나 모계 성을 따르거나 하사받거나 본인이 선택하거나 노비의 경우 주인의 성을 따라 취득했다. 한자문화 영향으로 모두 중국식 한자로 돼있으며 대부분 중국 성을 모방했고 한자어 성(姓)은 여자(女)와 낳다(生)를 합친 것으로 모계사회의 흔적이다.

성씨가 처음으로 나타나는 문헌은 『세종실록지리지』이다. 현명한 세종대왕은 재임 시 고을마다 세거하고 있는 백성을 성씨별로 조사하여 나라 지리지에 수록해 놓았는데 실록의 부록으로 전해온다. 지리지에는 10세기 토성분정 이후 수백 년 동안 고을별로 정착한 토성(土姓, 토박이 성), 내성(來姓, 이주해 온 성), 망성(亡姓, 없어진 성) 등이 표기돼 있으며 성씨 개수는 250여 개이다. 토성은 고을마다 5~10개씩 있으며 해당 고을에 오랫동안 세거한 주된 씨족으로 인구와 기반에 따라 차등적으로 존재했다.

한 번 취득한 성을 바꾸는 경우는 거의 없었다. 성을 바꾸면 환부역조(換父易祖)라 하여 조상을 바꾸는 무리로 큰 욕이 됐고, 차라리 성을 갈겠다고 하면 목숨보다 소중히 여긴다는 의미였다. 출신 가문을 숨겨야 되는 특별한 경우에는 성을 바꾸지 않고 한자 글자에 약간의 변화를 가해 새로운 성을 만들었다. 백성은 성과 이름을 3년마다 호구단자에 기재하여 관아에 제출했다. 국민은 백 가지 성을 가진 사람이 모였다고 백성(百姓)이라 불렀다. 성은 역사 속에서 명멸을 거듭했으며 오늘날 500여 개 성이 있고 상위 5개 성씨가 총인구의 50%를 차지하고 있다.

본관의 취득과 분화

본관은 성씨의 시조가 태어난 고을로 관향(貫鄕)이라 부르며 성 앞에 붙이는 우리나라 고유의 성씨체계이다. 고려 태조가 지방호족에게 토성을 분정할 때 거주고을을 나타낸 데서 출발했다. 본관은 시조의 출생지뿐만 아니라 왕이 내려 준 봉군지(封君地)나 사패지(賜牌地)도 해당됐다. 주·군·현은 물론 작은 고을인 향·소·부곡까지 해당됐고 고려 국경인 평양 - 원산만 이북지방의 고을이 본관인 성씨는 보이지 않는다. 평양 조씨, 영흥(함흥) 최씨와 같이 평양과 영흥이 최북단 본관 고을이다.

시조 고을에서 일족이 흩어짐에 따라 수많은 본관으로 분화됐다. 거주지역을 본관으로 나타냈고 본관을 중요시한 시기가 있었기 때문이다. 이를 동성이본이라고 하며 같은 성씨라도 본관이 다르면 점차 다른 씨족으로 여겨졌다. 글을 잘 짓는 연암 박지원이 집안친척의 비문을 쓰면서 박씨 성의 분화에 대해 언급했다. 신라왕 혁거세에서 출발한 박씨가 수없이 분화하다가 고려시대에 여덟 망족(望族)이 됐는데 이를 8박(八朴)이라고 했다. 8박 중 경상도 밀양박은 대성(大姓), 전라도 반남 박은 벌족이 됐고 함양 박, 무안 박, 순천 박, 고령 박은 영남에 반촌을 만들었다.

본관은 거주지역을 나타내므로 이름 없는 고을은 기피되고 작은 속현 고을일지라도 진보, 풍산, 기계, 해평, 초계 등과 같이 뛰어난 인물이 배출되면 계속 존립했다. 무명 고을의 본관은 점차 큰 고을로 흡수되거나 원래 본관으로 환원됐다. 본관 개관은 비교적 용이했으며 여말선초가 되면 행정구역 개편과 더불어 본관의 통합과 분관은 끝나고 이후 씨족의 분화는 동질성을 유지한 채 갈라지는 분파의 형태를 띠게 된다.

오늘날 성관 수는 3,400여 개로 조선 초보다 1,100여 개가 감소했다. 흔히 대성이라 부르는 10개 성관이 총인구의 35%를 차지하고 있는데 그 까닭은 이들이 자체적으로 번성을 했겠지만, 15세기 이후 무성층(無姓層)의 지속적인 성관 취득과 양란 이후 혼란기에 이들 성관으로 유입된 인구가 많았기 때문이다.

최근 경상도 단성현의 호구단자로 무성층의 성관 취득과정을 연구한 자료에 따르면 1678년에는 전 호수의 45%만 성을 가지고 있었고 백 년이 지난 1786년에는 87%까지 상승했다. 무성층은 대부분 본관을 먼저 얻고 성을 나중에 얻는 과정을 거쳤다. 본관은 지리적으로 가깝거나 인구가 많아 자신들에게 익숙한 지명을 선호했고 성은 자기가 거주하는 지역에 흔하면서 신분 장벽이 높지 않은 성씨를 선택한 것으로 나타났다.

족보와 뿌리 찾기

족보는 씨족의 과거를 연대순으로 재현한 기록이다. 성리학이 확산됨에 따라 보종(補宗)이 중요시되면서 15세기에 처음 만들어졌고, 18세기가 되면서 대부분의 씨족들은 족보를 가지게 됐다. 10세기 토성분정 이후 오백 년 동안 조상의 기록이 남아있지 않아 뿌리를 찾는 일은 무척 어렵고 힘든 일이었다. 구두로 내려오는 선조 이야기와 빛바랜 비문, 땅속에 묻힌 지석에서 출발했다. 수대에 걸쳐 실낱같은 기록을 전거로 삼아 조상의 연원과 무덤을 추적하여 씨족의 자랑스러운 과거를 밝히는 일은 삼백 년간 계속됐다. 1476년 안동 권씨 성화보, 문화 유씨 가정보에서 시작된 족보는 18세기에 절정을 이루었고 일제 때 근대 인쇄술이 도입되면서 가장 많이 발간한 간행물은 족보였다.

족보에 기록된 전설 같은 시조 이야기는 사서에 나오지 않는 경우가 많고 일부는 모화사상의 영향으로 미화되거나 각색됐다. 비록 사실관계에 대한 고증이 불확실하여 논란의 여지는 있지만 족보는 씨족의 연원을 밝혀 빛나게 했고 우리 역사의 미세사(微細史)를 일깨워 사료적 가치가 크다.

시조로부터 시작된 가문의 정체성과 가계의 오랜 연원은 대외적으로 힘과 위세를 나타냈고 씨족 문중인의 일체감과 동질성을 심화시켰다. 또 족보가 만들어지자 씨족 내 세대를 명확히 하기 위해 항렬이 생겼다. 항렬은 금수목화토의 오행이나 천간으로 만들어 같은 세대는 같은 항렬을 썼고 모든 씨족이 이 원칙에 따라 항렬자를 만들었다.

씨족의 생성과 부침

성과 본관이 결합하여 탄생한 씨족은 역사상 강력한 집단이 되어 고려·조선 천년왕조를 씨족의 나라로 만들었다. 고려왕조를 귀족의 나라라 했고 일부 현달한 씨족들은 자신을 해동명족 삼한갑족 신라귀성이라 불렀다. 무신정권이 출현하자 새로운 씨족이 등장했으며 충선왕은 권문·세족의 15개 씨족을 재상지종(宰相之宗)으로 선정하여 왕실과 혼인을 가능하게 했으며 이로써 왕실 혼인이 근친 족내혼에서 족외혼으로 바뀌었다.

씨족은 항구불변이 아니라 어느 때라도 새로운 씨족이 등장하여 나라를 이끌었다. 여말의 강력한 22개 문벌집안 가운데 고려 초기의 세족은 5개뿐이고 나머지는 신흥씨족으로 교체됐다. 씨족은 왕조의 경계를 뛰어넘어 역사를 관통했고 국토를 가로질렀다. 성종 때 성현은 『용재총화』에서 조선 전기 이름난 씨족을 거족(巨族)이라 하면서 76개를 언급했는데 그중 50% 이상은 임진란 전후에 쇠퇴하고 새로운 씨족이 조선 후기 붕당의 중심에 섰다. 750여 씨족이 조선왕조 문과 과거에 급제했다.

씨족은 혼인, 임지, 사화, 전란, 기근 등의 사유로 본향이나 수도를 떠나 전국으로 퍼졌다. 시조를 대신한 입향조를 중심으로 동성마을을 만들었고 종가와 장자 중심의 조상 받들기는 신앙처럼 강했다. 근대로 넘어오면서 나라가 어려울 때 나라를 위해 함께한 이들은 씨족형제였다.

씨족은 나라 동력의 곳간이었고 미래 세대를 키우는 요람이었다. 우리가 몰랐던 우리 역사의 얼굴이며 전근대기 소중한 인류문명의 자취라고 많은 외국인 사학자들이 우리 씨족을 연구하고 있다.

2부
선비의 노래

영남세가와 불천위 제사

큰 고을 이름에서 따온 경상, 전라, 충청이 조선 후기에는 지형적 특성에 방위를 붙인 한자어 영남, 호남, 영서, 호서로 많이 불렀다. 영남은 고개 너머 남쪽 땅으로 서울의 관점에서 보면 조령이나 죽령을 넘어야만 닿을 수 있는 먼 고을이었고 당시 주거환경이 열악하여 춥고 겨울이 긴 한강이북과 관서인에게 따뜻한 남쪽은 그리움의 대상이며 산 너머 남촌은 아련한 그 무엇이었다.

거기에는 큰 강이 흐르고 있었고 비옥한 강가에 칠십여 고을이 열지어 있었다. 조선사를 연구한 미국 하버드대학교 에드워드 와그너(1924~2001) 교수는 우리나라 반촌지역을 '초승달 모양의 양반지대'라 표현했다. 반도 동남쪽에서 서북쪽으로 이어진 비옥한 충적평야에 형성된 동성부락지대가 초승달 형상과 같다고 했다. 그 시작점이 영남이었다.

영남과 낙동강

실학자 이익은 그의 저서 『성호사설』에서 "영남은 산형 수세가 모아지는 형국으로 사방의 작은 하천이 일제히 모여들어 낙동강이 되는데 비 한 방울도 밖으로 새어나가는 법이 없다. 이것이 바로 여러 인심이 한데 뭉치어 화합하고 큰일을 당하면 힘을 합치게 되는 이치"라 했다. 조선 후기 지리서인 『산경표(山經表)』에 따르면 우리나라 산줄기와 물줄기는 정확히 일치하여 "강이 흐르듯 산이 흐르고, 산은 강을 가르고 강은 산을 넘지 못한다."고 했다. 낙동강 수계(水系)와 영남 산줄기는 정확히 일치했다. 태백산에서 지리산까지 백두대간 등줄기 좌측이 낙동강 수계이고 영남 땅이다.

한국고대문화의 주류인 신라문화가 이곳에서 탄생하여 유교 불교 토속문화가 여기를 중심으로 퍼져나갔고 우리나라 5대 대성(大姓)인 김·이·박·최·정씨가 모두 경주에 뿌리를 두고 분관과 분파를 거쳐 전국으로 확산됐다. 『삼국사기』와 『삼국유사』가 이곳 인사에 의해 편찬됐고 수많은 대학자와 고승대덕이 연년세세로 이어 내려와 14세기 말부터 우리나라를 주도하는 위치에 섰다.

대구, 안동, 상주, 성주, 진주 등 큰 고을은 모두 낙동강 유역에 세워졌고 강 따라 학문이 꽃을 피웠다. 상류에는 인(仁)을 중시하는 퇴계학, 하류에는 의(義)를 중시하는 남명학이 큰 줄기를 이루었고, 중류에는 한강 정구와 여헌 장현광이 학풍을 일으켜 낙중학(洛中學, 낙동강중류학문)이라 했다.

조선팔도에서 유생이 가장 많은 곳은 영남이었고 서원과 사우(祠宇)가 3백여 개 있었다. 안동 도산과 병산서원, 순흥 소수서원, 상주 도남서원, 구미 동락과 금오서원, 성주 회연서원, 달성 도동서원, 산청 덕천서원, 함양 남계서원, 밀양 예림서원 등 우리나라를 대표하는 영남 서원들이 낙동강 가에 세워졌다.

백두대간의 조령, 계립령, 죽령이 영남의 관문이라면 낙동강의 삼강나루와 낙동나루는 영남의 문지방이다. 문지방을 넘어야 영남의 속살로 들어간다. 삼강은 낙동강, 내성천, 금천의 세 물줄기가 만나니 삼강이라 했고 낙동은 낙(洛, 상주의 옛 이름, 가락국)의 동쪽이라 했다. 삼강 나루에는 삼강주막이, 낙동나루는 관수루가 명물이다. 강은 낙동나루 부터 큰 물굽이가 되어 남으로 내려가고 나루터는 영남지방 세곡(稅穀) 의 집결지가 됐다.

재지在地사족 영남세가

옛날부터 터가 좋아야 훌륭한 인물이 나온다고 믿어 배산임수 형 세를 갖춘 평온하고 기름진 곳을 길지라 했다. 영남은 신라의 옛 땅으 로 길지가 많아 살기 좋은 곳으로 소문났고 여말의 신진사대부가 상 경종사 후 낙향하거나, 수도 선비들이 영남 집안으로 장가들어 처가 고을로 이주했다. 이들이 문호를 열어 집안을 일으키고 향촌을 이끌 어 'ㅇㅇ세거지'라는 기품 서린 이름을 얻게 되었고 그 중심 집안을 세가(世家)라 했다. 세거역사가 오백 년이 넘는 집안은 대부분 영남에 있다.

영남세가는 전부 농토에 기반을 둔 재지사족이다. 부재지주인 수 도의 경화사족과 달리 세거지를 중심으로 농토를 넓히고 농장을 경영 하며 수백 년을 이어왔다. 왕조멸망과 일제강점기를 거치면서 경화사 족은 급격히 사라졌지만 뿌리 깊은 영남 재지사족은 굳건히 살아남았 다. 고을마다 향촌을 이끄는 유력문중이 있었고 영남 전역을 아우르 는 대문중은 없었지만 서로 학문과 혼반으로 인연을 맺어 하나의 집 단처럼 결속돼 있었다.

조선 후기 영남 선비는 조정 출사의 길이 막혔으니 세거지를 터전 으로 문중 위세의 상징인 종택, 재실, 서원, 정자를 지으면서 일생을 보냈다. 경상도 골짜기마다 남아있는 고색창연한 종가와 고(古)건축물은 재지사족 영남세가의 값진 유산이다.

나라에서 인가한 것도 시험을 치룬 것도 아닌데 영남세가는 어떠한 집안일까? 임진병화로부터 이백 년이 지나 조선의 르네상스라 부르는 영·정조 75년 치세 말엽에, 어려움을 겪던 영남 선비들이 나라를 향해 한 목소리를 냈던 영남만인소에 참여한 문중은 225개였다. 당시 퇴계학이 영남을 지배하고 있었고 퇴계 제자들이 만인소를 주도했으며『승정원일기』에 이름과 신분이 수록되는 영광을 얻었으니 가히 지역대표라 할 만하다.

그런 문중 가운데 훌륭한 조상을 불천위로 모시는 집안이 130여 개되고, 최근 연구에 따르면 조선 후기 영남 양반가의 얽히고설킨 최상류 혼반이 99개 집안으로 이루어져 있다. 반촌 세거지는 긴 세월 동안부침과 성쇠를 거듭하면서 사족의 일생을 함께했다. 영국 귀족처럼출생 시부터 지역적 권위와 특권이 부여된, 명문집안의 세거지와 성씨가 묶어진 이름- 하회 류씨, 내앞 김씨, 닭실 권씨 등의 명칭은 영남재지사족의 신분증이 됐다.

학문을 숭상하고 위기지학을 중시하고

16세기부터 경상도 사족들은 독자적으로 영남학파를 형성했다. 정치적으로 남인 계열이므로 조정에서 파견된 고을수령의 간섭에서 벗어나 나름대로 영향력을 행사할 수 있도록 읍성으로부터 멀리 떨어진태백 소백 산록과 가야산, 지리산 산간 아래에 문호를 열었다.

그중 도산(예안), 하회(풍산), 천전(임하), 유곡(봉화), 고평(예천), 오미(풍산), 소호(일직), 석전(칠곡), 양좌(경주), 옥산(구미), 우산(상주), 지촌(성주), 해평(선산)은 영남 명현이 태어난 곳으로 배산임수의 길지라 했다. 예로부터 사족들은 바닷가보다 강을, 큰 강보다 샛강을 선호했다. 그래서 샛강을 뜻하는 한자어 계(溪)를 아호에 붙인 인물이 많다. 퇴계(이황)를 비롯하여 단계(하위지), 동계(정온), 묵계(김계행), 청계(김진), 석계(이시명), 우계(성혼), 사계(김장생), 아계(이산해), 서계(박세당), 남계(박세채), 반계(유형원), 이계(홍양호)가 그러하다.

아울러 영남의 학문적 풍토는 세상을 이롭게 하는 경세의 학문, 위인지학(爲人之學)보다 자신의 수양을 위한 공부, 위기지학(爲己之學)을 더 중요시했다. 성리학의 나라 조선에서 선비의 평가 순위는 학문, 절의, 문장, 관직 순이었고, 경상도는 대학자가 많이 나와 추로지향의 고을이라 했다.

영남대학교 고(故) 이수건 교수는 그의 저서 『영남학파 형성과 전개』에 조선 후기 경상도 지방의 대표적인 명문(名門)집안과 씨족의 세거지를 언급했는데 다음과 같다.

조선 후기 영남 지방의 대표적인 명문(名門)과 세거지

고을명	영남 지방 주요 씨족의 세거지
예안현	진성 이씨(온계, 토계, 부포), 광산 김씨(외내), 영천 이씨(분천)
안동부	풍산 류씨(하회), 의성 김씨(천전, 금계, 구미, 해저), 안동 권씨(송야, 가일, 유곡, 도촌, 용계, 석남, 임하), 안동 김씨(소산, 묵계), 전주 류씨(수곡, 박곡, 대평), 풍산 김씨(오미), 순천 김씨(구담), 봉화 금씨(오천, 부포), 영양 남씨(송리, 매곡), 경주 이씨(금계, 용정), 고성 이씨(운흥), 진성 이씨(주촌), 한산 이씨(소호), 흥해 배씨(금계)
상주목	진주 정씨(우산), 풍양 조씨(장천), 광주 노씨(화서), 흥양 이씨(청리), 부림 홍씨(영순 ,무림), 장수 황씨(공성), 풍산 류씨(우천), 안동 권씨(산북)
함창현	인천 채씨(이안)
의성현	안동 김씨(사촌), 영천 이씨(산운), 아주 신씨(구미)

청송부	함안 조씨(안덕), 영해 신씨(중평)
영양현	한양 조씨(주곡)
영해부	재령 이씨(인량, 석보, 수비), 영양 남씨(원구, 괴시), 무안 박씨(축산)
예천군	예천 권씨(죽림), 안동 권씨(저곡), 함양 박씨(금당), 청주 정씨(고평)
용궁현	동래 정씨(풍양)
봉화현	풍산 김씨(오록), 진주 강씨(법전, 춘양)
영주군	예안 김씨(우금), 풍산 김씨(봉향, 화천)
경주부	경주 손씨(양동), 여주 이씨(양동, 옥산), 경주 최씨(이조), 경주 이씨(기계)
영천군	연일 정씨(대전, 자천), 창녕 조씨(대창)
성주목	청주 정씨(노곡, 지촌), 광주 이씨(상지, 석전)
대구부	경주 최씨(옻골)
금산군	창녕 조씨(봉계), 연일 정씨(봉계)
선산부	전주 최씨(해평)
현풍현	현풍 곽씨(솔례), 서흥 김씨(못골)
진주목	창녕 조씨(덕산)
합천군	서산 정씨(야로)
함양군	하동 정씨(개평)
안음현	은진 임씨(갈천), 초계 정씨(위천)

봉제사 접빈객奉祭祀 接賓客

조상의 제사를 받들어 모시고 집안에 찾아오는 손님을 정성으로
대접하는 봉제사 접빈객은 영남 명문가의 평생 과업이요 주요 실천
덕목이었다. 제사는 4대를 봉사하였으며, 명절에 지내는 속절(俗節)과
춘하추동의 둘째 달에 지내는 시제(時祭)가 있었다. 속절은 옛날 4대
명절인 정월초하루, 한식, 단오, 한가위에 주로 가묘에서 지냈고, 제
사지내는 곳을 정침(正寢)이라 하여 집안 내 가장 중요한 공간이 됐다.

시제는 음력 2·5·8·11월에 길일을 택해 선산 근처에 세워진 재실에서 지냈는데 묘제, 묘사라 했고 사중제(四仲祭)라 불렀다.

영남 종가나 양반가에서는 예를 갖추어서 손님을 극진히 대접했다. 종부는 손님 대접하는 일을 평생의 과업으로 여겼다. 양반가에서는 생면부지 손님에게도 적선(積善)이라 하여 박대하지 않았다. 그래서 덕을 쌓은 집안에는 반드시 좋은 일이 생긴다는 적선지가 필유여경(積善之家 必有餘慶)이나 덕문집경(德門集慶), 인택홍상(仁宅弘祥)과 선행이 영남 양반문화가 됐다.

불천위不遷位

조상 제사는 4대 고조부까지만 모시고 5대가 되면 체천(遞遷)하는 오세즉천(五世則遷)이 원칙이지만 문중을 빛낸 고귀한 조상, 현조(顯祖)의 신위는 없애지 않고 영원토록 제사를 지내는 것이 후손된 도리라고 여겼다. 신위를 체천하지 않는다고 불천위라 부르며, 예학을 중시하던 조선 중기부터 활발했고 특히 영남 명문가에서 성행했다.

후손들은 현조의 제향을 영원히 지낼 수 있도록 조정에 소를 올려 승인을 받으면 '국불천위'가 됐고 반대세력의 견제로 조정의 승인을 얻지 못하면 영남 유림의 공의를 얻어 '향불천위'로 모셨다. 이도 여의치 않으면 문중 전체의 동의로 '문중불천위'로 모셨다. 모두 경제적 여건과 동족 번성이 필수요건이다. 현조를 불천위로 모시게 되면 문중은 빛이 났고 조상의 위세로 가문이 귀하게 됐다.

영남 큰 문중은 대부분 불천위 조상을 모시고 있다. 최근 연구자료에 의하면 경북 187위, 경남 25위, 대구 9위, 서울·수도권 156위, 전라도 33위로 경북이 가장 많고 시도별로 안동 50위, 봉화 17위, 상주·영주 각 15위, 성주 11위, 영천 10위로 경북 전역에 골고루 분포돼 있다. 문중별로 불천위 조상이 한 명인 경우가 대부분이지만 현조를 많이 배출한 집안은 불천위 조상이 여럿 된다. 안동의 진성 이씨, 풍산 류씨, 의성 김씨, 전주 류씨, 안동 권씨, 풍산 김씨 문중은 불천위 조상을 셋 이상 모시고 있다.

영남 불천위는 학문이 뛰어난 인물이거나 입향조 조상이 대부분이고 서울과 수도권 불천위는 공신과 왕족 중심이다. 국불천위는 대부분 나라에 공을 세워 공신으로 책록된 인물인데 문묘와 종묘에 배향된 공신이 주류를 이룬다. 문묘에 배향된 현인 18인을 동국18현이라고 칭하는데 그중 1610년(광해군 2년)에 배향된 동방 5현 중 4명이 영남 인물이고 숙종 이후 배향된 9명은 전부 서인계 인물이다. 조선왕조의 종묘에 배향된 공신은 94명인데 인조 이후 배향된 59명 중 영남 인물은 한 사람도 없다. 영남 불천위는 유림이나 문중불천위가 많다. 우리 집 보물은 오로지 청백뿐이라고 했던 안동 길안의 묵계종택 김계행은 사후 400년이 지난 1909년 왕조 말엽에 불천위 교지를 받아 국불천위가 됐다.

불천위 제사

불천위 제사는 현조에 대한 공경과 더불어 대외적으로 가문의 위세를 과시한다. 참석자는 당고조 8촌인 당내(堂內)를 넘어 모든 후손까지 세대를 넓히고 외손, 제자, 사돈, 지인 등 타 문중 인물로 확장했다. 참석인원이 문중 결속력을 나타내고 문중 위세의 척도가 되기도 했다.

제물 진설은 다양화하고 웅장하며 제례 절차도 차별화했다. 제상

에 올리는 탕 종류는 육탕, 어탕, 소탕, 계탕, 조개탕 등 5탕이나 7탕
이 기본이었고 문중마다 특색 있는 정과나 유과, 식혜 등을 만들었으
며 떡과 도적(都炙, 익히지 않은 계적·육적·어적을 한꺼번에 쌓는 제물)을 높이 쌓
아 올리는 솜씨는 가히 예술이었다. 종갓집마다 가전비주를 빚는 비
법이 달랐고 재령 이씨 영해문중의 『음식디미방』, 광산 김씨 예안문
중의 『수운잡방』 같은 음식조리책이 불천위 종가에서 만들어졌다.

충과 효를 다듬고 새겨 문중의 품격을 지켜야 하는 종손의 의무,
정성과 부덕을 체에 쳐서 말리고 세월로 빚은 종부의 자존심, 이들이
엮어내는 불천위 제사는 영남 양반가의 상징이다.

조상의 눈 아래에서

스위스 출신 역사학자 런던대학의 마르티나 도이힐러(1935~) 교수
가 쓴 우리나라 역사서 『조상의 눈 아래에서(Under the Ancestors' Eyes)』가
2018년에 번역 출간됐다. 우리나라 역사를 씨족의 역사라고 갈파한
이 책은 2015년 미국 하버드대학교 아시아센터에서 출간한 영문서적
으로 80세 넘은 노학자가 일생을 바쳐 우리 역사에 묵직한 담론과 새
로운 시각을 던져주어 씨족(문중) 연구에 큰 이정표를 남겼다. 우리나
라 씨족사회와 양반문화 연구의 필독서가 됐다.

문중은 시간과 공간을 가로지르고 왕조의 경계를 뛰어넘었다. 붕
당의 토대가 되었고 붕당에 끈질긴 생명력을 부여한 것도 문중이었
다. 과거제와 신유학의 토양 아래 문중은 한국인의 삶 구석구석에 결
정적인 영향을 미쳤고 문중 형성의 동력은 조상 숭배의 제례였다. 제
사는 조상의 위세를 뒷배로 삼아 문중을 지키려는 성대한 의례였다.
문중 성원은 조상과 일생을 함께했으며 가묘에서 들리는 조상의 긴

탄식 소리를 들으면서 은덕에 감사했고 조상의 가호에 자신들을 맡겼
다. 그들은 조상의 눈 아래에서 살았다.

조선 선비의 거룩한 분노, 만인소

숙종 20년(1694년)은 영남 남인이 마지막으로 피 흘린 해였다. 갑술 환국이라 일컫는 그해 이후 백 년 동안 영남인은 미천한 시골선비로 취급받으며 과거급제 하여도 당상관 보임은 하늘의 별따기였고 참상(參上, 3품에서 6품)조차 되기 어려웠다.

삼십 년 뒤 이인좌 난(1728년)에 반역향으로 낙인찍혀 영남 양반가문 대부분은 중앙 진출의 꿈을 버리고 농토에 기반을 둔 재지(在地)사족이 되어 향촌을 지켰다. 정조가 등극하고 십여 년이 지난 1788년 채제공이 우의정 되어 국정을 이끌자, 정조는 영남인을 달래고 우군세력으로 키우기 위해 경주 숭덕전과 도산·옥산서원에서 치제(致祭, 왕의 제사)를 지내고 도산서원에서 영남별시(특별과거)를 열었다.

만인소로 영남 유림은 결집하고

다시 조정의 문을 열어준 성은에 보답하고자 1792년 정조 16년에 영남 유생은 조선 역사상 처음으로 만 명 넘는 선비가 동참하여 사도세자 신원을 위한 유소(儒疏)를 올리는데 이것이 제1차 영남만인소이다. 이제까지 가장 많은 인원의 유소는 현종 7년(1666년) 유세철이 올린 송시열예론 반대소로 천 명이었다.

교통과 통신수단이 열악한 조선 후기에 천 명 인원도 대단한데 하물며 만 명 유생의 소는 역사상 전무한 사건으로 소외지역의 집단적 분노였고 조선 정치 사회사에 큰 족적을 남겼다.

『세종실록지리지』에 따르면 경상도는 신라의 옛터로 국가의 근본이라 했고 경상도만큼 토양이 비옥하고 인재가 풍부한 곳은 없다고 했다. 실제로 고려 말부터 조선 전기까지 압도적 수의 과거합격자는 경상도에서 배출되었고 조선 중기까지 문묘에 배향된 아홉 현인 중 여덟이 이곳 출신이었다. 조선팔도에서 유생이 가장 많은 고을도 경상도였다.

정조의 영남 우호 분위기를 감지한 성균관 남인 유생들이 봉화 삼계서원으로 통문을 보냄으로써 만인소는 시작되었다. 영남유림대회에서 대산 이상정의 조카 이우가 소두(疏頭, 소의 대표)가 되어 그동안 금기시됐던 사도세자 신원을 소청하여 정조를 통곡하게 만들었고, 영남 유림 200여 개 문중과 만여 명의 영남 유생을 결집시켰다.

영남 225개 문중이 참여하다

만인소 참여는 개개인이 아니라 문중별로 진행되었고 참여인원 10,057명의 이름과 신분이 『승정원일기』에 수록돼 있다. 조선은 씨족 사회이고 향촌의 실질적 지배자는 조정이 아니라 문중이었다. 고을마다 향촌을 이끄는 유력문중과 수선(帥先)서원이 있었다.

만인소는 경상도 71개 고을 중 53개 고을에서 내로라하는 양반가문 225개 문중이 참여하였다. 지금의 행정구역으로 경북 153개, 경남 72개였다. 고을별로 평균 3~4개 문중이 참여하였고 문풍이 강한 지역은 참여문중이 많았다. 고을 내 세거지를 달리하더라도 같은 집안이면 한 문중으로 참여했다.

지역별로는 안동(예안 포함)이 20개 문중으로 가장 많고 상주 16개, 영주 11개, 성주와 선산 9개, 영천과 예천 7개 문중이 참여하였다. 문중별 참여인원 수는 사오십 명에서 이백 명까지 문중세와 유생 수에 따라 달리했다. 가장 많은 인원이 참여한 문중은 안동의 무실 류씨(전주 류씨) 집안으로 200여 명이다. 내앞의 의성 김씨와 하회의 풍산 류씨 문중이 100여 명, 퇴계의 진성 이씨 문중이 60여 명, 상주 풍양 조씨 문중이 90여 명, 경주 양동의 여강 이씨와 경주 손씨 문중이 60여 명 등으로 오늘날 시각으로 보아도 대단한 규모이다.

백 년 전 대기근에 공명첩을 사서 신분상승을 꾀한 평민 중에서 누대에 걸쳐 소학과 가례를 익혀 양반층에 진입한 몇몇 신향(新鄕)집안도 만인소 서명부에 이름을 올렸다. 무신난에 참화를 입은 영남 우도의 선비 집안도 힘을 보탰다. 현종 때 128개 문중이 참여한 예송논쟁 유소에 비해 참여문중이 100개 증가하여 영남 재지문중은 대부분 동참했다.

대구문중도 만인소에 참여하다

대구부는 4개 문중이 만인소에 참여했다. 하빈의 달성 서씨 서사원 집안, 동구 옻골(칠계)의 경주 최씨 최흥원 집안, 서재의 성주 도씨 도성유 집안, 동구 미대동의 인천 채씨 채응린 집안이 서명부에 이름을 올렸다. 모두 임진란 때 의병장으로 활약한 집안으로 대구부성과 적당히 떨어진 곳에 문호를 열어 대구유림을 이끌었다.

임진란 직후 1601년 경상감영이 옮겨오자 대구는 행정과 상업의 중심지가 됐고 관찰사는 대부분 노론 관리였다. 미관말직도 어려운 대구사족에게 노론 관찰사 영향력은 매우 커서 다른 지역보다 노론화가 빨리 진행됐다. 이 시기에 월촌의 단양 우씨 집안과 만촌의 옥천 전씨 집안은 이미 노론화가 됐고 화원의 남평 문씨 집안은 아직 세거 하기 전이었다.

대구의 수선서원은 북구 동화천 변의 연경서원이다. 퇴계를 배향 하고 1660년 사액서원이 된 이곳에서 안동유림의 통문을 받고 대구유 림은 참여를 결정했다.

격정의 만인소로 의리를 밝히고

제1차 영남만인소는 조선 정치·사회사에 큰 획을 그은, 극적이고 격정의 사건이다. 정조는 만인소로 든든한 우군을 얻었다. 만인소는 이렇게 시작된다.

> "아, 신들은 하나의 의리를 마음속에 간직한 지 30여 년이 지났으나 감히 입을 열지 못하고 가슴만 치면서 살아왔습니다. (중략) 전하께서 영남을 돌보 아주심이 절실하고 영남을 예로 대우함이 지극하니, 영남의 진신(搢紳, 벼슬 아치)과 유생들은 모두 전하를 위하여 한 목숨을 바쳐 보답하겠다는 뜻을 가 지고 있으며, 만약 목숨을 바친다면 선세자(先世子)의 무함(誣陷)을 밝히는 것 이 단연코 첫 번째 의리이니, 김상로를 비롯한 역적의 무리를 처단하여 어 버이를 위한 춘추의 의리를 밝히고 백대의 공의(公議)를 바로 세워야 합니 다."

> "이에 감히 발을 싸매고 문경 새재를 넘어 피를 쏟는 정성으로 대궐문에 서 부르짖어 성상의 마음을 슬프게 하는 것이 죽을죄가 됨을 모르는 바는 아 니오나 큰 의리는 다른 것을 돌아볼 겨를이 없으니 전하께서는 굽어 용서하

고 살펴 주십시오."

라고 충정을 담았다. 정조는 비답을 내리려고 소두 이우, 김한동, 김희택 등 영남 유생 8명을 어전으로 불렀다. 소두 이우가 만인소를 읽자, 정조는 목이 메어 한동안 말을 잇지 못했다. 여러 차례 되풀이 하다가 한참 후에 이르기를,

"차마 문자로 기록할 수 없어 대면하여 말하려고 했다. 너희들이 천릿길 에 고개를 넘고 물을 건너 대궐에 호소하였는데, 그 일은 지극히 외경스럽 고 중대하고 지엄한 것이며, 그 말은 차마 들을 수도 볼 수도 없으며 감히 제 기할 수도 없는 것이다. 정녕 의리가 밝혀지지 않고 형정(刑政)이 거행되지 않음을 걱정하지 말라, 나의 본뜻은 천명(闡明, 분명히 밝힘)이니 이는 너희 영 남의 진신(벼슬아치)과 유생들의 공로이다."(『정조실록』윤사월 27일)

라고 했다. 영남 유생들은 비답을 받았으나 바로 내려오지 않고 10 일 후 1차 상소보다 311명이 더 많은 10,368명이 연명한 제2차 상소를 올렸는데 사도세자 신원을 더 강하게 언급하였다.

지난 백 년 동안 상소만 올려도 귀양 가거나 목숨을 잃은 영남 선비 가 그 얼마였던가? 금번 임자년 만인소에는 궁궐에 들어가 임금을 알 현했으니 세월이 바뀌었음을 실감했고 남인계 관리들의 격려를 받으 며 조정에서 내린 노자(路資)로 영광스럽게 귀향했다.

의병활동과 독립운동으로 이어지고
길이 96.5m 폭 1.11m의 한지 두루마리로 되어있는 만인소에는 한

지 한 장에 80명 유생의 수결(手決, sign)이 찍혀 있으며 130여 장으로 이어져 있다. 무엇이 이들로 하여금 윤사월 꽃피는 봄날에 짚신을 갈아 신으며 풍산들, 해평들, 안강들을 누비고 다니게 했는가?

인조반정 후 여섯 임금 치세 동안 잊힌 백성으로 성은에 보답할 길이 막혀버렸고 수많은 집안이 사조무현관(四祖無顯官, 부·조부·증조부·외조부가 벼슬을 하지 못한 집안)으로 이름뿐인 사족이었다.

만인소는 훌륭한 조상에 대한 찬란한 기억을 일깨워 주었고 조정 출사의 꿈은 버렸지만 나라 부름에 함께한다는 영남 유가(儒家)의 마지막 자긍심이었다. 문중을 대표한 수백 명의 선비가 자색소함을 받들고 한양 육백 리 길을 흰 도포자락을 펄럭이며 나라의 의리를 밝히려는 봉송행렬은 가히 장관이었다. 자칫 꺼질 뻔했던 선비불씨를 지켜주었으며 경상도 골골마다 고색창연한 종택과 묵직한 현관이 살아남아야 할 이유였고 도(道)가 동쪽으로 온 까닭이었다.

이후 나라가 어려울 적마다 만인소로 천하의 뜻을 밝혔고 위정척사 만인소는 의병활동과 독립운동으로 이어졌다. 왕조가 그들을 버렸을지언정 그들은 빼앗긴 나라를 찾는 데 목숨을 바쳤다. 영남 재지문중이 배출한 우국지사는 천 명이 넘었다.

만인소에 담긴 뜻을 이어받은 영남 우국지사는 나라를 위해 싸우다가 삭풍 부는 만주 벌판에서, 이국 땅 형무소에서 눈을 감았다. 만인소는 영남 유생의 단순한 상소문이 아니라 영남 선비의 거룩한 분노였다.

영남 선비는 왜 사도세자를 위해 목숨을 던졌는가

1762년 영조 38년 윤오월 13일, 영조는 대리청정하고 있는 왕세자이자 자신의 아들인 사도세자를 7월 염천에 뒤주에 가두어 굶어죽게 하였다. 이 사건이 조선 오백 년 왕가에서 가장 비극적인 사건 임오화변(禍變)이다. 이 참혹한 현장을 처음부터 목격한 영남 선비가 있었는데 세자에게 『역경』을 가르친 시강원 관리 권정침이다. 화변의 그날에 세자를 비호하다가 영조의 노여움으로 형장에 끌려갔고 특지로 풀려나 낙향했다. 하늘 보기 부끄러워 세상과 담을 쌓고 그날의 일을 기록으로 남겼다. 『서연일기』이다.

『서연일기』가 영남 유림에 알려져 사도세자의 죽음이 노론 간계로 인한 억울한 죽임이요, 진실을 세상에 알리겠다고 사도세자 설원소(雪冤疏)를 올려 참형을 당한 올곧은 영남 선비가 있었다. 조선 왕손(王孫)으로 영남에 뿌리를 내린 이도현·이응원 부자이다. 이 사건으로 안동부는 현으로 강등됐고 가족들은 귀양 갔다. 훗날 영남 유생 만여 명이 연명하여 올린 만인소 상소문도 사도세자 신원과 추존이었다. 영남 선비는 무엇 때문에 사도세자를 위해 목숨을 던졌는가?

역사의 그날
영조는 왜 삼복염천에 왕세자를 뒤주에 가두어 굶겨 죽게 했는가?

폐위시키고 강화도로 귀양 보내면 되지, 왜 세계사에 유래가 없는 인륜과 천리에 어긋나는 일을 했는지 역사는 말이 없다. 스물일곱의 세자는 뒤주 속에 갇혀 8일 만에 세상을 떠났고 '사도(思悼)'라는 시호가 내려졌다.

영조는 그날의 일을 말이나 글로 유포하는 자는 역률(逆律)로 다스리겠다고 엄명했다. 그날의 일은 '차마 말할 수 없고 감히 말할 수 없는' 불인언 불감도(不忍言 不敢道) 여섯 글자에 묻혀 금기어가 됐고 정사(正史)에서 사라졌다. 실록에는 '왕세자가 대명하다. 세자를 폐하여 서인으로 삼고 엄히 가두다'로 두 줄만 남아있다.

그날 남다른 사명감으로 화변 현장을 지킨 이들은 사관이었다. 영조는 군졸을 시켜 현장에서 사관을 끌어내려 했으나 사관들은 필사적으로 저항했다. 예문관 전임사관 임덕제는 "나의 손은 사필(史筆)을 잡는 손이다. 이 손을 잘릴지언정 끌려갈 수 없다."고 했고 시강원 겸임 사관 권정침은 "이와 같은 대사변에 사관은 잠시라도 현장을 떠날 수 없다."고 왕명을 거역했고 승정원 가주서 이광현은 혼절한 세자를 위해 의관을 데려왔다.

예문관 사관 윤숙은 문 밖에서 서성대는 영의정 신만을 비롯한 대신들에게 "이처럼 위급한 시기에 대신들이 대궐 섬돌에 머리를 찧고 죽기로 작정하면서 힘껏 간하지 않는다면, 장차 대신을 어디에다 쓰겠는가?"라고 9품 사관이 대신들을 나무랐다. 사초를 전담하는 예문관 여덟 사관을 '8한림'이라 불렀는데 사건 다음 날 좌의정 홍인한이 주청하여 윤숙을 흑산도로, 임덕제를 제주 정의현으로 귀양 보냈다.

그러나 화변을 목격한 당대의 목격자들은 목숨을 걸고 그날의 일을 기록으로 남겼다. 『권정침일기』, 『윤숙일기』, 『이광현일기』이다. 『임덕제일기』는 존재기록만 있고 실물은 유실됐다. 일기는 세상 밖으로 나오지 못하고 시골 본가 다락에 숨겨져 있거나 외손가를 통해 몰래 전해져 내려왔다. 구한말 『매천야록』을 쓴 매천 황현이 사학자 청강 김택영에게 보낸 서한에서 화변이 일어난 지 백 년이 지났는데도 금기로 사료가 나오지 않아 당시 원한이 아직 풀리지 않고 있다고 했다.

화변의 목격자 권정침

평암 권정침(1710~1767)은 닭실마을 권벌의 7세손이다. 큰할아버지가 영남 유림을 이끌고 퇴계 제자명부 『계문제자록』을 쓴 권두경이고 숙부가 영조 때 영남 인재로 천거된 양산군수 권만이다. 3대가 내리 대과급제해 가문이 현달했으나 당시 영남인은 상소만 올려도 귀양 가는 가혹한 시대였다. 큰할아버지 권두기도 사헌부지평 시절 내앞 출신 홍문관수찬 김세흠을 비호했다고 해남으로 유배당했기에 권정침은 1757년 대과급제 후 출사와 사직을 반복하다가 이태 전 세자시강원에 다시 들어갔다.

어릴 적 총명함으로 권두경은 훗날 반드시 가문을 빛낼 인물이라 했고 과거에 급제하자 영조는 오랜만에 홍패가 조령을 넘어가 영남 인재를 얻었다고 기뻐하며 세자 교육을 맡겼다. 사도세자는 사람됨이 순실하고 문학이 아름다워 다른 직으로 옮겨가지 못하게 했다. 권정침은 나경언 고변 당시 영조에게 눈물로 호소했고 운명의 그날 세손(훗날 정조)을 데려오기도 했으며 뒤주에 들어가려는 세자를 몸으로 막기도 했다. 영조의 노여움으로 군졸에 의해 형장으로 끌려가다가 특지(特旨)로 풀려나 낙향했다. 세자를 따라 죽거나 스스로 목숨을 끊지 못하고 구차하게 명을 보전했다고 한탄하며 청천 하늘 보기가 부끄러워 세상을 등졌다.

1766년 영조가 다시 세손 교육을 맡기고자 권정침을 불렀으나 나가지 않아 영조가 '안동답답이'라 했다. 낙향 후 사도세자의 억울한 죽음을 호소하는 상소문을 썼으나 자식들의 만류로 올리지 못했는데 임종 시 이를 천추의 한으로 여겼다고 한다. 그날의 일을 『서연일기』에 남기고 58세 일기로 세상을 떠났다.

권정침의 『서연일기』

조선시대 국왕의 공부를 경연(經筵), 세자의 공부를 서연(書筵)이라 했다. 권정침은 세자에게 『역경』과 『강목』을 가르쳤으므로 『서연일기』라 이름 붙였다. 일기는 백 년 후 고종 때 후손이 문집 『평암집』을 만들 때 수록한 부분과 문집에 싣지 않은 임오화변 전후 금기의 글로 나누어진다. 문집에 싣지 않은 부분은 1762년 5월 22일부터 윤오월 21일까지 한 달간 일기이다.

민감한 시기의 기록이므로 170여 년간 후손이 보관해 오다가 1934년 조선사편수회의 지방사료 채집 시 처음 등사됐으나 세간의 관심을 끌지 못했고 해방 후 국사편찬위원회로 넘어가 1980년대 공개되면서 세상에 알려지게 됐다.

일기에는 영조가 세자에게 자결을 명했으나 세자가 칼이나 사약을 달라고 한 일, 곤룡포를 찢어서 목에 매어 세 번 혼절한 일, 뒤주가 작아 큰 뒤주로 바꾼 일, 답답하다고 뒤주를 발로 차고 나온 일, 청심환을 먹인 일, 홍인한이 뒤주에 틈이 있다고 영조에게 아뢴 일, 윤숙이 대신들을 반강제로 데리고 온 일, 세손이 두 번이나 현장에 업혀 온 일 등이 기록돼 있으며 분량도 임오년 일기 중 가장 많다.

성주 한개마을 출신의 호위무관 이석문에 관한 이야기도 나온다. 세손을 업고 현장으로 들어가다가 군졸이 막자 "세자와 세손의 마지막 만남인데 어찌 어명을 말하고 있는가." 하며 밀치고 들어간 일과 권정침을 형장으로 끌고 가 참형하라는 어명을 지연시킨 일 등이다. 또 정약용의 장인 홍화보가 당시 무관으로 현장에 있었는데, 영조가 혼절한 세자에게 탕약을 가져다 준 어의(御醫) 방태여를 효수하라고 명을 내리자 홍화보는 머리와 머리카락은 같은 것이라며 어의의 상투를 베어 대신했다는 이야기가 나온다. 훗날 영조는 홍화보의 기지를 칭찬했고 중용했다. 이렇듯 영남 선비 권정침은 그날의 일을 『서연일기』에 남기며 이렇게 마감했다.

"나는 천고에 없는 사변을 겪어 정신과 혼을 잃고 병까지 얻었다. 당시를 회고하건대 드러낼 것과 없애야 될 것이 여기에 이르렀건만 나는 꺼리고 쓰지 말아야 할 바를 피하지 않고 그대로 썼다. 비록 이 일로 죽게 된다 할지라도 아무런 여한이 없다. 오호통재라, 오호통재라."

이도현·응원 부자의 사도세자 설원소

『서연일기』가 권정침의 동생 권정흠에 의해 영남 유림에 널리 알려지자 사도세자 죽음은 노론 간계에 의한 억울한 죽음이라는 분위기가 팽배했다. 1776년 정조가 즉위하고 5개월 뒤 안동선비 계촌 이도현은 죽음을 각오하고 사도세자 설원소(雪冤疏)를 지어 아들 이응원으로 하여금 조정에 올리게 했다.

이도현(1726~1776)은 태종의 일곱째 아들 온녕군 11세손으로 고조부가 닭실마을 권벌의 증손녀와 혼인하여 봉화 풍정리에 세거했고 증조부 이시선이 학식과 명망이 높아 명문세가가 돼 풍정 이씨라 불렀다. 이도현도 퇴계 집안으로 장가들었다.

설원소는 격정의 명문장이다. 태조의 원손(遠孫)으로 『서연일기』를 보았음을 밝히고 세자의 죽음이 실로 노론 간계에 의한 억울한 죽음이니 임오년 흉역을 처벌하여 아버지 원한을 풀어 드리고 만대의 공의(公義)를 바르게 세워달라는 호소문으로 16년 후 일어난 영남만인소의 초석이 됐다.

250여 년이 지난 오늘날에도 가슴 저미는데 당시 이 글을 읽은 정조의 심정은 어떠했을까? 조정을 에워싼 노론벽파 세력 속에서 겨우 왕위에 등극한 정조는 '차마 말할 수 없고 감히 말할 수 없는' 임오년 일을 언급한 이도현 부자를 참형하지 않을 수 없었다. 부자 모두 참형시키고 가족은 황해도 풍천 초도로 귀양 보냈다. 이도현의 벗 영주 출신 승정원 가주서 김약련도 동조했다고 평안도 삭주로 귀양 보냈고 권정침의 동생 권정흠을 국문해야 한다는 청은 끝내 물리치고 모든 것을 기록으로 남기라고 했다.

영남 유림은 이도현 부자의 신원을 위해 두 번이나 상소를 올렸으나 풀리지 않았고 1899년 고종 때 사도세자를 장조로 추존하면서 이도현을 가선대부 내부협판(이조참판), 아들 이응원을 통정대부 비서원승(승지)으로 추증했다. 향산 이만도는 관작 축문과 풍정 이씨 문중에 드리는 헌사를 썼고 독립지사 서파 류필영이 행장을 지어 고인을 달랬다. 권정침은 내부대신(이조판서)으로 추증하고 그에게 충헌이라는 시호가 내려졌다. 사도세자는 이처럼 영남 선비들이 왕조 백성으로서 뜻을 밝히는 마지막 통로였고, 먼 조상의 찬란한 기억 - 명현과 명신의 후예임을 일깨워 주는 자긍심의 인식이었다.

천하제일의 문장, 서얼선비 신유한

청천 신유한(1681~1752)은 18세기 동아시아를 풍미한 영남 서얼 출신
의 문장가이다. 서얼에게 과거 문이 열리자 진사시에 장원하고 증광
시에 급제했지만 벼슬길은 평생 한직과 벽촌 현감에 머물렀다. 경계
밖의 인물이었지만 천하제일의 문장은 조선을 들쑤셨고 명성은 구비
전승의 설화를 낳았다.

1719년(숙종 45년) 39세 때 기해통신사 제술관으로 뽑혀 일본사행 길
에 6천여 편의 글을 일본 전역에 뿌렸다. 가는 곳마다 그의 글을 청하
는 이들로 장사진을 쳤고 앉은 자리에서 수백 편의 시문을 단숨에 써
내려가 일본문인들을 감탄케 했다. 그의 사행일기『해유록』은 일본
문물과 풍습을 사실화처럼 기록해 박지원의『열하일기』와 더불어 사
행기록의 쌍벽을 이루었고 오늘날 청천을 연구한 학술논문은 백 편이
넘으며 조선 후기 박제가의 북학(北學)에 대비하여 신유한의 화학(和學,
일본학)이라고 젊은 사학자들은 이야기하고 있다.

청천 신유한 생애

청천은 밀양 산외면 죽동마을에서 태어나 혼인 후 처가동네 고령
개진면으로 이사했다. 조부·백부·생부가 모두 글이 뛰어나 밀성삼가
라 불렀고 25세에 진사시 장원하여 성균관 유생이 되자 문재가 한양

도성에 회자됐다. 부친상을 마치고 33세에 대과 급제하자 예조판서 민진후는 그의 글을 보고 간세(間世)의 영재라 했고 진사시 시권(답안지)을 영의정 최석정의 아들, 대사성 최창대가 굴원의 초사(楚辭)에 비견된다고 했다.

등과 3년 후 겨우 교서관 보직을 받았고 내직으로 신분제약이 덜한 봉상시(왕실제사 담당) 관리로 일생을 보냈다. 외직으로는 통신사 제술관으로 명성을 떨치자 참상으로 승진하여 41세에 연천현감으로 나갔고 65세에 연일현감을 지냈으니 평생 다섯 고을의 현감만 맡았다. 청천의 문장은 견줄 이가 드물고 쇠퇴하는 세상을 뛰게 하려면 서얼이지만 중용해야 한다며 일흔 나이 청천을 봉상시 3품에 보임했지만 나가지 않았다.

낙향하여 가야산 기슭에 고운 최치원을 사모하는 경운재를 짓고 가야초수(늙은 초부)라 칭하며 많은 제자를 길러냈다. 72세에 세상을 떠나 고령 쌍림면에 묻혔다. 사후 20년 뒤 제자인 경상감사 이미가 경상감영에서 문집 『청천집』을 발간할 때 온 나라에서 문집 찾는 이가 쇄도해 목판이 다 닳아 문드러졌다는 전설 같은 이야기가 전해온다.

「제촉석루題矗石樓」

「제촉석루」는 촉석루의 아픔과 풍광을 노래한 청천의 대표시이다. 예로부터 조선 선비들은 글 속에서 이백과 두보를 만나고 상상의 나래를 펼쳐 장강 만 리를 누비고 강남의 3대 누각 - 악양의 악양루, 우한의 황학루, 난창의 등왕각을 오르며 그 절승을 노래한 두보의 「등악양루」, 이백의 「황학루송」, 왕발의 「등왕각서」를 읊어왔다. 그러다가 「제촉석루」가 나오자 조선 선비들은 비로소 그들에게 비견되는 동국

(東國, 유사어 동방, 해동) 절승시가 나왔다고 감탄하며 이를 찬미했다.

3천 명이 넘는 시인묵객이 이 시에 차운하여 시를 지었고 그 명성이 중국까지 알려졌다. 영조는 경연장에서 조정 신하들이 삼삼오오 모여 「제촉석루」의 절품에 관해 쑥덕거리는 것을 보고 그 친구 정말 글 잘 짓고 문장이 뛰어나다며 청천의 문재를 칭찬한 글이 『승정원일기』에 나와 있다. 오늘날 촉석루 기둥에 걸려있는 주련 시가 「제촉석루」이다. 8행 중 전 4행이다.

진양성 밖 남강은 동쪽으로 흐르고/ 대숲과 난초의 푸르름이 강물 위에 비치네/ 나라 위해 목숨 바친 천하의 삼장사/ 지나가는 길손의 발길을 우뚝 솟은 누각으로 이끄는구나

晉陽城外水東流 叢竹芳蘭綠暎洲 天地報君三壯士 江山留客一高樓 (진양성외수동류 총죽방란녹영주 천지보군삼장사 강산류객일고루)

신유한 문장

신유한은 「초사」를 수만 번 읽었다고 한다. 「초사」는 초나라 대부였던 굴원이 추방당한 후 유랑하면서 쓴 장편 서사시로 천고에 빛나는 낭만주의 걸작이다. 동아시아 선비들이 짚방석에 앉자 울분을 삭이고 미래를 기약하며 읊조리는 시이다. "길은 끝이 없고 멀기도 멀도다. 날이 새면 저 맑은 백수를 건너 낭풍산에 말 매고 쉬랬더니 가다가 돌아보면 흐르는 눈물, 아 이 산에도 미녀가 없네."라고 굴원은 노래했고, 신유한은 벽촌현감으로 전전하면서 "아전은 궁핍해 몸에 이가 생기고, 군졸은 말라 등에 구더기가 생겨나네. 분주한 사절에 격문

을 옮기고 부엌을 긁어 사신을 대접하네. 백성을 살펴보니 눈물만 나고 눈에 가득한 것은 오로지 병폐뿐." 이라고 말단관리와 백성의 아픔을 읊었다.

8품 저작(교서관벼슬)으로 제술관에 뽑히자 그동안 백 가지 파란과 모욕, 고생을 다 겪었는데 또다시 생사를 알 수 없는 아득한 바닷길로 나서게 됐다고 했다. 그는 몰락한 잔반(殘班), 소북 계열의 학맥으로 평생을 경계 밖에 살았다. 만 권의 책을 읽고 뱃속에는 오천의 글(五千글)을 돌무더기처럼 쌓아놓았다고 자부하면서 서얼차대 세상을 향해, 일본 사행 길에서 통렬하게 글을 뿌렸다.

그의 글은 도학적 색채를 배제해 도와 글을 분리했다. 문예는 문예로써 말해야 한다며 성현의 교훈적 언어와 주자학과 거리를 두었고 사명대사 문적을 재정리 하는 등 문학은 역사에 연원한다는 문사 일체관이 주된 흐름이었다. 허균이나 유한준의 경향과 유사하며 삼연 김창흡, 연암 박지원으로 이어지는 정통 한국 한시사 계보에는 한 걸음 물러나 있었다.

『해유록海遊錄』

『해유록』은 1719년 4월 11일부터 이듬해 1월 24일까지 261일 동안 조선통신사 여정과 견문을 기록한 신유한의 사행일기이다. 정사 홍치중, 부사 황선이며 황선은 훗날 경상감사로 정희량의 무신년 반란을 진압하여 대구읍성 남문 밖의 평영남비에 새겨진 인물이다. 사행인원은 475명으로 당상 역관, 무관, 서기 등이 있었지만 왕명으로 임명된 제술관은 세 사신 다음가는 중요한 자리였고 신유한은 역대 최고의 제술관이었다. 그는 일본 지리, 풍습, 물산, 제도, 인성 등을 날카롭게 관찰해 부록으로 「문견잡록」을 첨부했다.

『해유록』은 신유한의 문장이 여지없이 나타나 있다. 부산 영가대의 해신제, 6척의 화려한 사행선 묘사, 쓰시마에서 처음 만난 왜인의 인상, 도요토미의 조선침략 거점도시 오사카 모습, 후지산과 하코네의 풍광, 18세기 에도성의 입성기 등은 마치 슬라이드를 보는 것처럼 생생하고 현대문학처럼 빼어나다. 『열하일기』는 담백하고 『해유록』은 화려하다. 오늘날 조선통신사의 재현 행사와 해신제, 사행선 복원에 큰 도움을 줬다. 영조는 그 후 사절단이 다녀올 때마다 청천이 갔을 때와 어떻게 다르더냐고 물었지만 조선시대 일본에 관한 최고기록 『해유록』을 국정에 활용하지는 못했다.

신유한은 몰랐지만 『해유록』 속에는 오사카·나고야·에도를 중심으로 전근대에서 근대로 넘어오는 필연적인 역사산물, 도시화가 진행되고 있었다. 조선은 양란(왜란·호란) 이후 백 년이 지나 겨우 나라가 안정을 찾아가는 숙종 말엽이었지만, 일본에는 나가사키에 포르투갈 상인이 상주하고 오사카에는 다리가 이백 개가 넘고 약국과 출판사가 있었으며 서점에는 조선과 중국 서적을 버젓이 팔고 있었다.

아울러 상인 수공업자와 거간꾼이 전국에 널려 있어 물산이 풍부하고 에도막부의 번화함은 오사카의 3배가 된다고 하니 이미 무역으로 국가 부를 축적하는 상업화가 이루어지고 있었다. 어린이가 칼을 차는 무(武)의 나라였고 주요 벼슬은 세습이었으며 대마도주나 관백조차 글을 모르는 무식한 나라라고 폄훼했지만 도량이 좁고 기묘한 것, 이기는 것을 좋아하고 큰 칼로 사람을 베는 잔인함을 무사도라 여겨 받드는, 우리와 너무도 다른 인성을 정밀하게 찾아냈다.

일본을 진동시키다

사절단이 큐슈에 도착할 무렵 신유한의 이름은 일본 전역에 퍼졌
다. 4개월이 채 안 된 8월 7일 일기에, '글 청하는 사람들이 점점 몰려
들어 책상 위에는 종이가 가득 쌓였고 써내면 다시 모이니 점점 불어
날가리처럼 됐으며, 모두 글을 갈망해 두 손을 이마에 곤추고 빌어대
니 잘된 것 못된 것을 논할 수 없다'고 했다. 오사카에서는 찾아오는
이들로 숙소가 막혀 식사를 그르고 밤중까지 써 내려가기가 일쑤였
다. 제술관의 임무는 글로써 교화하고 국위를 선양해야 하니 거절할
수도 없었다.

천 리 밖에서 아버지와 함께 청천을 만나러 오는 어린 학동이 허다
했고 왜인 관리들은 출입통제를 빌미로 글 청하는 이들에게 뇌물을
받기도 했다. 에도에서는 종이가 산더미처럼 쌓여 미처 먹을 갈아대
지 못했고 왼손으로 인사하고 오른손으로 써 내려간 그대로일 뿐 다
듬을 겨를이 없다고 했다.

청천이 일본사회에 미친 영향은 대단했다. 그가 일본에서 만난 인
물은 관백을 위시해 수천 명이었다. 당시 주고받은 글을 묶은 창화집
(唱和集)에 따르면 동시대 일본문사 대부분을 만났다. 일본문인들은 신
유한을 이백과 두보가 다시 나타났다고 칭송했고 에도막부에서 학문
을 관장하던 태학두 하야시 보우코는 76세 고령임에도 일곱 번이나
신유한을 방문하여 존경과 교분을 이어갔다.

18세기 저명한 일본문인 문집에는 대부분 신유한의 글이 실려 있
다. 오늘날 일본 전역의 박물관과 도서관에 소장돼 있는 그의 글은 일
세를 풍미한 조선 선비의 위대함을 말해준다. 사행 길에 머문 가미노
세키성의 성주 별장 앞에는 그가 써 준 두 편의 시가 새겨진 시비가

서 있다.

평생 귀천의 굴레 속에 미관말직으로 전전했지만 빼어난 문장은 벼슬의 경계를 뛰어넘었고 명성은 조선팔도에 구전설화로 윤색됐다. 영의정 김수항의 아들로 당대 최고의 문장가였던 삼연 김창흡이 아꼈고 영남의 큰 인물, 청대 권상일, 식산 이만부와 교유했다. 『해유록』은 북한과 일본에서도 출간됐다.

팔경구곡, 그 오만한 선비문화

옛 선비들은 자연 속에 도(道)가 깃들어 있다고 믿었다. 도가 깃든 곳을 승경(勝景)이라 했고 승경은 하늘이 짓고 땅이 숨겼다고 했다. 그러한 곳에 팔경과 구곡으로 이름을 짓고 마음을 닦으면서 도의 이치를 깨닫고자 했다. 구곡은 퇴계의 도산구곡과 율곡의 고산구곡에서 시작되었고 팔경은 관동팔경과 단양팔경이 명승지로 이름을 얻자 우후죽순처럼 생겨나 오늘날 전 국토에 팔경을 붙여 내 고장을 알리고 있다.

팔경구곡의 시원

팔경의 시원은 중국 소상팔경이다. 소상팔경은 동정호 남쪽, 상강과 소수 유역의 아름다운 8개 경승을 말한다. 소수는 후난성 융저우시에서 상강에 합류되고 상강은 북으로 흘러 동정호로 들어가 장강에 합류된다.

여덟 경승은 산시청람(山市晴嵐), 연사만종(煙寺晚鐘), 소상야우(瀟湘夜雨), 원포귀범(遠浦歸帆), 평사낙안(平沙落雁), 동정추월(洞庭秋月), 어촌낙조(漁村落照), 강천모설(江天暮雪)이다. 푸른 기운이 감도는 산마을이 산시청람이고 안개에 싸인 절집의 저녁 종소리가 연사만종이다.

높은 서정성으로 상상력을 풍부하게 만들고 4자성어로 된 이상향의 풍경을 귀로 듣고 마음으로 읽는다. 동양적 신비와 아늑함, 정중동의 우주 원리까지 함축적으로 나타내어 기품 있는 팔경문화를 탄생시켰다.

구곡의 시원은 중국 푸젠성의 무이구곡이다. 남송 때 주회가 무이산에 머물며 강론을 펼칠 때 절승지 아홉 물굽이에 옥녀봉, 금계암 등의 이름 붙이고 구곡가를 읊으면서 시작되었다.

우리나라에서는 무이구곡을 본받아 퇴계가 낙동강 상류 경승지 아홉을 도산구곡이라 하고, 율곡이 황해도 석담에 머물면서 고산구곡가를 지음으로써 시작됐다. 성리학의 확산과 함께 구곡문화가 선비사회에 깊숙이 파고들어 구곡은 일생 동안 탐승의 대상이 되었고 영남에는 정구의 성주 무흘구곡을 비롯하여 문경 선유구곡, 영주 죽계구곡, 상주 쌍용구곡, 청도 운문구곡 등이 있다.

팔경문화

소상팔경은 우리나라와 일본에 큰 영향을 끼쳤다. 팔경은 시와 그림이 되어 팔경시, 팔경도를 낳았고 가사문학과 판소리에도 등장한다. 팔경시가 처음 우리 역사에 등장한 시기는 고려 명종 때이다. 고려·조선시대 260여 명의 선비가 팔경시 780편 6천 수를 지었고 대표적인 인물은 고려시대 이인로와 이제현, 조선시대 안평대군과 서거정이다.

고려 명종이 소상팔경에 탐닉하여 궁정에서 팔경시를 짓는 연회를 자주 열었는데 그 중심인물이 『파한집』을 지은 이인로이다. 이제현은 개성의 명승지를 송도팔경으로 읊었고 세종의 셋째 아들 안평대군은 팔경시와 팔경도를 왕실에 전파시켰고 서거정은 「대구십경」과 「경주

십이경」을 지었다.

팔경을 그림으로 나타낸 것이 팔경도인데 안견의 〈소상팔경도〉를 비롯하여 정선의 〈소상야우〉, 심사정의 〈산시청람〉 등 팔경을 산수화로 그려 화첩으로 남겼고 국보로 지정된 것도 있다. 판소리에도 팔경이 사설로 등장한다.

"순풍에 돛을 달아 북을 둥둥 울리면서 어기야 더기야 저어갈 제, 보아 알진 못하여도 다만 앞에 섰던 산이 문득 뒤로 옮아가니 원포귀범이 예 아니냐."

"달 떨어지자 까마귀 까옥까옥, 서리 가득한 하늘에 난데없는 쇠북소리 객선(客船)에 뎅뎅 울려오니 연사만종이 예 아니냐."

〈춘향가〉, 〈심청가〉, 〈흥보가〉, 〈수궁가〉에 나오고 송강가사 〈관동별곡〉, 허난설헌의 〈규원가〉에도 나오고 『구운몽』에는 아예 소상팔경을 소설공간으로 설정했다. 선비사회의 전유물이던 팔경이 점차 평민과 규방 속으로 퍼져 우리 문화의 한 부류로 자리를 잡게 되었다.

서거정의 「대구십경」

조선초 대구 출신 대학자 서거정은 소상팔경을 본받아 대구의 아름다운 절경 열 곳을 대구십경이라 이름 짓고 시로 읊었다. 그 시절 대구는 성주와 경주 사이에 있는 작은 고을에 불과했다. 서거정은 권근의 외손자로 25세에 과거에 급제하여 육조판서와 23년간 대제학을 지냈고 당대 최고 문장가로 이름을 떨쳤다. 『동국통감』, 『동국여지승람』, 『동문선』, 『경국대전』 등의 저술에 참여했다.

고향 대구를 그리며 읊은 「대구십경」을 그의 저술 『동국여지승람』에 수록해 놓았는데 1경이 금호범주(琴湖泛舟), 금호강의 뱃놀이, 2경이 입암조어(笠嚴釣魚), 입암은 대봉동 건들바위이고 옛 신천이 흘렀다. 제5경은 남소하화(南沼荷花), 남소는 대명동 영선못, 6경은 북벽향림(北壁香林), 도동 측백림, 7경은 동화심승(桐華尋僧), 8경은 노원송객(櫓院送客), 노원동에 역참이 있었다. 9경은 공영적설(公嶺積雪), 공영은 팔공산, 10경은 침산낙조(砧山落照)이다.

지명은 옛 이름 그대로 오늘날까지 이어진다. 오백 년 전 대구는 팔공산과 금호강이 흐르는 산수 수려한 고을이었다. 서거정은 「대구십경」으로 한촌 대구를 조선사회에 알렸다. 소상팔경의 「어촌낙조」를 연상시키는 「침산낙조」로 칠언절구이다.

금호강은 서쪽으로 흘러 산기슭에 닿고
침산의 푸른 숲은 가을 정취를 더하네
저녁 바람을 타고 들려오는 남녀사랑 소리는
노을에 젖은 나그네 시름을 애끊게 하누나

구곡문화

사대부가 뜻을 잃으면 산림 속으로 몸을 숨겼다. 최치원이 숨은 자연 속으로 두문동 은자와 생육신이 뒤따랐다. 야사에 따르면 천하의 서거정도 매월당 김시습 앞에는 꼼짝 못 했다고 한다. 풍진 영욕이 산수 주유를 이길 수 없었고 서거정은 김시습의 속세 초월한 삶을 동경했다.

팔경은 점이고 구곡은 선이다. 점점이 박혀있는 경승을 찾고 물줄기로 이어진 선의 구곡 유람은 단순히 승경만을 노래한 것이 아니라 도(道)를 찾는 길이라고 했다. 사람들이 승경을 못 찾는 이유는 탐욕으로 눈이 멀었기 때문이라 했고 탐욕을 버리면 승경이 보인다고 했다. 수십 년을 풍진 속에 헤매다가 풍월 잃은 것을 후회하며 '강산의 옛 모습을 나는 알지만 무심한 저 강산은 늙은 나를 어찌 알겠느냐'고 노래했다.

퇴계는 청량산을 사랑했다. '육육봉을 아는 이는 나와 백구(白鷗) 뿐'이라 했다. 퇴계의 영향으로 청량산은 무이산에 비견되는 성리학의 탐승지가 되었다. 영남 선비들은 퇴계의 자취 따라 청량산을 유람했고 유산기(遊山記)를 남겼다. 안동 곳곳에 숨겨져 있는 구곡을 찾아냈다. 도산구곡, 임하구곡, 하회구곡, 와계구곡, 백담구곡 등이다.

도산구곡

퇴계는 도산서당 앞으로 흐르는 낙동강 상류 경승지 아홉 물굽이에 구곡이라 이름을 붙이고 〈도산구곡가〉를 지었다. 낙동강 상류는 예부터 풍광이 빼어나기로 이름났다. 이중환의 『택리지』에서 강촌이 아름답기로는 도산과 하회가 으뜸이라 했고 도산의 석벽을 벗어나야 낙동강은 비로소 강의 모습이 된다고 했다.

퇴계는 낙동강을 '물 가운데 임금'이라 격찬했고 강 따라 청량산 가는 길을 '그림 속으로 거니는 길' 같다고 했다. 그 옛날 도산서원으로 가는 도산구곡길은 조선 선비들이 평생 염원했던 도학의 길이었지만 지금은 안동댐으로 수몰되어 갈 수 없는 곳이기에 더욱 그립다.

1곡은 구름바위 운암(雲巖)이다. 운암곡에는 군자마을로 유명한 광산 김씨 예안파 오백 년 세거지 외내마을이 있었다. 수몰되어 후조당,

탁청정 종택 등을 산마루로 이건하여 오천 군자리 유적지가 되었지만 구곡의 출발지였다.

2곡은 월천(月川)이다. 퇴계의 큰 제자인 월천 조목이 살던 동네로 월천서당이 언덕 위에 서있다. 수몰된 1곡과 2곡 일대를 안동시에서 선비순례길 1코스로 개발하여 '선성현길'이라 이름 붙였다. 선성은 예안의 옛 이름이다.

3곡은 오담(鰲潭)이다. 강 건너 우탁을 모신 역동서원이 있었는데 수몰되자 송천동으로 이건, 안동대학교에 흡수되었다. 역동나루의 솔밭은 명물이었고 독립운동가 10여 명을 배출한 부포마을은 물에 잠기고 계상고택만 외로이 남아있다. 오담 대신에 비암(飛巖)을 넣기도 한다.

4곡은 분천(汾川)으로 농암(귀먹)바위로 유명한 영천 이씨 부내마을이다. 이현보의 농암종택과 분강서원 등의 유적은 수몰을 피해 가송리로 이건했다.

5곡은 탁영담(濯纓潭)으로 도산서당 앞 물굽이가 도는 곳이다. 구곡의 한가운데이며 갓 끈을 씻는 못이란 뜻이다. 강마을은 안동 독립운동사의 성지, 진성 이씨 하계마을로 향산 이만도의 향리이다. 모두 수몰되어 향산고택은 안막동으로 이건했다.

6곡은 천사(川砂)로 넓은 강변의 모래가 아름다워 내살미라 부르고 이육사의 고향 원촌마을이 있다. 육사는 이곳에서 그의 시 「광야」를 착상했다고 하며 문학관과 목재고택이 있다. 수몰지역의 끝자락이다.

7곡은 단사(丹砂)로 벼랑이 붉다고 이름 붙였고, 퇴계학파의 큰 인물로 숙종 때 이조판서를 지낸 갈암 이현일이 「단사협」에서 '길이 단사의 경계로 들어서니 마음이 혼탁한 세상을 버렸다'고 이곳의 선계 풍광을 찬미했다.

8곡은 고산(孤山)으로 퇴계 제자 금난수가 머물던 고산정이 강 건너에 홀로 서 있다. 이 구간이 구곡 중 풍광이 가장 **빼**어났고 농암종택이 수몰되자 이곳으로 옮겼다.

9곡은 청량(淸凉)으로 청량산 입구이다. 청량산을 사랑한 퇴계는 스스로 청량산인이라 칭했고 이곳에 머물며 후학을 가르치기도 했다. 1곡에서 9곡까지 칠십 리 길이고 5곡까지 대부분 수몰되었다. 7곡 단천교부터 삼십 리를 '퇴계예던길'로 복원하였다. 군자가 되기 위한 퇴계의 길, 도산구곡의 마지막 9곡을 읊은 시이다.

> 구곡이라 산 열리니 눈앞이 확 트이고
> 사람 사는 마을 긴 하천을 굽어보네
> 그대는 이곳을 유람의 끝이라 말하지 말라
> 묘처(妙處)에 반드시 별천지가 있나니

수년 전 구곡팔경을 찾아서 중국의 무이구곡과 소상팔경을 여행했다. 무이정사는 문화혁명 때 파괴되어 최근에 웅장하게 복원했고 구곡에는 상업화 물결이 넘쳐흐르고 있었다. 상강은 장강 홍수를 막기 위해 수십 미터 높이의 시멘트 제방을 쌓아올린 박제된 강이었고 동정호에는 원포귀범 대신 모래 준설선 소리만 요란했다.

팔경과 구곡은 애초부터 조선 선비의 마음속에 있었던 관념의 세계였다.

역사의 기록자, 조선 사관과 사초史草

조선은 기록의 나라이다. 14세기 전근대기에 나라를 세워 왕조가 멸망하는 20세기까지 오백 년 동안 나라의 정사를 빠짐없이 기록했다. 인류 역사에서 오백 년을 왕업으로 유지한 왕조는 무척 드물거니와 왕조 일대기를 온전하게 기록으로 남겨 후세에 전한 왕조는 거의 없다. 기록은 왕조를 이끄는 동력이 됐고 실록은 역사의 보물로 인류의 문화유산이 됐다.

국왕은 사초와 실록을 볼 수 없었고 사관은 차라리 귀양 갈지언정 사필(史筆)을 꺾지 않았다. 만인지상인 국왕이 오로지 두려워한 것은 하늘과 사관이라 했다. 국초 이래 나라 기록은 국정의 중심이었고 실록은 나라 깊숙한 곳에 보관했다. 무엇 때문에, 누구를 위해 조선 왕조는 나라의 기록과 보존에 온 힘을 쏟았는가?

기록의 엄정은 태조에서 시작되고

조선이 개국한 지 3년이 지난 1395년, 태조 이성계는 정도전과 정총이 고려사 37권을 편찬하여 바치자 이를 흡족해하며 교서를 내렸다.

"임금이란 하늘의 덕을 대신하여 나라를 가지고 반드시 역사를 써 책을 만드는 것은 일대의 전장(典章, 제도와 문물)만을 갖추자는 것이 아니라 후세에 권장하고 경계하는 것이 중하기 때문이다. (중략) 전대(前代)의 흥망성쇠자취는 반드시 뒷사람을 기다려 사서로 만들어지고 후왕들의 권계(勸戒)가 된다. 다스리게 되면 반드시 흥하고, 어지럽게 되면 망하는 것이 이치이니 어찌 전대의 역사를 보지 않으랴. 그러니 옛 일을 거울 삼아 앞에 가던 수레를 당연히 경계할 것이니라."

태조 이성계는 무인이지만 지혜로운 군주였다. 혼돈의 14세기에 나라를 다시 세워 당대의 지성 집단에게 새 왕조 설계를 맡겼고 전대의 멸망사를 들여다보고 경계하여 오백 년 왕업의 기초를 다졌다. 이 고려사 37권이 세종의 명에 의해 정인지, 김종서가 139권으로 개수하여 오늘날 전해온다.

아울러 태조는 춘추관 건의를 받아들여 왕이 국정을 논할 때 사관이 좌우에 입시, 기록도록 하였고, 겸임사관은 각기 보고 들은 것으로 사초를 만들고 지방 관아의 중요한 일을 철마다 보고받아 기록으로 남겼다. 정종 때부터 국왕의 공부인 경연에도 사관이 참석하여 학습 내용을 빠짐없이 기록했으니 조선의 왕은 공부를 등한시할 수 없었다.

정종의 경연관 조박은 "국왕이 두려워할 것은 하늘과 사필이요, 하늘은 푸르고 높음을 말하는 것이 아니라 천리(天理)를 말하는 것이고, 사관은 국왕의 착하고 악한 것을 그대로 기록하여 만세(萬世)에 남기니 두려울 수밖에 없다."고 했다. 이렇듯 기록의 엄정함은 개국과 더불어 시작됐다.

직급이 낮은 사관

사관의 직급은 매우 낮았다. 7품 이하인 참하관으로 전임사관과 겸임사관으로 나누어진다. 전임사관은 왕명을 관장하는 예문관의 여덟 관리로 7품 2명(봉교), 8품 2명(대교), 9품 4명(검열)이며 이를 '8한림' 이라 불렀다. 겸임사관은 다른 업무를 하면서 실록을 관장하는 춘추관의 기사관을 겸하고 있어 '겸춘추' 라 했다. 대표적인 겸춘추는 국왕 비서실인 승정원 7품 주서와 가주서이다.

사관은 낮은 직급임에도 불구하고 청화(淸華)한 자리로 보임에 있어 매우 까다로웠다. 반드시 문반급제자이어야 하며 문벌 있는 가문 출신으로 사조(四祖)에 흠이 없어야 하고 초서로 빨리 써야 하므로 문필이 뛰어나야 한다. 사관을 거쳐야 고위직에 오를 수 있었다.

사필은 춘추필법으로

사필은 춘추필법을 전범으로 삼았다. 『춘추(春秋)』는 공자가 저술한 춘추전국시대 노나라 242년 역사서인데 어떻게 쓰였기에 그 필법이 오천 년 동양 역사서 서술에 기준이 됐는가?

공자는 고국의 역사서인 『춘추』를 저술하면서 단순히 역사적 사실만을 전달하려고 한 것이 아니라 대의명분을 밝혀 그것으로 천하의 질서를 바로 세우려고 하였다. 명분에 따라 용어들을 엄격히 구별했고 스스로 판단하여 기록할 것은 기록하고 삭제할 것은 삭제하였기 때문에 제자들도 한마디 거들 수 없었다. 공자는 "후세에 나를 알아주는 사람이 있다면 『춘추』 때문일 것이요 나를 비난하는 사람이 있다면 그 또한 『춘추』 때문일 것" 이라고 했다.

춘추필법은 명분에 따라 준엄하게 기록하는 것으로 개인의 사사로

운 이해나 감정에 의하지 않고 객관적이고 공정하게 기술하는 직필(直筆)을 말하며 옳고 그름을 분명히 따졌다. 『춘추』는 유가오경의 하나로 불후의 고전이 됐고 필법은 동양사서 저술의 전범(典範)이 됐다.

조선사관은 실록에 '사신은 논한다'로 대의를 밝혔다. 명종 때 경연을 언급하면서 "사대부가 자신의 배운 바를 왕에게 진달하는 곳이 바로 경연인데 경연관이나 국왕 모두 관심이 없으니 후세에 국왕의 덕이 이처럼 예스럽지 못하다 한들 무엇이 괴이하겠는가?"라 비판했고, 단양군수 황준량의 상소문을 보고 "어진 신하라면 이 글을 다 읽기도 전에 목이 메게 될 것"이라고 목민관의 도리를 밝혔다.

춘추란 세월의 흐름인 춘하추동의 준말로 한 해를 뜻하지만 왕조일대기 또는 왕조의 역사로 그 의미가 넓어졌고 오늘날에 춘추관으로 남아있다.

사초로 인한 사화史禍

사초(史草)란 8한림이 교대로 궁중에 숙직하면서 조정의 모든 국정과 왕의 언행 및 관리의 됨됨이까지 일정한 형식에 따라 기록한 초고(草稿)이다. 2부를 작성하여 1부는 춘추관에 제출하고 1부는 개별적으로 보관했다가 새 국왕이 등극하여 선왕실록을 편찬한 뒤 없앴다.

사초로 인해 역사적으로 여러 사건이 일어났다. 세조 때 사관을 지낸 민수가 사초에 세조의 왕위 찬탈은 나쁜 사건이라고 기록했는데 세조가 승하하고 실록을 편찬할 때 사초에 기록된 내용을 신숙주, 한명회 등 대신들이 알고 불이익을 받을까 봐 사초를 빼내 고쳤다. 이 고친 사실이 1469년에 적발되어 4품 봉상시첨정에서 제주 관노로 떨어졌다. 민수사옥(史獄)이라고 부른다.

또 다른 사건은 1498년의 무오사화이다. 김종직의 제자 김일손이 성종 때 사관으로 있으면서 이극돈의 비행을 사초에 기록한 일로 훈구파와 반목이 생겼고, 성종실록 편찬 시 김일손이 사초에 넣은 김종직의 조의제문이 세조의 왕위 찬탈을 비방한 것이라고 유자광 등이 연산군에게 고자질하여 많은 사림파 인물이 희생되어 조선 4대 사화의 첫 번째 사화가 됐다.

여말의 대학자 안축의 8세손으로 명종 때 승정원 가주서로 있던 안명세는 1545년 이기 정순붕 등이 을사사화를 일으켜 많은 명신들을 숙청하자, 사관으로서 자세한 전말을 빠짐없이 기록하여 시정기(時政記)를 만들었다. 수년 후 함께 사관으로 있었던 한지원이 시정기 내용을 대신인 이기 정순붕에게 밀고하여 국문을 당하게 되는데, 모진 고문을 받으면서도 소신을 굽히지 않고 당당하게 이들의 죄상을 지적했으며 목숨을 잃을 때까지 의연한 모습을 남겼다. 안명세는 구미의 큰선비 박영 문하에서 수학했고 사림의 김효원은 이렇게 묘갈을 썼다. "머리는 꺾을 수 있어도 지조는 바꾸기 어려웠네. 직필(直筆)로 죽었지만 조금도 두려움 없이 태연하였네. 은전(恩典)은 이미 백골에 미치고 아들에게 이어졌네." 그리고 실록에는 "사신은 논한다. 안명세에게 무슨 죄가 있는가."라고 숱하게 그의 억울함이 기록돼 있다. 사관으로서 어떤 위세에도 굴하지 않고 춘추필법으로 직필하는 조선 사관의 전형을 보여준 인물이 됐다.

이담명의 사초

조선시대 국왕의 행적을 일일이 기록하는 사관은 예문관 8한림과 승정원 주서이다. 그들이 쓴 사초는 초고이므로 실록이나 승정원일기를 만든 후 물에 세초(洗草, 사초를 씻음)하여 종이로 활용하니 남아있는 사초는 없다. 그런데 현종·숙종조에 승정원 가주서를 지낸 칠곡의 이담명이 쓴 사초가 남아 있는데 이를 통해 조선왕조의 사초 모습을 볼 수 있다. 이담명의 사초는 1672년(현종 13년) 6월 18일부터 1675년(숙종 1년) 5월 8일까지 약 3년간 기록으로 수량이 총 161책이다.

이담명은 이조판서를 지낸 아버지 귀암 이원정과 함께 숙종의 환국정치에 영남 남인을 대표한 인물로 경상도관찰사, 이조참판을 지냈고, 사필은 등과 2년 후인 27세에 잡았다.

이담명의 사초는 분량의 방대함에 놀랍다. 승정원 가주서 3년 동안 쓴 사초가 현종실록(23책)과 현종개수실록(29책)을 합친 것의 3배나 되고 왕조실록 전체 분량의 1/5에 달한다. 초서로 쓴 방대한 기록임에도 불구하고 실록과 승정원일기에 들어간 내용은 극히 일부분이니 당시 대단한 조선의 기록문화를 엿볼 수 있다.

실록이 만들어진 후 세초하여 없애야 했지만 어떤 연유인지 이담명은 자신이 쓴 사초 3년분을 그대로 남겨놓았고 삼백 년간 칠곡 귀암종가에서 세전돼 오다가 2007년에 사초와 유묵 백여 점을 서울역사박물관에 기증하면서 세상에 알려졌다. 훗날 이 사초가 국역이 되면 갑인환국 당시 예송 논쟁의 전모가 보다 자세하게 밝혀질 것이다.

영남 선비의 당후일기 사초

당후일기는 승정원 주서가 작성한 일기식 사초인데 주서의 거처가 승정원 뒤에 있어 당후(堂后)라고 불렀기 때문이다. 현재 전해오는 당후일기 사초는 13점인데 그중 10점을 영남 선비가 썼다. 영남 선비는 과거급제 후 사필을 많이 잡았기 때문이다. 가장 오래된 것은 사림의 종조 점필재 김종직이 쓴 필재 당후일기이다. 또 우찬성을 지낸 충재 권벌이 과거급제 후 예문관검열 때 쓴 당후일기와 명종 때 퇴계 일기를 학봉 김성일이 연보로 만든 퇴계 사전초(史傳草)도 사초이다.

이 밖에 당후일기가 남아있는 영남 인물은 안동 내앞의 운천 김용, 예천 남악종가 김빈, 닭실의 청사 권두기, 일직의 대산 이상정, 하회의 학서 류이좌, 칠곡의 독립운동가 강원형이며, 달성의 도신수가 충청도 도사시절에 춘추관 기주관을 겸하면서 쓴 겸춘추일기도 남아있는 사초이다.

역사의 기록자 사관

국초부터 왕이 한 말은 좌사(左史)가, 왕이 한 행동은 우사(右史)가 기록한다고 했다. 왕의 언행은 모두 후세에 전한다는 의미로 태종 때부터 사관이 입시하지 않으면 대신이라도 국왕을 친견할 수 없었다. 사관이 입시하지 아니한 국왕과 신하의 만남을 독대(獨對)라 했고 역사상 독대는 큰 분란을 일으켰다. 선조와 유영경의 정미독대(1607년), 효종과 송시열의 기해독대(1659년), 숙종과 이이명의 정유독대(1717년) 등이다.

사관은 국왕의 입장에서 성가시고 귀찮은 존재였다. 태종이 사냥에 나갔다가 말에서 떨어졌는데 사관에게 알리지 말라고 했다. 사관은 이 말까지 실록에 기록했다. 사관 민언생은 편전에서 쉬고 있는 태종을 밖에서 엿보다가 들켰고 경연에서 왕의 말을 들으려고 병풍 뒤에 숨어 있기도 했고 연회에 불쑥 나타나기도 해 귀양을 보냈더니 이튿날 다른 사관이 그 자리에 입시해 있었다고 국왕의 불편한 심사와 언행을 그대로 실록에 기록했다.

사초의 엄정함을 지키기 위해 중종 2년에 8한림이 연명으로 무오
사화에 대한 사관의 견해를 밝혔다. '김일손 사초의 허실을 논하고 애
석하게 여기는 것이 아니라, 이로 인하여 사가(史家)의 필법이 모두 없
어져 만세의 공론이 사라지고 전하지 못할까 심히 두려우니 어떻게
춘추필법이 펼쳐지겠느냐'고 사초 내용을 연산군에게 고자질한 대신
을 준엄하게 꾸짖었다.

　중종 때 대제학을 지낸 모재 김안국이 여(女)사관을 두자고 주청하
니 대간이 동조했다. '왕은 깊은 궁궐에 거처하므로 그 안에서 일어난
일은 알 수 없으니 여사관을 두어 궁궐 내 왕의 언행을 사책에 기록해
놓아 뒷사람이 보고 선악을 알 수 있다'고 하니 중종은 '글에 능한 여
자가 적고 사필은 아무나 잡은 것이 아니다'고 했다.

　임진병화로 25년간 사초와 시정기를 잃어버린 선조 조정은 역사의
죄인이 될까 봐 전전긍긍했다. 춘추관 영사 류성룡을 중심으로 옛 사
관들의 기억을 되살리고 관련 기록을 수집하여 미흡하나마 그런대로
사초를 복구했다.

　사필은 만고의 부월(鈇鉞, 큰 도끼와 작은 도끼)이라 했다. 큰 도끼는 나라
의 큰일에 쓰고 작은 도끼는 백성의 보살핌에 쓴다고 했다. 국왕이 두
려워하는 것은 황천(皇天, 큰 하늘)과 사필뿐이었다. 왕은 구중궁궐에 있
어 경계하는 뜻이 날로 풀리고 게으른 마음이 날로 생기니 사관이 아
니면 누가 능히 말릴 수 있겠는가 했다.

　순조 이후 세도정치가 횡행하면서 사필은 꺾어지고 사관은 유명무
실하게 된다. 『정조실록』에 180회 언급되던 사관이 『헌종실록』에 8
회, 『철종실록』에 11회만 나오고 사초도 부실해지면서 나라는 망국의
길로 접어든다.

이렇듯 사관은 당대사를 기록하여 후세에 권계하였으므로 국왕이 덕치(德治)를 펼치는 데 큰 기여를 했고 왕조가 오백 년 왕업을 이루는 동력이 됐다. 그리고 그들이 그렇게 권계하고 염두에 둔 후대는 바로 오늘날 우리였다. 우리를 위하여 조상은 당대의 사필을 꺾지 않았다.

위대한 유산 왕조실록과 다섯 사고史庫

조선왕조는 오백 년 왕업 동안 실록을 30회 만들었다. 장구한 역사 속에서 수차례 멸실 위험이 있었고 전란으로 큰 피해를 입기도 했지만 무사히 오늘날까지 전해왔다. 지금은 전해오지 않지만 고려왕조도 실록을 만들었다. 정인지와 김종서는 세종의 명으로 충주사고에 보관하고 있던 고려왕조 실록을 바탕으로 고려사를 편찬하면서 서문에 이렇게 썼다. "도끼자루를 새로 만들 때는 헌 도끼자루를 본받으며, 뒤에 가는 수레는 앞에 가는 수레를 거울 삼아 조심하니, 무릇 전 왕조의 흥망성쇠는 진실로 장래의 감계(鑑戒)로 삼아야 하기에 한 편의 사서를 엮어 올립니다." 이렇듯 조선왕조는 고려왕조 실록으로 고려사를 엮어 거울로 삼았고 후대에 경계하기 위하여 오백 년 왕조실록을 만들었다.

실록을 보관하기 위해 지은 건물이 사고(史庫)이다. 내사고와 외사고가 있었는데 내사고는 고려·조선 모두 궁궐에 두었고 외사고는 고려 말 충주 개천사에 있던 것을 세종대왕 때 남쪽 삼도에 하나씩 만들어 4사고 체제를 갖추었다. 임진란 병화로 전주사고를 제외한 나머지 사고가 화를 당하자, 내사고 춘추관을 다시 만들고 외사고를 마니산(훗날 정족산), 태백산, 묘향산(훗날 적상산), 오대산의 깊은 산중에 새로 지었다.

고려왕조 실록

고려왕조가 만든 최초 실록은 태조부터 7대 목종(918~1009)까지 90년간 기록인『칠대실록』이다. 원래 국왕실록이 있었다고 하나 1011년 거란 2차 침입에 전부 소실돼 버렸고 없어진 실록을 복원하기 위해 황주량이 왕명을 받아 1034년에 태조 때부터 목종 때까지 7대왕 실록 36권을 편찬했다. 그 후 현종부터 34대 공양왕까지 실록을 추가로 만들었고 23대 고종실록까지 총 185권이었다는 기록이 있으니 전부 300권이 넘은 듯하다. 세종 때 만든 139권의 고려사보다 분량이 훨씬 많았고 내용도 다양했을 터이지만 현재 전해오지 않는다. 실록 편수관도 별도 임명했는데 역사 속의 인물인 최충, 김부식, 이규보, 이제현, 안축, 이인복, 이숭인, 정몽주 등이 역대 편수관으로 활약했다.

고려왕조 실록은 궁궐 내 사관(史館)을 지어 보관하다가 1227년 해인사에 외사고를 처음 만들었다. 내사고본은 1361년 공민왕 때 홍건적 침입으로 개경이 함락되자 대부분 소실됐고, 외사고 해인사본은 몽골군이 침략하자 남해 창선도로 옮겼다가 왜구 침입으로 선산 득익사, 예천 보문사, 죽산 칠장사를 거쳐 1390년 충주 개천사에 이안했다. 조선 세종 때 고려사를 편찬하면서 서울 춘추관으로 옮겨져 보관했으나 임진란 때 완전히 소실됐다.

세계기록유산『조선왕조실록』

『조선왕조실록』은 태조부터 철종까지 25대 472년간(1392~1863)을 기록한 역사서이다. 연월일에 따라 편년체로 기록한 책으로 총 1,893권 888책의 방대하고 장구한 기록이다. 조선시대 정치, 외교, 군사, 경제, 법률, 문화 등 모든 분야의 역사적 사실을 담고 있으며 내용의 진실성으로 가치가 매우 높다. 패륜을 저지른 군주에게는 실록이라 하지 않고 일기라 했다. 『연산군일기』, 『광해군일기』이다. 『고종·순종실록』은 일제 식민지 시절에 만들어져 내용이 왜곡됐으므로 왕조실록에서 제외됐고, 장구한 역사와 진실한 기록으로 1997년 유네스코 세계기록유산이 됐다.

실록의 편찬은 국왕이 승하하고 새 임금이 등극하면 임시기구인 실록청을 설치하고 총재관, 당상, 낭청, 편수관이 임명돼 사관의 수초(手草)를 기초로 승정원일기, 시정기 등을 참조하여 초초(初草)를 만들고 낭청 도청(都廳)의 추가 수정을 거쳐 중초(中草)가 만들어진다. 마지막으로 총재관과 당상관이 오류를 점검하고 문장과 체제를 통일하여 정초(正草)인 실록을 완성했고 편수관 이름은 『효종실록』까지 부록에 실었다.

실록은 판본이 아닌 활자로 간행했다. 초기에 금속활자인 을해자와 갑인자로 간행하다가 임란 후 목활자로 바뀌었고 1677년 현종실록부터 별도 주조한 금속활자 '현종실록자'로 조선 말까지 간행했다. 실록은 5부를 간행해 춘추관과 4사고에 보관했고 수초와 초·중초는 세초(洗草)하여 내용이 누설되지 않도록 했다.

세계기록유산이 된 『조선왕조실록』의 가치는 장구한 역사기록이라는 데 있다. 25대 국왕의 치적을 기록하여 왕조 472년 역사를 수록했다. 중국 『대청실록』은 296년, 『대명실록』은 260년에 불과하다. 또한 내용의 풍부함에 있어 『대명실록』은 2,964권에 수록 글자가 1,600만 자인 데 비해 『조선왕조실록』은 4,965만 자로 『대명실록』의 3배가 넘는다. 방대한 분량, 다양한 내용, 기록의 진실성으로 동아시아 타임캡슐이다.

국왕의 실록 친람 유혹, 명신들이 지켜내고

역대 국왕들은 선왕의 실록을 보고 싶어 했다. 그럴 때마다 현명한 신하들은 고사를 들먹이고 선례가 된다며 왕을 설득해 친람(親覽) 유혹을 막았다. 조선을 개국하고 어전에 사관의 입시를 허락한 태조는 사초를 어떻게 쓰는지 궁금하여 사초를 가져오라고 명을 내리자 대신과 대간은 연이어 옳지 않음을 간하였고 만약 통치 귀감으로 삼고자 한다면 전대의 치난(治亂)홍망사를 살펴보면 될 것이며, 당대 사초는 한 번 보고 나면 뒷사람들은 왕께서 친히 본 것이니 어찌 사실대로 쓰겠느냐며 도리어 거짓 글이 되어 덕망과 치국의 전례(典禮)에 누(累)가 된다고 했다.

태종은 선왕 『태조실록』을 편찬한 후 이를 보고자 했으나 경세치국의 대학자 대제학 변계량이 친람하지 않는 것이 옳다고 만류하여 명을 거두어 들였고, 세종도 『태종실록』을 완성한 후 보고자 했으나 청백리 정승 맹사성이 "전하께서 이를 본다면 후세 왕들이 이를 본받아 볼 것이며 앞으로 사관들도 왕이 볼 것으로 의심하여 사실대로 기록하지 않을 것이니 현명한 군주라면 보지 않으셔야 한다."고 했다.

성종은 경연에서 중국 당 태종의 '정관의 치(治)'를 이끈 명재상 방현령이 당 태종에게 당 고조실록을 올렸다는데 어떠한지를 물어보자 경연관인 평해 출신 손순효는 "큰 잘못입니다. 역사를 사실대로 직서(直書)하지 못하고 선악이 없게 됩니다." 했고 성종 또한 "사관이 정도를 지킨다면 마땅히 사실대로 직서하여 거리낌이 없어야 하고 왕이 실록을 가져다 보는 것은 참으로 잘못이다." 했다. 이처럼 조선 초 국왕들은 선왕의 실록을 보고자 하는 유혹을 명신의 만류로 이겨냈고 후왕의 경계가 돼 왕조 오백 년 기록은 진실성을 가졌다.

천재지변은 하늘의 뜻, 필수 기록

실록에는 지진, 일·월식, 별의 특이현상 등이 유난스럽게 많이 기록돼 있다. 지진이 6,700회, 일·월식이 1,300회 나온다. 이는 나라의 다스림이 하늘에 그 뜻이 나타난다는 중국의 고대사상에 연원했다. 우주 현상에 침잠한 성리학의 영향으로 해와 달 그리고 오행성인 화수목금토성의 정연한 움직임은 나라의 정사와 유사하다고 해서 칠정(七政)이라 불렸고, 밤낮·삭망·계절 등의 어김없는 순환은 우주의 순조로움이라 했다. 그러나 지진이나 일식, 혜성 등의 천재지변은 왕의 잘못된 다스림이 하늘에 나타나는 것이라 하여 이를 빠짐없이 기록했다.

태조는 경연에서 '일식은 어째서 그렇게 되는가?' 물으니, 검토관 전백영은 "인간이 하는 일을 아래에서 감촉하면, 하늘이 위에서 반응하는 것입니다."라 했고, 일·월식에는 왕이 백관을 이끌고 숭정전 월대에 친림하여 해와 달이 잡아먹힘으로부터 구하는 구식례(救蝕禮)를 올렸다. 따라서 일·월식이 생기는 시각을 미리 알고자 역법을 중시했다.

지진은 형벌을 잘못 썼기에 나타나는 현상이라 여겨 벌을 과하게 주거나 죄없는 백성에게 벌을 주면 하늘이 알려주는 것이라 했다. 남송의 주희는 형정(刑政)이 어긋나고 음양의 조화로움이 깨어지면 지진이 생긴다고 하며 국왕이 스스로 반성해야 한다고 했다.

그리고 케플러 법칙으로 유명한 독일 천문학자 케플러는 1604년 10월에 초신성 폭발을 관측한 기록을 남겼는데 『선조실록』에도 이 심상치 않은 천문현상이 기록돼 있다. 같은 해 음력 9월부터 초신성을 도적별이라 표현하며 6개월간 50여 회를 기록하면서 하늘의 엄한 꾸지람이 참혹하다고 했고 홍문관에서는 왕의 몸과 마음을 더욱 삼가야 한다고 했다. 당시 조선의 천문 관측과 기록은 동서양을 막론하여 세계 최고 수준이었다.

그리고 당색이 다른 세력으로 정권이 바뀌자 시국에 대한 견해 차이로 수정본 실록을 만들었는데 이를 개수 또는 수정실록이라 했다. 그래서 선조·광해군·현종·숙종·경종의 다섯 왕은 실록이 두 개이다. 수정본을 만들더라도 원래 실록은 온전히 그대로 남겨놓았고 모두 왕조실록에 포함됐다. 사관의 의견이 달라도 치세에 대한 평가는 후대가 하도록 사필을 존중했다. 다만 국왕의 언행을 중국글 한자로 기록하여, 최근에 우리글로 바꾸는 데 무려 26년이 걸렸고 완질 국역본 413권을 숙독하려면 평생 걸릴지 모른다.

명민한 세종대왕은 사고史庫를 새로 짓고

실록을 보관하기 위해 고려시대부터 사고(史庫)를 지었는데 내사고와 외사고가 있었다. 내사고는 고려·조선 모두 궁궐에 두었고 고려시대 외사고는 절집에 두었다. 1439년(세종 21년) 사헌부는 시무에 관한 개선책을 올리면서 고려 사고가 충주 개천사에만 있어 널리 간직하지 못한 채 병화를 만나 옛 문적이 적고 고려 사적 또한 잃은 것이 많다며 명산에 사고를 지어 분산토록 건의하자 세종은 이를 받아들였다.

세종은 남쪽 삼도(三道)에 외사고 하나씩, 기존 충주사고 외에 전라도 전주, 경상도 성주에 추가로 짓고 1445년 태조·정종·태종실록을 등사하여 보관했다. 이로써 왕조는 4사고 체제를 갖추게 됐고 중종 때 성주사고가 불탔을 적에도 바로 바로 복원이 됐으며 임진병화로 춘추관·성주·충주사고가 불탔지만 전주사고가 남아 역시 복원됐다.

세종대왕의 혜안이 없었더라면 임란 이전 실록과 나라 서적은 자칫 역사의 재가 돼 흔적 없이 사라질 뻔했다.

세조 때 대사헌 양성지는 외방 3사고는 모두 관아에 붙어 있어 화재 위험이 크므로 전주사고를 남원 지리산, 성주사고를 선산 금오산, 충주사고를 청풍 월악산으로 옮겨 인근 사찰에서 지키도록 건의했으나 받아들여지지 아니했다.

성주사고 화재로 백성은 곤욕을 치루고

성주는 조선 왕실과 인연이 깊은 곳이었다. 가야산 만수봉 인근에 삼한 길지가 있다고 했으며 여말부터 뛰어난 인재가 많이 나와 세종은 이곳에 왕자 태실을 만들고 사고를 설치해 정3품 목사가 다스리게 했다.

외방 3사고를 설치한 뒤 백 년이 지난 1538년 중종 때 성주사고에 큰불이 일어나 실록이 모두 소실됐다. 사고 화재는 대단히 큰 사건으로 조정에서는 조사수를 경차관(敬差官, 특수임무관리)으로 내려보내 엄하게 조사하면서 성주 고을의 유향소와 고을 아전 이방, 호장, 형리 등 백여 명을 옥에 가두어 백성의 원성이 조정에까지 알려졌다.

화재는 관노와 그의 아들이 사고 누각 위에 잠자고 있는 산비둘기를 잡으려다 불똥이 떨어져 생긴 화재로 일반 백성과는 무관한 일이었다. 그해 흉년이 들고 추운 겨울에 모진 추국을 받았으니 성주 백성의 눈물이 실록을 가득 적셨다.

성주사고는 바로 복원됐지만 55년 뒤 임진란으로 다시 파괴됐고 이때 김천 금산에서 포로로 잡은 왜병의 수중에 성주사고 본 실록 두 장이 들어있었다는 기록이 마지막으로 이후 역사에서 사라졌다. 성주읍 경산리에 있었던 성주사고는 최근 성주역사테마파크에 옛 모습대로 재현해 놓았다.

호남 선비가 실록을 지켜내고

임진란 때 왜군이 파죽지세로 올라오면서 성주·충주·춘추관사고를 불태우고 호남마저 위태롭게 되자 정읍 태인 선비 안의와 손홍록은 전라감사 부탁으로 전주사고의 왕조실록과 감영 경기전(慶基殿)의 태조 어진(御眞)을 정읍 내장산으로 옮기기로 결정한다.

두 선비는 1592년 6월에 태조부터 명종까지 13왕 실록과 태조 어진을 비롯해 고려사 등 1,322책이 담긴 상자 60궤(실록 47궤, 서적 13궤)를 30여 마리 우마와 인부 등짐으로 내장산 용굴을 거쳐 은적암으로 옮겼다가 더욱 험준한 비래암에 최종 이안(移安)했다.

유생의 신분으로 실록과 어진을 사비로 옮기고 지키면서 쓴 일기가 『수직상체(守直相遞)일기』이다. 수직은 지키는 것이고 상체는 번갈아이니 '번갈아 지키면서 쓴 일기' 이다. 탐진 안씨 정읍 문중에서 대대로 전해 내려오다가 2012년 세상에 나왔다.

비용과 식량을 사비로 충당했고 분실될까 봐 하루도 빠짐없이 지켰는데 안의 혼자 지킨 날이 174일, 손홍록 혼자 지킨 날이 143일, 두 선비가 함께 지킨 날이 66일로 모두 383일 동안 실록과 어진을 지킨 일과가 일기에 고스란히 남아있다.

이듬해 1593년 7월에 두 유생은 조정의 명에 따라 실록과 어진을 정읍을 거쳐 충청도 아산에서 충청감사 이산보에게 인계했다. 정유재란으로 전주성이 함락되고 전주사고 건물은 불탔지만, 조정으로 인계된 전주사고본은 아산에서 평안도 묘향산 보현사별전으로 이안됐고 전쟁이 끝난 1603년에 강화도로 옮겨져 이를 바탕으로 1606년까지 3년 동안 태조부터 명종까지 13왕 실록을 4부 재간행해 5사고로 분산시켰다.

호남 유생 두 선비의 갸륵한 애국충정이 없었더라면 임란 이전 기록은 사라져 암흑시대가 될 뻔했고 빼어난 우리 문화는 수 세기 뒷걸음쳤을 것이다.

엄격한 실록 포쇄

실록은 한지로 만들었다. 한지는 습기에 약하여 책벌레가 많이 생기므로 정기적으로 햇볕에 쬐고 바람에 말려야 했는데 이를 포쇄(曝曬)라 했다. 조선왕조의 실록 포쇄는 매우 엄격했다. 춘추관 기사관이 파견 가서 포쇄하고 점검하여 매번 기록으로 남겼는데 이것이 실록 『형지안(形止案)』이다.

처음에는 3년마다 진술축미년(辰戌丑未年)에 포쇄하다가 헌종 이후에는 5년, 10년에 한 번 하기도 했다. 사고는 명을 받은 사관만이 열 수 있으며 임란부터 조선 말까지 포쇄를 위하여 사관을 파견한 횟수는 234회이다. 봄·가을의 맑은 날을 택하여 파견된 사관은 관복을 입고 사배(四拜)한 다음, 사고를 열고 책을 꺼내 포쇄하고 기름종이로 잘 싸서 벌레 방지를 위해 천궁·창포와 함께 궤에 넣고 봉인했다.

『문종실록』 일부 결본

정유재란으로 전주사고본이 묘향산 보현사 별전에 이안되자 조정은 예문관대교 권태일을 보내 실록을 살펴보게 한다. 사관 권태일은 실록을 살펴보면서 『문종실록』 11권에 이상한 점을 발견한다. 표지는

11권으로 돼 있으나 내용이 9권과 동일하다는 것이다. 즉 9권과 11권은 표지만 다를 뿐 내용이 중첩돼 있음을 발견했다. 문종 1년 12월부터 이듬해 1월까지 두 달간 기록이다.

사관은 성종 때 실록을 간행하여 4사고로 나누어 보관할 때 권질이 잘못돼 서로 바뀌었을 것이라고 하며 그 속에 기록된 두 달간 사적은 앞으로 영원히 고증할 수 없게 됐다고 서계를 올렸다. 계유정란 전의 민감한 기록이라 온갖 억측이 나오기도 했지만 1451년 12월부터 1452년 1월까지 2개월간 왕조 기록은 역사에서 사라졌다.

식민통치로 사고본은 흩어지고

임진란이 끝난 후 선조는 어려운 여건 속에서 내사고 춘추관을 다시 만들고, 마니산(훗날 정족산), 태백산, 묘향산(훗날 적상산), 오대산의 깊은 산중에 외사고를 지었다. 외사고에는 실록을 보관하는 실록각과 왕실 족보인 선원록을 보관하는 선원각이 있으며 수호사찰을 지정해 승병이 지키도록 했다. 내사고 춘추관사고는 인조 때 이괄의 난과 정묘·병자호란으로 피해를 입었으나 바로 복구했고 1811년 순조 때 대화재로 실록 72상자 중 66상자가 소실돼 사고 기능을 상실했다.

외사고로 유일하게 남은 전주 사고본은 1606년 재간행 작업을 마친 후 마니산(강화)사고에 이안됐다. 1664년 현종 때 대대적으로 보완 정비했으며 1678년 숙종 4년에 인근의 정족산에 사고를 새로 짓고 마니산 사고본을 옮겼다. 따라서 정족산사고가 세종이 만든 전주사고를 이어받았으며 수호사찰이 전등사이다. 일제식민지 시절에 서울로 옮겨 규장각 도서로 편입됐다가 경성제국대학 도서관으로 이관됐다. 서울대 도서관을 거쳐 서울대 규장각에서 소장 관리하고 있으며 1,187

책이다.

태백산 사고본은 설치 후 특별한 피해가 없었으며 수호사찰이 각화사이다. 수직승(守直僧, 사고를 지키는 승려) 10명이 경상감사에게 올린 문서, 등장(等狀)이 남아있는데 사고 수호 연구에 귀중한 자료이다. 1930년에 경성제국대학, 해방 후 서울대 규장각을 거쳐 현재 국가기록원 부산기록관에서 보관하고 있다. 국역과 전산화 작업은 태백산 사고본을 기초로 이루어졌고 책수는 재간행 시 합권(合券)으로 정족산 사고본보다 적다.

오대산사고는 수호사찰이 월정사이며 일제강점기 시절인 1913년, 동경제국대학 도서관에 기증하는 방식으로 일본에 반출됐고 1923년 관동대지진 때 대부분 소실됐다. 화를 면한 27책이 1932년에 경성제국대학으로 이관됐고 일본에 남아있던 잔본은 2006년에 47책, 2018년에 1책이 환수돼 총 75책이 현재 국립고궁박물관에 보관돼 있다.

적상산사고는 광해군 때 후금이 강성해지자 북방의 묘향산 사고본을 안전한 곳으로 옮기기 위해 1614년에 지어졌다. 무주 안국사가 수호사찰이었으며 지금의 안국사 천불전 건물이 사고 실록각을 이전한 건물이다. 일제강점기에 구 황실 문고인 창경궁 장서각으로 옮겼고 6.25전쟁 때 북한으로 유출돼 현재 평양 김일성대학 도서관에서 보관하고 있는 것으로 알려졌다. 북한은 1975년부터 국역해 1991년 완역본을 발간했다. 이렇듯 조선왕조 보물인 실록을 안전하게 보관한 사고, 후대에 전하려는 조상의 지혜와 노력으로 더욱 빛나고 위대한 인류 문화유산을 지닌 나라가 됐다.

오늘날 세계적인 문화유산은 대부분 노예의 피땀과 백성의 고혈로 만들어졌다. 피라미드, 콜로세움, 만리장성이 그러하다. 하지만 『조선

왕조실록』은 왕의 어진 정치를 이끌어내 백성을 보살폈고 백성의 눈물 없이 만들어진 인류의 위대한 유산이다. 그 기록의 중심인 조선 사관이 압력과 유혹을 받을 때마다 세상을 향해 내뱉은 말은 '제 머리 위에는 하늘이 있습니다' 였다.

3부
조상, 그 위대한 사람들

의義를 머금고 독립의 별이 된 여인들

나라를 빼앗긴 시절에 나라를 찾고자 목숨 바친 이들의 이야기는 늘 우리를 숙연하게 만들고 마치 큰 빚을 진 것처럼 죄스러운 생각이 들게 하기도 한다. 그들이 있었기에 오늘이 있건만 번영된 고국으로 돌아오지 못하고 이역 하늘 아래 쓸쓸히 묻혀 있거나 독립운동의 그늘 아래 이름 없이 사라진 이들이 너무 많다. 남성 위주의 독립운동사에서 의(義)를 머금고 독립의 별이 된 두 여인, 독립군의 어머니 남자현과 민족의 딸 김락의 행적을 더듬어 본다.

건국공로훈장 대통령장을 받은 유일한 여성

1933년 8월 26일 여운형이 발간하는 〈조선중앙일보〉에 일본군 대장 암살범의 죽음을 알리는 6단 기사가 실렸다. "단식한 지 9일 만에 인사불성이 되어 출감, 보석 출감한 일본무토(武藤) 대장 모살범, 신경(新京, 장춘) 남자현의 근황, 파란중첩한 과거"라는 소제목으로 당시 신문지면이 귀했던 시절에 만주 하얼빈의 독립군 여걸, 남자현의 죽음을 크게 기사화하여 서울에 알렸다. 여자 안중근이라 부르는 여성독립투사 이야기는 식자층에 회자되었으나 곧 제국주의 격랑에 묻혀버렸다.

1962년 3월 1일 정부 수립 후 처음으로 건국공로훈장을 수여하는

데 대통령장을 표창받은 58명의 역사적 인물 가운데 여성 독립운동가는 남자현이 유일했다. 신채호, 이봉창, 지청천, 김동삼 등 기라성 같은 인물과 함께 최고훈장을 받았음에도 불구하고 그러한 여성이 있었구나 하고 그냥 지나갔다.

2015년에 개봉하여 관객 천만 명을 넘긴 영화 〈암살〉의 여주인공 안옥윤의 모티브가 남자현으로 알려지면서 세상은 그녀에게 관심을 갖기 시작했다. 남자현은 영화의 실제 모델이 아니다. 영화 내용과 그녀의 실제 삶은 암살이란 단어 외에 아무런 연관이 없다. 단지 모티브가 되었을 뿐이다.

역사의 지우개는 왜 이토록 남자현을 지워 버렸는가. 역사의 빛은 모든 이들에게 골고루 비춰 주지 않지만 우리는 너무 오랫동안 독립군 어머니 남자현을 달빛 속에 묻어 두었다.

남편의 죽음으로 독립군의 어머니가 되고

남자현은 전형적인 경상도 딸이었다. 1872년 안동 일직의 영양 남씨 집안에서 태어나 영양 석보에서 성장하여 아버지 제자인 의성 김씨 총각과 결혼했다. 1895년 을미사변과 단발령으로 항일의병이 봉기할 때 남편 김영주는 집안 어른인 김도화를 따라 일본군과 싸우다가 전사한다. 이때 3대 독자인 유복자를 가진 남자현은 일본군에 대한 복수심을 삭이고 자식을 낳아 기르면서 시부모를 봉양한다.

이십여 년의 세월이 흘러 3·1만세 사건이 일어나자 남자현은 남편과 부모 묘소에 하직 인사를 하고 47세 나이에 만주로 떠난다. 일족인 일송 김동삼이 있는 서간도 통화현으로 가서 아들을 신흥무관학교에 입학시키고 본인은 서로군정서에 가입한다. 군사들의 뒷바라지로 시작하여 점차 동만주 일대 농촌을 누비며 12개소의 예수교회와 10여 곳의 여성교육회를 설립하고 여성 계몽운동과 교육에 정열을 쏟아 독립군의 어머니라 불리게 된다.

만주 벌판에서 남자현은 시댁의 먼 동생인 김동삼과 이상룡, 양기탁 등 투사들과 함께하면서 점차 강인한 지사로 변모해 간다. 독립군 내부의 분파 갈등이 심해지자 단식기도와 손가락을 잘라 화합을 호소했고, 1925년 사이토 총독을 주살하기 위해 채찬, 이청산과 함께 서울로 잠입, 거사를 추진하였으나 뜻을 이루지 못했다.

1927년 나석주 의사 추도회 때 안창호, 김동삼 등 47인의 독립지사가 중국 경찰에 검거되자 옥바라지와 석방 운동을 전개하여 공을 세웠고 1931년 김동삼이 하얼빈에서 일경에 검거되어 투옥되자 구출 작전을 폈지만 실패했다. 1932년 국제연맹 리튼 조사단이 하얼빈에 왔을 때 대한독립의 혈서를 써서 조사단에 보내 독립을 호소했다.

남자현은 손가락 세 개를 스스로 자른 인물로 알려져 있다. 한번은 조선인 순사에게 붙잡히자 잘린 손가락을 보여주며 "내가 여자의 몸으로 수천 리 타국에 와서 애쓰는 것은 그대와 나의 조국을 위함이거늘 나를 체포하는 것은 조선인 자네를 스스로 체포하는 것과 다름이 없네."라고 순사의 마음을 움직이게 했다.

1933년 3월 만주국 수립 기념식에 참석하는 일본 전권대사 무토 대장을 암살하기 위해 폭탄을 운반하다가 일경에게 체포된다. 수개월간 혹독한 고문과 단식투쟁으로 생명이 위독해지자 풀려나는데 "죽고 사는 것은 정신에 달려있고 독립은 정신으로 이루어진다."라는 유언을 남기고 62세 일기로 생을 마감했다. 하얼빈 조선인 묘역에 묻혔다가 1957년 도시 개조공사로 묘지마저 사라져 버렸다.

1999년 영양 석보에 생가가 복원됐고 담장 너머 추모각에는 그녀의 흑백사진이 걸려있다. 무명옷 빨고 기워 독립군에게 입히고 강냉이밥이라도 배불리 먹여 동상과 추위에 떨지 않도록 애쓰는 조선 어머니의 모습이었다. 무심한 표정은 다 알고 있다는 듯 '그래도 괜찮아 대한아! 내가 있잖니' 하는 듯하다.

독립운동으로 두 눈을 잃고

일본 고등계 형사들의 필독서 『고등경찰 요사』를 살펴보던 안동대 김희곤 교수는 다음의 글을 발견한다. "안동 양반 고(故) 이중업의 처는 대정 18년(1919년) 소요(만세운동) 당시 수비대에 끌려가 취조를 받은 결과 실명했고 이후 11년 동안 고생하다가 소화 4년(1929년) 2월에 사망했기 때문에 아들 이동흠은 일본에 대한 적의를 밤낮으로 잊을 수 없다고 했다."

이 기록을 추적하여 2001년 역사 저편에 묻혀 있던 한 여인이 세상 밖으로 나오게 된다. 그녀가 3·1운동 때 일경에게 끌려가 고문으로 두 눈을 잃은 김락(1863~1929)이다. 향산 이만도의 맏며느리이자 백하 김대락의 누이동생이요, 석주 이상룡의 처제이며, 학봉 김성일의 종손 김용환과 정재 류치명의 손자 류동저의 장모이다.

김락은 안동 독립운동사의 빛나는 다섯 가문과 얽혀있다. 그 다섯은 친정 의성 김씨 내앞마을과 시댁 진성 이씨 하계마을, 두 딸이 출가한 의성 김씨 금계마을과 전주 류씨 무실마을 그리고 큰언니가 종부인 고성 이씨 임청각이다.

대구 경북의 독립유공자 수는 2,357명으로 그중 948명이 안동 출신으로 40%에 달한다. 안동지역에서 독립유공자를 10명 이상 배출한 마을은 8곳인데 그중 5개 마을의 독립운동 물결을 김락은 온몸으로 맞았다.

4남 3녀 중 막내인 김락은 19세에 퇴계 후손 향산 이만도의 아들 이중업과 결혼한다. 향산은 1866년 문과 장원급제하고 당상관 동부승지까지 오른 인물로 예안의 을미의병장이었다. 나라를 빼앗긴 분함으로 단식을 시작하자 전국에서 유림이 찾아와 말렸으나 향산은 요지부동이었고 접빈객은 맏며느리 김락의 몫이었다. 24일 단식으로 순국하자 안동 유림은 독립운동의 길로 접어든다.

그해 겨울 친정 큰오빠 백하 김대락이 66세의 노구를 이끌고 집안의 청장년은 물론, 손녀와 만삭인 손부까지 데리고 서간도로 망명을 떠났다. 고향에는 오빠 넷 중 한 명만 남았다. 백하는 압록강을 건너자마자 태어난 손주의 태명(배냇이름)을 '쾌당'이라 지었다. 통쾌하다고 그렇게 지었다. 일제 치하의 땅을 벗어나 태어난 것만으로 그렇게 기뻐했다.

큰 형부 석주 이상룡은 4백 년을 내려온 찬란한 종택, 임청각 대문을 걸어 잠그고 문중 30여 가구를 이끌고 큰언니와 함께 서간도로 떠났다. 친정 집안 조카 일송 김동삼, 시댁 만화 이세사의 주손(적장손) 이원일, 종고무부 동산 류인식도 모두 집안 가솔을 이끌고 서간도로 갔다. 아버지 같던 큰오빠 백하가 4년 만에 주검이 되어 돌아왔다. 김대락의 아호 백하(白下)는 백두산 아래 사는 한인이란 뜻이다.

남편 이중업과 두 아들 이동흠, 이종흠, 두 사위 김용환과 류동저도 이미 독립운동에 적극 가담하고 있었다. 군자금을 모으다가 체포되기도 했고 집은 독립운동의 거점이 되었으며 사위 김용환은 이미 세 차례나 감옥에 드나들고 있었다. 훗날 파락호로 위장하여 종가와 위토를 수차례 팔아 독립군자금으로 내놓은 사위이다.

예안의 3·1만세 시위는 격렬했다. 김락은 57세 나이에도 불구하고 시위에 앞장서 일경에게 체포, 여러 달 옥고를 치르고 고문으로 두 눈을 잃었다. 남편 이중업은 파리강화회의 청원운동과 군자금 모금 활동으로 병을 얻어 1921년 세상을 떠났으니 김락은 고통 속에 두 번이나 자결하고자 했다. 이후 두 아들의 독립운동을 뒷바라지하다가 1929년 67세 일기로 생을 마감했다. 조손 3대가 독립운동의 격랑 속에 일생을 바쳤고 친정과 시댁 인물 25명이 독립유공자가 됐다.

내방가사를 짓고 오페라로 삶이 재현되고

김락이 지은 내방가사 「유산일록(遊山日錄)」이 최근에 발굴되었다. 조선 후기 성행했던 유산기(산놀이 문학)를 한글 가사로 지은 작품으로 시대의 광풍에 휩쓸려 흩어진 가문과 가족에 대한 그리움을 노래했고 향촌 풍광을 묘사한 솜씨와 전교를 사용하는 기법이 일품이다. "동반 숙질 모였는데 형아 생각 간절하다." 며 서간도로 간 큰언니를 그리워했고 "슬프다, 세월이야, 어느 때 봄을 만나 향양화목(向陽花木) 되올고, 십이 종남매가 몇 분만 남았으니 흩어진 종반, 생시에 기필할까." 라고 하면서 암울했던 시대에 문중 친족의 고통을 탄식하고 그들에 대한 애정을 절절하게 읊었다. 아울러 "풍월 시 못 하겠느냐만 부녀 된 한탄으로 가사로 대신한다." 고 노래해 당시 사대부 글인 한시로 지을 수 있지만 부녀자이기에 한글 가사로 대신한다고 지적 수준이 높은 명문가 여성으로서 자존감을 나타내기도 했다.

2015년 광복 70주년을 기념하여 불꽃 같은 김락의 삶이 오페라로 재현됐다. 부제가 '민족의 딸, 아내 그리고 어머니' 이다. 극 중에서 김락은 온갖 고문에도 굴하지 않고 오히려 고문하는 일경 요시다를 꾸짖는다. "사쿠라야, 사쿠라야, 이른 봄햇살이나 만끽해라, 찰나에 사라지는 너의 운명이 가련하고 불쌍하구나." 화가 난 요시다는 달군 인두를 눈에 들이댄다 "간절히 원하면 꿈은 현실이 되는 법, 기필코 내 눈으로 광명의 아침을 보리라." 오페라는 큰 반향을 불러일으켰고 2016년 대한민국 오페라 대상을 받았다.

24년 귀양살이에 역사를 노래한 이학규

역사에는 자랑스러운 것과 안타까운 것들이 뒤섞여 있다. 안타까우면서 마음이 저리는 것 중 하나가 귀양살이 이야기다. 귀양은 긴 역사의 흐름에서 볼 때 별로 대단치 않은 일에도 선비의 일생을 가두고 닫았다. 선비는 살기 위해 글을 지었고 역사가 그 글을 받아들였다. 유배문학이다.

비운의 문재 낙하생 이학규

유배지에서 세상을 떠난 이도 많이 있지만 말도 안 되는 사유로 24년을 김해에서 귀양살이한 성호 가문의 비운의 문재(文才), 낙하생 이학규(1770~1835)가 있다.

기호 남인 대학자 금대 이가환이 외삼촌이고 다산 정약용을 형님처럼 따랐다. 다산과 같은 날, 같은 사유(천주학)로 귀양을 갔고 다산보다 6년 더 귀양살이했다. 수많은 글이 김해와 강진을 오갔고 주옥같은 글을 남겼다. 역사는 그를 잊었지만 문학이 그를 불렀다. 영남을 노래했고 흰 박꽃 같은 그의 글은 고전문학의 보석이 됐다.

이학규는 성호 이익 가문의 외손이다. 성호의 조카인 외조부 이용휴에게 학문을 배워 약관의 나이에 문학으로 명성을 얻었고 정조 조정의 궁중 저술 편찬에 참여했다. 성호는 미수 허목의 학풍을 계승한 실학의 대학자로 안정복, 채제공, 이가환, 정약용으로 이어졌고 『택리지』를 쓴 이중환도 성호의 재종손이다. 하지만 성호의 형 이잠이 숙종에게 올린 노론폐해 상소문으로 옥사당한 이후 집권 노론 세력의 미움을 받았다.

이학규는 정조 승하 후 1801년에 일어난 신유박해에 이가환, 이승훈, 정약용 등과 함께 구금됐다. 천주교 신자가 아님이 밝혀졌으나 성호 집안이란 사유로 전라도 능주(화순)로 유배됐다가 그해 가을 황사영 백서사건이 터지자 황사영과 내외종간이란 이유로 국문을 받고 전라도 능주에서 김해로 이배된다.

이때 다산은 장기에서 강진으로 이배돼 이학규는 24년, 다산은 18년을 귀양살이한다. 이학규는 아호를 땅에 떨어진 선비, 낙하생(落下生)이라 했고 다산은 살얼음판을 걷듯이 매사에 조심하는 사람, 여유당(與猶堂)이라 했다.

비탄과 절망 속에서

이학규는 유배 기간 중 저술에 전념했다. 비탄과 절망 속에서 현실주의적 민중 인식을 받아들였고 다산의 영향을 입었다. 우리나라 역사, 지리, 풍속, 자연과학 분야에 많은 저술을 남겼고 관리의 부정부패를 역사 속의 인물에 빗대어 통렬하게 비판했다. 유배지에서 아들, 아내, 모친의 부음을 들어야만 했고 김해에서 얻은 재혼한 아내, 진양 강씨도 아이를 낳다가 죽는다.

그러다가 격쟁으로도 풀리지 않던 귀양이 1824년 아들 재청으로 비로소 해배돼 인천 부평으로 돌아갔다. 31세 젊은이가 55세 늙은이가 돼 돌아온 인생신산(辛酸)은 무엇인가? 아들 집이 낯설어 다시 김해

로 내려와 김해 문사와 교유를 계속했고 자하 신위, 다산과 글을 주고
받다가 다산보다 한 해 먼저 66세 일기로 세상을 떠났다.

　빈한한 가세로 그의 유고는 국내외로 흩어져 많이 없어졌지만 최
근 영인본 문집이 발간되면서 그에 관한 학술 논문이 활발하게 나오
고 그의 글은 고교 국어영역 고전문학에 중요한 자리를 차지했다.

『영남악부嶺南樂府』

　『영남악부』는 1808년 이학규가 정인지의 『고려사』를 구해 읽고 감
흥이 일어 신라·고려시대 영남 인물, 풍속, 설화를 소재로 쓴 68편의
영사악부시(詠史樂府詩)다. 악부란 중국 한나라 때 생긴, 음악을 수반한
문학 장르인데 점차 음악적 요소는 사라지고 민간 풍정과 세태를 노
래한 민간시가가 됐다. 우리나라에서는 이제현의 『소악부』, 김종직의
『동도악부』, 심관세와 이익의 『해동악부』, 이광사의 『동국악부』 등
다수가 있다.

　『영남악부』는 5·7언의 정형체가 아닌 3·4언부터 자유롭게 사용했
고 인물도 충신열사뿐만 아니라 탐관오리를 함께 넣어 부패한 집권층
을 풍자했다. 조선 후기 한문학이 민족문화로 방향 전환을 모색할 때
민족에 대한 자각과 민중인식이 악부란 형식을 빌려 창작된 뛰어난
작품으로 평가받고 있으며 성호 가문의 실학적 지성이 표출된 역사
문학이다.

영남 인물과 설화를 노래하다

　『영남악부』는 역사를 노래했다. 각 편마다 산문 서문과 운문 악부
로 되어있다. 고려 말 대학자 익재 이제현 편에는,

10년의 익재난고, 시사를 의론했고

삼관(三館)의 역사 편찬에 세월이 흘렀네

만년의 즐겁지 못함은 어찌 된 일인가

이익재는 어찌 영남으로 돌아오지 않았는고

고운이 가족을 이끌고 돌아온 것은 참으로 그윽한 일

익재의 삶을 이야기하고 우리 인물로 중국에서 문명을 떨친 이제
현과 최치원을 그리워하며 최치원은 경주로 돌아왔는데 이제현은 고
향 경주로 귀향하지 않음을 아쉬워했다.

포석정 편에는

진한 육부가 부질없이 바람 앞의 먼지 되니

아! 포석정, 재앙의 빌미라네

그대는 듣지 못했는가?

문 앞에 한금호요 누 위엔 장려화인 것을

어진 사관의 한마디 말이 진실로 탄식할 만하다네

신라 멸망사를 중국 남조의 고사로 회고했고 어진 사관의 한마디
말이 후대의 가슴을 저민다. 그는 무엇 때문에 유배지 초가에서 빈대
에 물려가며 역사를 노래했는가?

이 밖에 신라 인물인 죽죽사, 천관녀, 김원술, 상서장, 고려의 정과
정, 안회헌, 이문학, 문공의 목면, 길재야, 탐관오리를 비판한 혁작령,
철문어, 황마포, 토속설화인 동경구, 영동신, 달도가 등 주옥같은 글
로 영남을 노래했다.

낙하생 이학규와 다산 정약용

이학규는 다산보다 8세 연하이고 같은 성호 학맥에다가 집안도 얽혀있다. 이학규 부인은 다산 집안 나주 정씨 출신으로 인척이며 학규는 다산을 척장(戚長)이라 불렀다. 신유사옥에 죽은 인물, 이승훈은 이학규의 재종숙, 다산의 매형이고, 황사영은 이학규의 고종사촌 동생, 다산의 조카사위, 이가환은 이학규의 외삼촌, 다산의 절친이다.

다산은 "성수(이학규의 자)가 금관에 있으면서 내 시에 화답한 것이 많다."고 했고 학규는 『영남악부』가 다산의 『탐진악부』를 염두에 두고 쓴 것임을 서문에서 밝혔다. 다산의 탐진농가에 화답해서 강창농가, 탐진촌요에 상응하여 상동초가, 탐진어가에 남호어가, 전간기사에 화답하여 기경기사를 지었다.

다산이 아들 학연에게 보낸 편지에도 이학규에 관한 이야기가 나온다. "지난번에 성수의 글을 보았다. 거기에 너의 시를 논평했는데 너의 잘못된 점을 잘 지적했더라. 유념하거라." 또 이학규가 유배에서 풀려나 다산 본가 두물머리에 머물 때, 부채에 아들 학유가 나비 그림을 그리고 학규가 시를 짓고 다산이 해서 글씨를 썼다는 이야기가 나온다.

> 호남 땅에 오랫동안 나그네 되었으니
> 서울 소식은 죄다 막혀버렸겠지요
> 좋은 철이라 회포도 많으시련만
> 한창 때는 바깥나들이도 쉬고 계신지요
> 시 짓는 솜씨야 더욱 섬세해졌겠고
> 구레나룻도 더 성글어졌겠지요

마음 같아서야 당장 낙동강으로 달려가

조각배 편에라도 이 편지 부치고 싶답니다

이학규의 「탁옹에게 부치는 시」이다. 탁옹은 죽순껍질 같은 늙은
이로 다산의 별호다. 다산과 이학규는 순조 이후 조선사에서 사라졌
지만 다산 유고는 을축년 대홍수에도 현손이 고이 지켰고 구한말에
장지연이 〈황성신문〉에 소개하는 등 당시 지식인 사회에 알려져 1934
년에 『여유당전서』가 발간됐다. 이학규 유고는 사후 뿔뿔이 흩어져
강원도 종형 후손가(8책), 일본 천리대학(9책), 동양문고(2책), 서울대 가
람문고(1책), 규장각(1책)에서 보관하고 있던 것을 1985년 한국한문학
연구회가 영인하여 『낙하생전집』 3권으로 발간했다.

이학규의 문학 세계

이학규의 글은 한문으로 쓴 우리 문학이다. 모화에 젖어 당송시문
을 흉내 내고 자화자찬에 빠진 사대부의 살찐 글이 아니라 토속을 노
래하고 민초의 애환을 담았기에 국역하면 그대로 우리 정서이다.

"낙하생의 집은 높이가 한 길이 못 되고, 넓이도 아홉 자가 못 된다. 인사
를 하려고 하면 갓이 천장에 닿고, 잠을 잘 때 무릎을 구부려야 한다. 한여름
날에 햇빛이 쏟아 부으면 방 안이 뜨겁게 달아오른다. 그래서 둥글게 두른
담장 밑에 박 10여 개를 심었더니 넝쿨이 자라 집을 가렸다."

요즘 고교 국어영역에 가장 많이 나오는 「포화옥기(匏花屋記)」이다.
포화옥은 박꽃이 피는 집이다. 작가와 나그네가 주고받는 대화체 수

필로 곤궁한 생활 속에 깨달음을 담고 있으며 액자소설 형태를 취하고 있다.

또 김해와 낙동강 유역의 삶의 현장을 읊은 「금관죽지사」, 초량왜관을 잡입 취재하듯 실감나게 그려놓은 20수 연작의 「초량왜관사」, 조선통신사의 해신제 누각을 노래한 「영가대」, 빼어난 한문 수필 「어떤 사람에게」, 농가의 작은 대나무집 비웃지 말라며 샘물로 빚은 술은 서울 술에 견준다는 「곽서촌사」, 깊어가는 가을날, 김해 앞바다 남호(南湖)에 배를 띄우려다가 낙동강 하구에 펼쳐진 갈대밭 장관에 넋을 잃고 지은 「남호어가」 등이 있다. 유배 15년 차 죽은 아내에게 보낸 편지글 "지금까지 분명히 기억나는 한마디 말은 병들고 가난하더라도 함께 늙어가요." 구절에 심장이 아린다.

낙하생을 인고와 비탄의 시인, 그의 시를 은둔과 유배문학의 꽃이라 하며 한국 대표 한시에 어김없이 나온다.

오늘날 젊은 청춘들이 그의 글을 배우고 암송하지만 강산 어디에도 그의 자취가 없다. 24년 귀양살이한 김해 자락 모퉁이에 그의 이름을 딴 유배문학관이나 도서관이라도 하나 있으면 좋겠고 문집이 빨리 국역되어 더 많은 그의 글을 볼 수 있기를 기다린다.

조선의 으뜸 관리, 영의정과 대제학

조선왕조 오백 년 동안 영의정을 지낸 이는 160명이다. 그중 89명이 두 번 이상 역임했고 69개 가문에서 영의정이 나왔다. 일인지하 만인지상이라 불렀지만 권신이나 탐관은 없었으며 온화한 인물이 많았고 진정으로 백성을 사랑했다. 어린 왕이 즉위하면 원상(院相)이 되어 보필했고 나라가 어려울 때는 국난 극복에 앞장섰다. 허약한 군주 아래 오백 년 왕업을 유지한 것은 훌륭한 영의정이 많았기 때문이다.

학문의 나라 조선에서 글에 관한 으뜸 관리는 대제학이다. 나라 학문을 바르게 평가하는 저울이라고 문형(文衡)이라 불렀고 문장을 관장한다고 주문지인(主文之人)이라 했다. 구한말에 만든 문형록에 따르면 왕조 오백 년 동안 대제학을 지낸 인물은 188명이고 그중 37명이 두 번 이상 역임했다. 조선 초기에는 종신직이었다가 중기 이후에는 점차 판서나 정승으로 자리를 옮기든지 겸직하기도 했다. 대제학을 배출한 가문에서는 대제학 하나가 정승 셋보다 낫다며 대제학을 추켜세우고 학문과 문장이 빼어난 집안임을 자랑하기도 했다.

조선의 영의정

영의정은 조선왕조의 으뜸 관리로 태종 때 의정부를 만들며 생겼다. 고려시대에는 문하시중, 구한말에는 총리대신으로 불렀다. 대부분 명문가 출신이지만 한미한 가문에서 등과하여 본인의 능력으로 영의정에 오른 인물도 많다. 가장 오랫동안 영의정을 지낸 인물은 세종 때 방촌 황희로 18년간 역임했고, 가장 젊은 나이 영의정은 선조 때 42세에 오른 한음 이덕형이다. 합천의 내암 정인홍은 광해군 때 82세 나이로 영의정에 올랐다. 5번 이상 영의정을 맡은 인물은 이원익, 정태화, 최석정, 김상복 등이고 부자 영의정, 조손 영의정이 나왔다. 왕조 전 시기에 걸쳐 훌륭한 영의정이 배출됐으니 조선의 국운은 끈질기게 길었다.

태평성대의 영의정은 큰 이름을 남기지 못하고 역사의 뒤안길로 사라졌지만 나라가 어려울 때는 역사 전면에 섰다. 중종반정 후 혼란기를 극복한 문익공 정광필, 임진란의 명재상 류성룡, 임진란 복구에 진력을 다한 이항복과 이덕형, 병자호란의 굴욕을 참고 나라의 기틀을 지킨 최명길, 대동법의 재상 김육, 조선백성 백만여 명을 아사시킨 재난인 경신대기근에 조선을 살리는 데 앞장선 정태화, 을병대기근에 청의 구휼미를 받아내 백성을 먹여 살린 최석정, 그리고 영·정조 시대에 국왕을 잘 보필해 조선의 르네상스를 연 김재로, 김상복, 채제공 등은 당대의 명재상으로 알려져 있다.

조선왕조에서 문과급제자를 낸 750여 씨족 가운데 영의정을 배출한 씨족은 10%가 조금 못 되는 69개 씨족이다. 그중 2명 이상의 영의정을 배출한 가문은 31개, 3명 이상을 배출한 가문이 21개이다. 이는 왕조 후반기 이백 년 동안 노론이 장기 집권했기 때문이지만 그 속에서 최상의 인물이 영의정에 올랐다.

청렴한 영의정

조선왕조 160명의 영의정에 대하여 후세 사가들이 권신이나 탐관으로 폄훼한 인물은 없었고, 대신 청렴한 영의정이 왕조 전 시기에 걸쳐 나왔다. 청렴은 국초 이래 중요한 덕목이므로 청백리에 녹선되거나 실록에 청렴하다고 기록된 영의정은 많다. 조선 초기 황희, 구치관, 정창손, 김전, 상진, 이준경 등이 그러하며 중기에는 홍섬, 박순, 류성룡, 이원익, 이항복, 이홍주, 이시백, 홍명하 등이 있고 후기에는 정호, 김재로, 서지수, 김상복, 심환지, 정원용 등이 있다.

사관들은 실록에 이들의 졸기(卒記, 죽음 알림 기록)를 쓰면서 일국의 영상이었지만 청렴 검소하게 살았다고 기록하여 후세에 전했다. 일생을 청백하게 살면서 당론에 대해서는 한 치도 양보하지 않았기에 당파싸움은 그렇게 치열했다.

대기근 극복에 앞장선 영의정

조선은 두 번의 대기근을 겪었다. 1670~1671년 현종 때 경신대기근과 1695년부터 시작된 숙종 연간의 을병대기근이다. 17세기 지구 소빙하기가 조선을 덮쳐 나라 전체가 극심한 흉작으로 백만여 명의 아사자가 생겼다. 백성들은 나무껍질과 풀뿌리로 연명했고 굶어죽은 사체가 길거리에 즐비했다. 현종은 "아, 허물은 나에게 있는데 어째서 재앙은 백성들에게 내린단 말인가." 하며 통곡했다. 경신대기근 때 영의정은 정태화였다. 비축미와 군량을 동원하여 영남 곡식을 관북으로 보내고 황해도 세미로 호서를 구휼하는 등 굶어죽는 백성이 없도록 진력을 다했다.

연이어 닥친 을병대기근에는 구휼할 비축미마저 없으니 더욱 참혹했다. 기근은 장기간 계속됐다. 이때 영의정은 남구만, 유성운, 서문중, 최석정으로 모두 소론계열의 합리적인 재상이었다. 이들은 나라에 양곡이 없으니 청나라에 도움을 청하기로 했고 최석정이 주청사로 갔다. 1697년 청나라 강희제는 구휼미 5만 석을 배에 실어 보냈다. 명분과 의리에 매몰된 노론선비들은 굶어죽을지언정 호미(胡米, 오랑캐쌀)를 받지 않겠다고 했다. 그해는 병자호란의 삼전도 굴욕이 있은 지 한 갑자 되는 해였고, 강희제는 인조에게 구고두례를 시킨 청 태종(홍타이지)의 손자였다. 송강 정철의 현손으로 훗날 영의정에 오른 정호는 무엇보다 춘추대의에 어긋나는 일이라며 맹비난했고 대간들은 최석정을 파직시켰다. 하지만 백성들은 기근에서 점차 벗어났고 나라는 안정을 찾기 시작했다.

증직(추증) 영의정

생전에 대학자이거나 나라에 큰 공을 세운 인물은 사후에 영의정으로 증직(贈職)했는데 증직일지라도 영의정은 무척 귀하다. 임진란에 나라를 구한 이순신, 진주성 싸움에 순절한 김시민, 행주대첩의 권율은 무반으로 증직 영의정이다.

대학자로 영의정에 추증(追贈)된 인물은 문묘에 배향된 동국 18현이 중심인데 조광조, 이언적, 이황, 이이, 김집, 김장생, 송시열, 송준길, 김인후와 척화파 김상헌, 암행어사로 유명한 박문수가 증직 영의정이다. 대학자가 많이 나온 영남에서는 실직(實職) 영의정보다 증직 영의정이 더 많다. 사림의 종조 점필재 김종직을 비롯하여 충재 권벌, 남명 조식, 한강 정구, 여헌 장현광, 동계 정온, 귀암 이원정이 증직 영

의정이고 동방 5현인 한훤당 김굉필과 일두 정여창은 증직 우의정이
다.

조선의 대제학

대제학은 학문과 문장을 다루는 으뜸 인물이다. 홍문관과 예문관,
세종 때 집현전, 정조 때 규장각의 수장 벼슬이다. 대제학 아래 제학·
부제학·직제학이 있으며 대제학은 판서와 같은 정2품, 제학은 종2품,
부제학과 직제학은 같은 정3품이지만 부제학은 당상관, 직제학은 당
하관이다. 홍문관과 예문관 대제학을 겸임하면 양관대제학이라 했고
이를 문형(文衡)이라 불렀다. 나라 글을 지었고 과거시험을 관장했다.
대제학을 뽑을 때 전임 대제학과 정승·판서가 의망에 든 인물을 권점
(圈點, 둥근 점 표시)하여 많이 나온 인물로 선임했는데 이를 대제학권점
또는 문형회권이라 했다. 삼공육경이 다수결로 뽑을 만큼 문형은 중
요한 자리였다.

조선 초에는 본인이 사임하지 않는 한 종신직이었다. 태종 때 변계
량은 20년, 성종 때 서거정은 23년을 대제학으로 지냈다. 가장 젊은
나이에 대제학에 오른 이는 선조 때 한음 이덕형으로 31세였다. 영남
인물로는 류성룡의 제자인 상주의 우복 정경세가 인조 때 마지막으로
대제학을 지냈다.

조선 제일의 대제학 서거정

조선 제일의 대제학은 서거정이다. 세종부터 성종까지 45년간 여
섯 임금을 모시면서 15세기 문장을 평정하고 문병(文柄)을 장악했다.
왕명으로 수많은 저술을 주도해 나라 기틀을 세웠고 23번이나 과거시

험을 관장했다. 『경국대전』, 『삼국사절요』, 『동국통감』, 『동국여지승람』, 『동문선』, 『오행총괄』 등 불후의 사서를 주도적으로 편찬했고 『동인시화』, 『필원잡기』, 『사가집』 등 개인 문집과 1만여 편의 시를 남겼다.

한문학에 대해서도 중국과 다른 우리나라 독자성과 우수성을 내세웠고 우리 영토와 역사에 대해 강한 자부심을 표출했다. 권근, 변계량, 서거정으로 이어지는 조선 초 관각(館閣) 대제학의 중심인물이었다. 훗날 사림들이 그를 훈구파 또는 관학 인물로 평가했지만 그의 글은 장중하고 조리가 분명하며 역사성을 가지고 나라 성대함을 문장으로 나타냈다. 대구가 향리인 그는 달구벌 절승을 노래한 「대구십영」과 신라 천년의 고적을 읊은 「경주십이영」을 남겼다.

성리학과 대제학

조선 후기 노론이 장기 집권하자 대제학도 자연히 노론 학맥에서 나왔고 대제학을 마치고 정승과 판서로 자리를 옮기는 이가 많았다. 조선 중기 4대 문장가라 부르는 월사 이정구, 상촌 신흠, 계곡 장유, 택당 이식은 모두 대제학을 지냈고 한 집안에서 대를 이어 대제학이 나오기도 했다. 그중 월사 이정구, 사계 김장생, 백강 이경여, 약봉 서성의 후손에서 많이 나와 연리광김이란 말이 회자됐다.

여러 번 역임한 인물로는 효종 때 이식, 영조 때 이덕수, 김양택 등이 있고 조선의 문예 부흥기 정조시대 대제학으로 홍양호, 이만수가 돋보인다. 홍양호는 경주부윤 재임 시 족적을 남겼고 이만수는 안동 도산별시의 시험관이다.

하지만 성리학을 맹종하고 소중화에 매몰된 조선 후기 학문적 경향에 대제학은 깊숙이 편승했다. 문형이 어떠한 자리냐고 수많은 조선선비들이 염원했지만 임진란 이후 대제학이 편찬한 뛰어난 저작물을 찾기 어렵다. 『동의보감』, 『목민심서』, 『성호사설』, 『동사강목』, 『열하일기』, 『연려실기술』 등 훌륭한 저술은 모두 비주류 인물들이 지었고 대제학은 국왕 행장이나 왕실 제문을 짓거나 사대 외교문서에 관여했다.

역사는 거울이다. 글의 나라 조선에서 학문숭상과 모화사상이라는 상반된 공과(功過)의 학문적 흐름에 공은 오늘의 기반이 됐고 과는 시대의 몽매(蒙昧)라고 우리에게 그렇게 나아갈 길을 알려주고 있다.

의서醫書의 경전, 허준의 『동의보감』

『동의보감』은 조선 500년사에서 가장 위대한 저작물 중 하나이다. 동아시아 최고의 의서로 하늘이 내려준 선물이라 했고 한의학의 경전으로 대접받으며 우리나라보다 해외에서 더 많이 간행됐다. 이 한 권의 책으로 조선은 동의(東醫)의 나라로 우뚝 섰고 우리나라 과학문명사를 진일보시켰다. 알기 쉽게 만들어져 수많은 유의(儒醫, 선비 의사)가 고을마다 문을 열었고 1659년 경상감영에서 『동의보감』을 간행함에 따라 대구에 약령시가 생겼다.

대구 약령시 기원과 『동의보감』 영영본 간행 시기는 일치한다. 대구 약령시는 약재 공급의 우위로 조선 후기 삼백 년 동안 전국에서 가장 큰 약재 시장이 됐다.

전란 속에서 위대한 의서는 만들어지고

임진병화가 아직 끝나지 않은 1596년, 선조는 58세 어의(御醫) 허준을 불러 난리에 불타버린 의서 편찬을 명한다. 허준은 양예수, 김응탁, 이명원, 정예남, 정작 등과 집필을 시작했으나 이듬해 정유재란으로 뿔뿔이 흩어지고 허준 혼자서 계속한다.

그 후 선조 승하 문제로 허준이 평안도 의주로 유배를 당하자 귀양살이 1년 8개월 동안 의서 집필에 진력하여 마침내 1610년 25권 25책의 『동의보감』을 완성하여 광해군에게 올린다. 그의 나이 72세로 시작한 지 14년 만이다.

광해군은 크게 치하하고 1613년 내의원에서 목활자로 『동의보감』을 간행하여 임란 후 새로 지은 산간 4대 사고(史庫)에 왕조실록과 함께 보관한다. 이 초간본이 오늘날 국보 319호이고 2009년 유네스코 세계기록유산으로 등재됐다. 선조와 광해군은 역사상 뛰어난 군주로 평가받지 못하지만 전란 중에 의서 편찬을 명하고 전란 후 어려운 여건 속에서 실록을 재간행하고 의서를 발간하여 후세에 물려준 점은 대단한 치적이다.

『동의보감』은 초간본 비롯하여 10여 종 판본과 부녀자를 위한 한글 필사본이 남아있다. 경상감영과 전라감영에서 각각 두 번 목판을 판각했는데 경상감영 간본이 영영본(嶺營本), 전라감영 간본이 완영본(完營本)이다. 경상감영은 1659년 효종 때 기해영영본을 처음 판각했고 100년 뒤 1754년 영조 때 갑술영영본을 재각했다. 관찰사 주관으로 판각과 간행을 하였으므로 영남에 우선적으로 배포됐고 직지사본이 있으니 절집에서 요약본을 간행한 듯하다.

『동의보감』의 일반 보급을 알 수 있는 내용이 선비 서간에 남아있다. 1810년 순조 때 동국지도를 만든 호남의 실학자 하백원이 동문 안수록에게 보낸 편지에, 전라감영에서 『동의보감』을 찍으려고 하니 한 질 구하려고 하면 종이값을 보내달라고 한 것으로 보아 초간 후 200년 세월이 지났음에도 일반 보급은 더뎠던 듯하다.

일본으로 건너간 기록도 있는데 해외 한국학 자료에 의하면 교토 동양문고에는 무술영영본이, 오사카 니가노시마 도서관에는 1814년 갑술완영본과 1839년 기해영영본이 소장돼 있다. 고문서 자료관에는

경주 이씨 경주종가와 평해 황씨 고창종가에서 동의보감을 소장하고
있다고 되어 있다. 이렇듯 한 번 인각으로 백 년 동안 찍어냈고 파손
되면 다시 판각했다.

중국과 일본에서 간행과 극찬

명말 청초에 중국으로 건너간 『동의보감』은 최고 의서로 인기를
끌었다. 중국 사신이 우리나라에 오면 반드시 가져가는 물품이었고
1720년 『경종실록』에 중국 조정에서 조공 물품으로 『동의보감』을 보
내라 했다는 기록이 있다.

중국에서 첫 간행은 1763년 건륭제 때 만든 벽어당본이다. 중국 내
『동의보감』의 인기는 가히 폭발적이라 10여 년 만에 한 번씩 간행했
고 1991년까지 중국 26회, 대만 6회로 총 32회를 발간했다. 중국역사
상 『동의보감』보다 더 많이 간행된 의서는 『황제내경』 등 서너 점에
불과하다. 구한말에는 중국판이 국내로 역유입돼 종로에서 팔리기도
했다.

청나라 학자 능어(凌魚)는 1766년 건륭 계미간본을 간행하면서 서문
에 다음과 같이 썼다. "동의보감은 황제가 인정한 국수(國手, 나라 명의)
의서로 궁중비각에 보관돼 있어 그동안 베껴 사용했으나 금번 천하에
널리 전하고자 판각하니, 병든 생명을 건지고 만물을 이롭게 하는 천
하의 보배는 의당 천하와 함께하여야 할 것이라."고 극찬했다.

연암 박지원이 쓴 『열하일기』에도 중국판 동의보감이 등장한다.
1780년 사행사를 따라 북경에 갔을 때 서점에서 『동의보감』을 팔고
있어, 그동안 매양 병이 나면 사방 이웃으로 돌아다녀 빌려보았기에
이를 구입하려 했으나 은 닷 냥을 변통할 길이 없어 서운한 마음으로

발길을 돌렸다고 썼다.

1660년경 일본으로 건너간 『동의보감』은 1724년 에도막부의 지시로 '정정동의보감' 이라는 이름으로 교토에서 처음 발간됐고 1799년 오사카에서 재판본이 나왔다. 막부 시절 일본 의사의 필독서였고 중국으로 건너가 쑤저우 강좌간본의 저본(底本)이 되고 베트남 의서에도 등장한다. 일본 막부의사 미나모토 모토미치(源元通)는 교토본 발문에 『동의보감』을 "조선의 허준은 중국 편공(편작과 창공) 같은 의성(醫聖)이며 동의보감은 백성을 보호하기 위해 신선이 쓴 경전이요 의가(醫家)의 비급" 이라 했다.

한의학의 경전으로 우뚝 서고

『동의보감』은 지었다기보다 찬(纂)했다고 한다. 중국 한나라부터 명대까지 200여 의학 문헌과 『향약집성방』 등 유명 의서가 허준이라는 용광로에 녹아들어 『동의보감』이라는 위대한 의서로 탄생됐다. 사상의학의 이제마는 『동의보감』이 나옴으로써 비로소 동양의학이 확립됐다고 했다. 이후 『제중신편』, 『방약합편』 같은 의서는 모두 『동의보감』에 바탕을 두었고 보감은 한의학의 경전으로 우뚝 섰다.

내경, 외형, 잡병, 탕액, 침구의 다섯으로 나뉘어 편찬된 『동의보감』은 질병 분류 체계를 획기적으로 바꾸었다. 모든 인체 병증을 일목요연하게 알기 쉽도록 정리하여 누구나 쉽게 처방을 구할 수 있는 독자(讀者) 위주의 의서였다. '책장을 펼치기만 하면' 이 핵심이었다. 그로부터 수많은 선비의사가 탄생하여 백성의 병을 맡았고 중인으로 대접받던 의원(醫員) 신분이 상승했다.

아울러 우리 몸을 작은 우주라 했다. 우주의 대순환이 순조롭듯이 우리 몸의 기(氣) 흐름을 원활히 하는 양생(養生)을 중요시했다. 양생은 마음을 다스려야 하는 것으로 의학과 양생을 하나로 묶었다. 그래서 병을 고치려면 먼저 마음을 고쳐야 한다고 욕치기질(欲治其疾)이면 선치기심(先治其心)이라 했다.

동의(東醫)의 동은 동국, 동방처럼 우리나라를 나타내고, 보감(寶鑑)은 보배로운 거울로 만물을 환히 비춰서 그 형태를 놓치지 않는다는 뜻임을 내경편에 밝혔다. 400년 세월이 흘렀지만 아직 한의대에서 교재로 쓰고 있으며 침구학은 미국 하버드 의대에서 정규과목으로 채택했다. 우리나라에서는 보감학파라 하여『동의보감』을 연구하는 큰 흐름이 있고 인체의 신비를『동의보감』과 동양 철학으로 접근하여 불치병 치료에 크게 도움을 주고 있다.

대구 약령시와『동의보감』

대구 약령시는 효종 연간에 처음 열린 것으로 보고 있다. 동의보감 영영본이 1659년 효종 때 간행돼 경상도 관아 71곳, 향교, 서원, 큰 문중에 보급되자 약재 수요가 크게 늘었다. 아울러 공납에 대한 폐단을 줄이기 위해 대동법을 실시하여 약재공납을 쌀로 바꾼 것도 약령시가 생기게 된 역사적 배경이다.

약령의 령(令)은 왕명이나 훈령보다 농가월령처럼 철, 계절이라는 의미로 약령시는 약재 철에 열리는 시장인 듯하다. 초기에는 대구, 전주, 원주에서 봄·가을 두 차례, 음력 2월과 11월에 춘·추령시로 열렸는데 대구 약령시만 번창했다.

대구 약령시는 경상감영 객사 앞마당에서 열렸다. 예부터 객사는 국왕에게 망궐례(望闕禮)를 올리는 곳으로 고을에서 격이 가장 높았고 외지인의 미팅 포인트였다. '객사 앞에서 만나세'가 만남 약속 통용어였다. 대구종로초등 자리에 있었는데 1908년 대구객사가 헐리자 약령시는 현재의 남성로로 옮겼다.

『동의보감』에 수록된 약재는 총 1,403종인데 그중 637종 약재에 한글 이름이 부기돼 있어 누구나 쉽게 알 수 있고 전체 약재 중 당재(唐材, 중국 약재)는 102종에 불과해 대부분 약재를 우리 산야에서 구할 수 있었다. 『동의보감』 보급으로 약재 수요가 크게 증가했고 그중 약령시에서 주로 취급하던 약재는 300여 종으로 야생종이 200여 종, 재배종이 100여 종이다.

전국에서 약재 생산량이 가장 많은 곳은 경상도였고 영주 하수오, 안동 산약과 형개, 문경 오미자, 고령 향부자, 영양 강활과 두충, 영천 시호와 자소엽이 대표적이다.

약재 가운데 인삼은 인기 품목이지만 말썽이 많았다. 조정에서 조공품으로 우선 매입한 뒤 일반 거래가 이루어졌는데 왜상(倭商)의 인삼 구입 욕구는 유별났다. 일본에서 조선 인삼을 만병통치약으로 여기는 풍조가 있어 실학자 이익은 만일 왜상에게 인삼 거래를 막으면 죽을 각오로 사단을 일으킬 우려가 있다고 했다.

영조 때 좌의정 조문명은 일본인은 병에 걸렸을 때 조선 인삼을 구하면 살고 그렇지 못하면 죽을 것으로 여긴다고 했다. 심지어 가난한 효녀가 병든 부모를 위해 조선 인삼을 구하려고 몸을 팔았다는 이야기까지 나왔다.

일본 도쿄의 화폐박물관에 '인삼대왕고은(人蔘代往古銀)'이라는 특별한 화폐가 전시돼 있다. 너비 3cm, 길이 10cm, 무게 210g, 순도 80%의 은으로 제작된 이 화폐는 당시 동아시아에서 최고 인기 상품이었던 조선 인삼만을 거래하기 위해 특별 제작됐다. 당시 국제화폐는 은이었고 높은 순도로 만들어 오로지 조선 인삼 무역에만 사용했다. 조선 인삼을 구하기 위한 왜상의 강한 욕구 표징이며 개의 혀처럼 생겼다고 해서 '견설은(犬舌銀)' 이라고 불렸다.

대구 약령시는 일제 식민지 시절에도 줄곧 번창했다. 일본에서 발간한 『정정동의보감』이 일본 동양의서의 최고봉이 되고 우리나라 약재에 대한 선호도가 높았기 때문이다. 6·25전쟁으로 약령시는 없어지고 약전골목에서 지금의 상설시장으로 그 모습을 바꾸어 오늘에 이르고 있다.

청사에 빛나는 목민관의 선정

왕조시대에 고을 수령을 목민관(牧民官)이라 했다. 가축 돌보는 것이 목축이요 백성 보살피는 것이 목민이니 목민관은 왕을 대신하여 백성을 교화하고 보살피는 일이 책무였다. 하지만 '원님 덕에 나발 분다'고 했고 잘 차린 밥상을 '사또 밥상 같다'고 했듯이 어진 고을 수령은 매우 드물었다.

그 속에서도 치적이 돋보여 오늘날까지 회자되는 영남 선비 목민관이 있다. 단양군수 금계 황준량, 순천부사 화재 황익재, 울산부사 청대 권상일이 그들이다. 청사(靑史)에 이름 올려 향리보다 부임지에서 더 빛나는 이들 목민관의 행적을 따라가 본다.

단양군수 금계 황준량

금계 황준량(1517~1563)은 영주 풍기 출신으로 퇴계 제자였다. 24살에 과거급제하여 1557년(명종 12년) 40세 나이로 단양군수에 부임하여 국왕에게 백성을 위한 상소문을 올리는데, 이 상소문이 조선 500년사에서 가장 뼈어난 애민(愛民) 상소문으로 알려져 있다.

중국에서는 제갈량 출사표를 읽고 눈물을 흘리지 않으면 충신이 아니라고 했듯이 당시 사관은 『명종실록』에 이렇게 썼다.

"조금이라도 어진 마음을 가진 자라면 금계의 상소문을 다 읽기도 전에 목이 메게 될 것이다."

당시 탐관오리 학정으로 백성 곤궁이 극에 달해 임꺽정 난이 일어나기 직전이었고, 적지 않은 백성들이 목숨을 부지하기 위해 고향을 버리고 유랑하는 때였다. 금계는 선정과 어진 마음만으로는 이 어려움을 타개할 수 없다며 천 번 생각하고 세 가지 계책을 올린다고 했다.

상책(上策)으로 10년 동안 단양고을의 부역과 세금을 면제해 달라고 했다. 그렇게 해야만 흩어진 백성이 돌아오고 버려진 땅이 다시 낙토로 변해 근본이 이루어진다고 했다. 10년간 부역과 세금을 면제해 줄 수 없다면 다음 계책(中策)으로 단양고을을 강등해 큰 고을 아래로 들어가 그나마 남아있는 백성이라도 참혹한 폐해에서 벗어나 살 수 있도록 해 달라고 했다. 이도 저도 안 된다면 하책(下策)으로 백성을 병들게 하는 10가지 민폐를 진달하오니 시정해 달라고 했다. 이는 큰 것만 뽑은 것으로 눈앞의 급함을 구제하는 것이라 했다.

첫째, 관아에 공납하는 목재를 줄여달라고 했다. 40호 가구가 매년 큰 목재 400개, 작은 목재가 수만 개이니 백성이 견딜 수 없다고 했다.

둘째, 종이 공납의 폐단이다. 종이는 관리 관청뿐만 아니라 예조·교서관·관상감에도 모두 공납해야 하니 그 폐해가 막심하다고 했다.

셋째, 매년 짐승을 사냥하여 바치는 공물이 노루가 70마리, 꿩이 200마리가 되니 민생은 오래전에 죽었다고 했다.

넷째, 대장장이에 대한 폐단으로 도망간 대장장이 몫을 백성에게 부담시키지 말아달라고 했다.

다섯째, 악공(樂工) 노비 차출을 줄여달라고 했다. 다른 고을 악공 몫까지 부담하고 있다고 했다.

여섯째, 보병으로 나갈 사람이 없다는 것이다.

일곱째, 향리 자제를 조정 관청으로 올려 보내는 기인(其人)제도를 없애 달라는 것이다.

여덟째, 병영에 바치는 사슴·노루·소가죽의 양을 줄여달라고 했다.

아홉째, 다른 고을에 부과된 세금, 공주의 노비, 해미의 목탄, 연풍의 목재, 영춘의 꿀벌상자, 황간의 기인(其人, 궁중 잡역 지방 백성)까지 떠맡고 있으니 없애달라고 했다.

열째, 무식한 시골 백성에게 약재 공납을 부담시켜 포목으로 대신 바치고 있으며 웅담, 사향, 인삼, 복령, 지황은 더욱 폐해가 크다고 했다.

그러면서 '집도 없이 떠돌다가 궁벽한 산골짝에서 원망에 차 울부짖는 백성들이 얼마인지 알 수가 없으니 삼가 전하께서 신의 어리석음을 가엾게 여기시어 용서해 주시고 두려움을 견디지 못하여 삼가 상소를 받들어 올린다'고 했다. 명종은 "상소를 보건대 10개 폐단을 진달하여 논한 것이 나라를 걱정하고 임금을 사랑하고 백성을 위하는 정성이 아닌 것이 없으니, 내가 이를 아름답게 여긴다."고 비답을 내렸다.

우의정 윤개는 조정의 모든 관리에게 금계 상소문을 읽도록 했다. 10년 동안 부역과 세금을 면제받아 단양고을은 살아났다고 충주호반에 서있는 금계 선정비가 그날의 일을 말하고 있다. 훗날 퇴계는 먼저 세상을 떠난 제자 금계의 행장을 지으면서 "공(公)의 정성이 하늘을 감동시키지 않았다면 어찌 이런 은전을 입었겠느냐."고 그를 칭송했다.

금계는 목민관이 지켜야 할 네 가지 잠언(居官四箴, 거관사잠)-청렴함, 인자함, 공정함, 부지런함-을 새겨 뒷사람에게 남겨 목민관의 사표가 되었다. 풍기 금계촌의 평해 황씨 금계종가에서 불천위로 모시고 있다.

순천부사 화재 황익재

화재 황익재(1682~1747)는 상주 모동 출신으로 세종 때 명재상 황희 정승의 10세손이다. 황희 차남이 상주로 낙남하여 장수 황씨 영남 문호를 열었고 대원군 서원철폐에 살아남은 옥동서원이 문중 근거지이다.

화재는 20세에 과거 급제하여 1716년(숙종 42년) 35세 나이로 순천부사에 부임하여 2년 임기를 마쳤다. 외직으로 전라도 고을의 전라도사, 무안현감, 순천부사, 영광군수를 지냈고 당상관으로 승진해 종성부사로 보임 받아 임지로 가던 도중 이인좌 난을 만나 영남 소모사(召募使, 의병 모집 임시 벼슬)로 활약했지만 노론세력의 모함을 받아 평안도 구성으로 유배 가서 7년 귀양살이했다.

화재의 고을 수령 치적은 곳곳에 남아있다. 전라도사로 향시를 관장할 때 그동안 쌓여있던 청탁 문서를 모두 불태웠고 무안현감 시절 암행어사가 표창을 상신하여 품계가 올라 나주 조운관관을 겸직했다. 화재가 순천부사로 부임할 당시 순천부는 연이은 흉년으로 민생이 도탄에 빠져 있었는데 화재는 두 가지 대책을 세워 바로잡았다.

첫째, 환곡의 폐단을 없애기 위해 순천부 전역에 사창(社倉)제를 도입했다. 진휼청을 세워 필요한 곡식을 조달하고 향족 중심으로 자치

운영함으로써 평년에는 물가를 조절하고 흉년에는 진휼하여 백성의 삶을 안정시켰다. 아울러 향약을 실시하여 고리대를 금지시켰고 성리학적 윤리관을 확산시켰다.

둘째, 쇠락한 향교 교육을 진작시키기 위해 양사재(養士齋)를 설립했다. 양사재는 실학자 반계 유형원이 주창한 관아중심 교육을 적극 받아들인 것으로 경상감영의 낙육재와 유사했고, 낙육재보다 4년 먼저 실시했다.

양사재를 만들면서 '행하고 남은 힘이 있으면 글을 배워야 한다'고 했으며 학교를 세워 백성 교화가 그 무엇보다 우선이라고 했다. 훗날 비망기에 순천 선비 백여 명이 앞다퉈 모여들어 고서를 공부하고, 글짓기 상으로 문방사우를 주어 3년 만에 순천부가 학문의 고을이 됐다고 했다.

7년 귀양살이하면서 퇴계 학문을 깊이 연구했고 55세 귀양에서 돌아와 세상을 등지고 무주에 은거했다. 성호 이익, 식산 이만부, 청대 권상일, 대산 이상정과 교유했고 무주에서 만난 청년선비 순암 안정복이 훗날 화재의 행장을 짓고 상주의 후학 입재 정종로가 비문을 썼다.

1785년에 증손 황태희가 신원과 관작을 회복시켜 달라고 서울로 가서 정조대왕 국왕 행차 시 격쟁진소(擊錚陳訴, 꽹과리를 쳐 억울함을 호소)로 호소해 조정의 논의를 불러일으켰고, 1788년 정조의 명에 따라 무신창의를 재조명하면서 죄인으로부터 풀려났다.

갑술년(1694년) 패배 이후 영남 인물로 가장 먼저 당상관에 올랐지만 세상은 그를 택하지 않았다. 탁월한 일처리와 뛰어난 판단력으로 영남정승이 될 인물이라고 많은 이들이 말했지만 영조 조정에서 옥천 조덕린, 제산 김성탁과 함께 당쟁으로 희생된 비운의 영남 선비로 기록돼 있다. 오늘날 조선 후기 지방행정의 모범사례로 화재가 펼친 치적 연구가 이루어지고 있으며 순천을 빛낸 인물로 선정됐다.

울산부사 청대 권상일

조선시대 울산은 경상좌병영이 있던 고을로 임란 후에 부(府)로 승격했다. 오늘날에는 광역시로 전국적인 대도시가 되어 학계, 언론계, 향토사학계에서 울산 뿌리를 활발하게 연구하면서, 조선 오백 년간 가장 뛰어난 울산부사로 청대 권상일(1679~1759)을 첫손가락으로 꼽았고 가장 학식이 풍부난 목민관으로 그를 말하고 있다.

청대는 상주 근암(현 문경군 산북면) 출신으로 32세에 과거 급제, 1735년(영조 11년) 57세 나이로 울산부사에 부임하여 3년 9개월간 근무했다. 경주진 첨사(병마첨절제사)를 겸해 두 곳을 오가며 다스렸다.

그는 평생 일기를 썼다. 책력 여백에 매일 행적을 기록했는데 이 일기가 『청대일기』이다. 20세였던 1698년부터 81세로 눈을 감을 때까지 60년간 썼다. 현재 43년간 일기가 남아있는데 이 일기를 통해 청대의 삶과 울산에 대한 사랑을 엿볼 수 있다.

청대는 당시 보기 드물게 연임했는데 가장 큰 치적은 울산에 문풍을 일으키고 조세를 바르게 하여 백성의 부담을 덜었다는 점이다. 구강서원의 동·서재를 지어 서원을 정비하고 유생을 입숙시켜 학업을 연마해 울산지역에서 처음으로 문과 급제자가 배출됐다. 마을 훈장을 모아놓고 직접 가르침을 주었으며 읍지 『학성지』를 만들었다. 객사 남문루에서 무과 시사(試射)를 열어 화살과 쌀을 상으로 주었다. 농지를 재조사했고 창고 비축 곡식을 바르게 관리했으며 군역을 공정하게 처리했다. 흉년에는 신속한 진휼로 굶어 죽는 이가 없도록 했다. 새 보직을 맡지 못해 상주로 낙향할 때 울산 사민들은 경주까지 따라가 작별을 아쉬워했다.

울산부사를 마치고 수년 뒤 청요직 사헌부 장령과 집의, 사간원 헌납과 사간이 잇달아 제수됐으나 나가지 않았다. 집의와 사간은 당하관으로 가장 높은 직책이지만 그는 이미 30년을 당하관으로 지냈다. 1747년(영조 23년) 68세 때 비로소 당상관 동부승지에 보임됐다. 이때부터 1759년 세상을 떠날 때까지 영남 선비로는 드물게 영조의 사랑을 받았으며 실록에 그의 인품, 노론 관리들의 칭찬, 조정의 당상관 요직 보임이 수차례 기록돼 있다. 노령으로 실제 근무는 매우 짧았겠지만 감히 영남 선비로 가당치 않는 동부승지, 이조참의, 부제학, 의금부 동의금, 대사간, 병조참판, 한성부 우윤 등 조정의 주요 당상관 자리를 연달아 제수 받았다.

1749년 노론의 이조판서 정우량, 병조판서 김상로가 탕평 인물로 청대를 천거했는데 영조는 청대를 특별히 이조참의에 보임했다. 이조참의는 문관 임면을 담당하는 요직 중의 요직이다. 영조는 특별히 어필(御筆)로 청대에게 보임을 제수하고 "내가 직접 이조 청환직 자리를 그대에게 맡겼다." 고 했다.

경상감사를 마친 조재호가 영조에게 귀임보고를 하면서 "권상일은 한 도의 명망가입니다. 그 문하에서 유학하는 인물들이 모두 단정한 선비이니, 그 스승의 어짊을 알 수 있습니다." 라고 하자 영조는 병이 들어 거동이 불편한 청대에게 1755년 음식과 선물을 내렸다. 이처럼 대과 급제하여도 참상조차 승진하기 어려웠던 시기에 청대는 영조 조정에게 인정받은 유일한 영남 선비였다. 좋은 시절이었다면 서애 이후 영남 정승이 되었을 것이다. 문경 근암서원에서 배향하고 있으며 정조 때 시호 '희정'이 내려졌다.

이처럼 영남 선비 금계 황준량, 화재 황익재, 청대 권상일의 치적은 오늘날에도 널리 회자되고 있으니 목민선정은 역사의 지우개로 지워지지 않고 수백 년의 시공을 넘어 청사(靑史)에 빛나고 있다.

제주의 전설이 된 영남 목민관

조선 오백 년 동안 제주목사를 역임한 이는 286명이다. 절해고도인 제주도는 대역죄인의 단골 유배지였고 바람으로 오가는 뱃길은 사고가 잦았으며 섬 특유의 무속과 토속신앙이 만연했다. 그 어려움 속에서 섬사람을 교화하고 진휼과 학문으로 선정을 베풀어 오늘날까지 치적이 전설처럼 전해오는 네 사람의 목민관이 있다.

이들 모두 영남 선비로 성종조 김천의 노촌 이약동, 숙종조 영천의 병와 이형상, 영조조 봉화의 노봉 김정, 헌종조 성주의 응와 이원조가 그들이다. 영남 선비의 참됨을 탐라에 펼친 이들이 행적을 더듬어 본다.

청백리의 상징 노촌 이약동

벽진 이씨 노촌 이약동(1416~1493)은 김천 양천동 하로마을 출신으로 1470년 성종 1년에 55세 나이로 제주목사에 부임했다. 당시 제주도에는 관청 주도로 국태민안을 비는 한라산 산신제를 정상 백록담에서 봉행했는데 그때마다 적설과 한풍으로 얼어 죽는 사람이 많았다. 노촌은 한라산 중턱에 있는 소산오름 곰솔 밭에 산천단을 만들어 산신제를 지내도록 했다. 그 이후부터 동사하는 백성이 없어 칭송이 자자했다.

아울러 조정 공물을 감해 백성 부담을 줄인 선정이 실록에 남아있다. 성종은 제주 백성이 공물로 인한 고충이 적지 않다며, 노촌의 장계대로 노루 가죽은 50장에서 10장으로 줄여 공납하고, 진주는 얻는 대로 올리라고 했다.

노촌이 임기를 마치고 제주도를 떠날 때 재임 중 사용한 기물은 모두 관아에 두었고 손에 든 말채찍조차 관물(官物)이라는 이유로 읍성 문루에 걸어두었다. 이 일은 후임 목사들에게 아름다운 경계(警戒)가 되었으며, 세월이 흘러 채찍이 없어진 후에는 백성들이 바위에 채찍 모양을 새겨 이를 기렸는데 이 바위를 괘편암(掛鞭岩)이라 불렀다.

그리고 제주도를 떠날 때 배가 갑작스러운 풍랑으로 뒤집힐 위험에 처하자 노촌은 "나의 행장에 떳떳지 못한 물건은 하나도 없는데 누가 나를 속이고 욕되게 하여 하늘이 나에게 벌을 내리려 하는 것이 아닌가?" 하며 제주 군교들이 전별 선물로 몰래 실은 갑옷을 찾아내 바다에 던졌다. 이것이 유명한 투갑연(投甲淵) 고사로 다산 정약용의 『목민심서』에 실려 있다.

중종 때 청백리로 선정됐고 대사간에 올랐을 때 서거정은 태평성대에 당당하게 언로가 열리니 간관 자리에 다시 어진 이를 얻었다고 그를 칭찬했다. 육당 최남선은 조선 오백 년 대표인물 100인을 선정하면서 청렴 분야에서 노촌을 꼽았다.

제주도민은 한라산 곰솔공원에 산신제단을 정비하면서 이약동 목사 기적비(紀蹟碑)를 세웠고 '진실로 제주도를 사랑한 최초의 육지인'이라 칭했다. 경상북도에서는 경북의 역사인물로 선정했고 김천시는 이약동 청백리상을 제정하여 청렴한 공무원을 표창하고 있다. 그가 남긴 청렴 시이다.

내 살림 가난하여 나눠 줄 것이 없고

오직 있는 것은 낡은 표주박과 질그릇뿐

주옥이 상자에 가득해도 곧 없어질 수 있으니

후손에게 청백하기를 당부하는 것만 못하다네

무속에 철퇴를 내린 병와 이형상

1700년 제주도는 원시신앙이 강해 천신, 지신, 산신, 해신, 풍신이 자연현상을 일으킨다고 믿어 무속이 백성을 지배하고 있었다. 숙종 34년(1703년)에 제주목사로 병와 이형상(1653~1733)이 부임하자마자 가장 먼저 한 일은 무속신앙을 없애는 일이었다. 섬 곳곳의 신당 129개소와 무구(巫具)를 불태워 버리고 1천여 명의 무당들을 모두 농사를 짓게 하여 무속행위를 엄금했다. 정약용의 『목민심서』에도 병와가 광양당이란 신당을 불태운 이야기가 나온다.

아울러 일부다처제 풍속과 근친혼 풍습을 타파했다. 제주도는 물이 귀해 남녀가 함께 샘물에서 몸을 씻는 일이 많았는데 유교적 미풍양속에 어긋난다 하여 이를 금지시켰고 해녀가 바다에서 벌거벗은 채로 물질을 하거나 부녀자들이 개천에서 목욕을 하지 못하도록 했다.

세습으로 인한 권력 남용도 과감하게 제거했다. 제주도 특산물인 말 사육에 특정 가문이 대대로 산마감독관을 세습해 권세를 부리고 관리를 괴롭히고 있어 이를 혁파하고 능력을 가진 자로 교체했다. 세 고을의 향교를 수리하고 교수를 학덕 있는 인물로 임명해 낙후됐던 제주유학에 새바람을 불어넣었다. 백성들은 4개 송덕비를 세워 그의 공덕을 칭송했는데 제주시 삼성혈에 한 개만 남아있다.

병와의 제주 토속신 혁파가 얼마나 큰 영향을 끼쳤는지 그 후 제주도에서는 '영천 이 목사' 이름의 설화가 구비 전승돼 널리 퍼졌다. 신당이 불타 화가 난 귀신들이 영천 이 목사를 괴롭히고 싸우는 이야기로 제주민담이 됐다.

병와는 제주목사 1년 만에 파직됐는데 숙종 때 극심했던 당쟁의 산물이다. 그가 제주목사로 부임하기 수년 전에 이조판서를 지낸 기호남인의 큰 인물, 동복 오씨 휴곡 오시복이 무고의 옥에 연루돼 대정현에 유배 와 있었고 병와가 순력하면서 휴곡을 만났다.

훗날 노론 4대신이 된 이건명이 이를 빌미로 병와를 탄핵하자 파직돼 영천으로 돌아왔다. 휴곡은 남도에서 16년 귀양살이하다가 영해 배소에서 세상을 떠났고, 병와도 노론 정국에 일체의 관직을 사양하고 초야에 묻혔다. 훗날 영조 때 무신난에 영남 소모사로 임명돼 활약했지만 죄인 심문 과정에 병와의 이름이 나왔다고 의금부로 끌려가 국문을 받았다. 그 후유증으로 영천으로 내려오지 못하고 인천에서 세상을 떠났다. 병와와 당대 명필인 휴곡 사이에 오고 간 행초체 서간이 오늘날까지 남아 서예 후학들에게 그윽한 묵향을 전하고 있다.

병와는 영천 성내동 금호강 변에 호연정을 짓고 30여 년간 후학을 양성했으며 이백여 책의 방대한 저술을 남겼다. 1956년 영남대학교 심재완 교수가 병와 유품에서 발견한 『병와가곡집』은 조선 선비 172명의 한글시조 1,109점이 실려 있어 시조 연구의 주요자료가 되었다.

그의 저술 10종 15책은 보물이나 문화재로 지정됐으며 그중 『탐라순력도』는 제주도를 순력한 뒤 제주의 자연, 역사, 물산의 아름다운 모습을 그린 도첩으로 1974년에 처음 공개됐다. 18세기 탐라의 모습이 담긴 귀중한 보물로 국립제주박물관에서 매입했다.

『남환박물지』는 제주도 민속·인문 지리서로 제주역사, 지리, 물산, 자연생태, 봉수, 풍습 등을 백과사전식으로 기록한 박물지이다. 최근에 국역되어 책으로 발간됐으며 남환(南宦)이란 '남쪽의 벼슬아치' 란 뜻이다.

아홉 고을 수령을 지냈지만 변변찮은 집 하나 마련하지 않았고 제주도를 떠날 때 거문고와 책 몇 권이 전부여서 정조 때 청백리로 녹선됐다. 세종대왕의 형인 효령대군 10세손으로 왕손이 영남에 뿌리를 내려 삼백 년 세가를 이루었다. 대대로 간직해 온 병와의 수많은 유물들은 호연정 뒤편의 유고각에 보관돼 있다.

제주에서 순직한 노봉 김정

노봉 김정(1670~1737)은 안동의 명문집안 오미리 풍산 김씨 출신이다. 노봉은 팔연오계(八蓮五桂) 중 여덟 번째 학사 김응조의 증손으로 1708년 대과급제하여 1735년(영조 11년)에 제주목사로 부임했다. 66세임에도 불구하고 진휼과 흥학(興學)에 힘쓰고 청렴한 품성으로 치적을 쌓아 향리인 영남보다 제주에서 더 존경받고 제주 역사와 함께 제주도민의 기억 속에 남아있는 인물이다.

제주목사 시절 가장 큰 치적은 화북 방죽(방파제) 공사이다. 화북포는 제주목의 관문으로 제주를 오가는 배들이 정박하는 곳인데, 포구가 얕고 비좁아 파도가 일거나 풍랑이 치면 포구 내에서 배가 부서지는 사고가 자주 일어났다.

노봉은 쌀 300섬을 내어 제주 3읍(제주목, 대정현, 정의현)의 일꾼 만 명을 모아 방죽을 축조하면서 스스로 돌덩이를 지고 나르며 공사를 독려했다. 이에 백성들이 감읍하며 무사히 공사를 마쳤고 방죽은 단단하고 빈틈이 없어 오랫동안 안전한 뱃길이 됐다. 그가 쓴 고유문에는 층층이 굳게 쌓았으니 백세를 지탱할 수 있게 해 달라고 진정한 애민 정신이 가득하다.

사비를 털어 삼천서당을 지어 제주 백성들에게 유학의 기본을 가르쳤고 어선을 축조하고 어로기술을 향상시켰다. 제주 생산물을 육지의 쌀과 교환하여 대동미를 비축했고 흉년에 구휼하여 굶어 죽는 이가 없도록 했다.

2년 6개월의 제주목사 임기를 마치고 고향으로 돌아가기 위해 화북포구 후풍관에 머물다가 68세 일기로 세상을 떠났다. 그가 제주 백성을 위해 진력을 다하여 만든 화북포 방죽에서 순직했다. 부고를 전해들은 영조는 안타까워하면서 삼남(영·호남,충청)의 방백(方伯, 관찰사 별칭)으로 하여금 향리인 안동까지 상행(喪行)을 호송케 했고 제주 백성들은 바다 건너 남도 이천 리를 운구했다.

제주도민은 그의 치적을 기리기 위해 삼천서당 앞에 노봉 김정 흥학비를 세웠고 귤림서원 오현단에 공덕비를 세워 치적을 새겼다. 일도의 김만덕기념관 생태원 외벽에는 벽화로 치적을 그려 놓았다. 조선왕조 오백 년 동안 제주를 거쳐 간 수많은 목민관 가운데 최고의 선정관을 꼽기가 쉽지 않지만 그럼에도 불구하고 노봉을 역대 최고 선정관이라고 말하는 데 주저하지 않고 있다.

응와 이원조와 추사 김정희 만남

성주 월항의 한개마을 출신 응와 이원조(1792~1871)는 1841년(헌종 7년)에 50세 나이로 제주목사에 부임하여 많은 치적을 남겼다. 2년 8개월 동안 제주목사로 있으면서 태풍으로 기민이 발생하자 호남 창미 2천 500석을 조달하여 구휼하였다. 또 우도와 가파도에 있는 우마 방목장을 제주도로 옮겨 관리했으며 무인도인 우도를 개간하여 사람이 살도록 했다. 오늘날 제주 경승지가 된 우도는 응와가 목사로 있을 때 개발이 시작됐다. 귤림서원과 삼천서당을 중수하고 유생들의 학업을 엄격하게 지도 관리했으며, 백성들에게 유교의 권선징악을 가르쳤다. 그가 쓴 『탐라록』과 『탐라지초본』은 19세기 제주도의 귀중한 자료이다.

응와의 제주목사 시절에 추사 김정희가 대정현에서 내내 귀양살이를 하고 있었다. 아울러 이백여 년 전 광해군 때 영창대군의 처형이 부당하다고 상소를 올려 광해군에게 미움을 받아 제주 대정현에서 10년 귀양살이한 동계 정온의 흔적이 아직 남아있었고, 응와와 추사는 암암리에 교유한 듯하다.

응와는 동계 적거지에 '동계 정온 적려유허비'를 세우고 비문을 직접 지었다. 비문 내용으로 보아 응와는 동계의 외손이다. 응와의 선대 할머니가 거창의 초계 정씨 집안에서 성주 한개마을로 시집온 것으로 보인다. 부임 이듬해 적거지 인근에 송죽사라는 동계 사당을 세워 상량문은 응와가 짓고 현판은 추사가 썼다.

추사 집안은 동계와 역사적으로 인연이 있었다. 1728년 동계 4세손 정희량이 난을 일으켜 역신 집안이 돼 가산이 적몰되고 동계의 제향마저 올리지 못하고 있었다. 이때 경상감사로 내려온 추사 부친 김노경에게 경상우도 유림은 동계 제향을 받들 수 있도록 적몰된 위토(位土)를 동계 집안으로 돌려주기를 집단 소청을 올렸다. 김노경 감사는 1819년 순조의 허락을 받아냄으로써 90년 만에 초계 정씨가 반가의 위상을 되찾고 동계 제향을 받들게 되었고 응와는 그 고마움을 잘 알고 있었다. 동계는 실직이 이조참판이고 증직이 영의정으로 경상우도에서 으뜸가는 집안이다.

나이는 추사가 여섯 살 위였지만 과거는 웅와가 10년 앞섰다. 추사는 병조참판 시절 유배당했고 경주 김씨 훈척가문으로 금석문과 서예의 대가였다. 웅와는 퇴계학과 대산 이상정, 입재 정종로로 이어지는 퇴계 적통에서 수학했고 학문과 문장이 뛰어난 영남의 큰 인물로 오십 세 장년의 전성기였다. 노론과 남인 두 거목의 만남은 역사 속의 해우였다. 세상이 알까 봐 조심스러웠지만 둘은 동양경전, 상서(尙書)의 16문장에 대해 논변을 펼쳤다고 전한다.

동계 사당 송죽사는 대원군의 서원 철폐령에 훼철되고 현판도 사라졌다. 지금은 이곳을 추사 유배지라 하여 제주 올레길 집녘의 길로 명명하고 동계, 추사, 웅와 세 역사적 인물의 자취를 기리고 있다.

관리의 사표, 이도吏道의 등불 청백리

옛 선비들은 어려서부터 학문을 배우고 익혀, 벼슬길로 나아가서는 백성에게 선정을 베풀고 청렴하게 살아가는 것이 선비의 길이라 여겼다. 재물 욕심이 없는 곧고 깨끗한 관리를 청백리(淸白吏)라 했고, 청백리는 관리의 사표요 이도(吏道)의 등불이었다.

예로부터 청백리가 많이 나와야 나라가 평안하고 백성이 행복을 누리는 태평성대가 열린다고 했다. 조선왕조는 개국과 더불어 청렴을 무척 중요시하고 청백리 녹선을 제도화했다. 조선왕조 청백리 수는 문헌마다 조금씩 다르지만 한말에 쓰인 『전고대방』에 가장 많은 218명이 수록돼 있으며 오늘날도 청백리 정신을 기리고자 청백리상을 제정하여 모범 공무원에게 수여하고 있다.

청백리의 연원

청백리라는 말은 중국 한나라 문헌에 처음 나온다. 우리나라는 신라 진평왕 때 화랑도 검군이 목숨의 위협을 무릅쓰고 탐관세력의 유혹을 물리쳤다는 기록과 고구려 고국천왕이 을파소를 재상으로 등용할 때 어진 이가 관직을 맡아야 나라가 바로 선다고 했으니, 삼국시대부터 청백리가 등장했다. 고려 명종은 청렴한 사람을 중용하고 탐욕스러운 사람을 쳐내 염치 기풍이 나라에 가득하도록 청렴결백과 신상

필벌을 강조하는 조서를 내리기도 했다.

　근면·검소가 속성인 성리학을 건국이념으로 내세운 조선왕조는 청렴을 유난히 강조했다. 왕조실록에 청렴이란 낱말은 충효보다 더 많이 나온다. 중종 때 청백리를 제도화했다. 청백리 녹선(錄選)은 육조의 2품 이상 당상관과 사헌부·사간원 수장이 천거하고 왕의 재가를 받아 의정부에서 뽑았다. 살아있을 때는 염리(廉吏), 사후에는 청리 또는 청백리라 불러 청사에 빛나는 인물이 됐다. 후손들은 음덕으로 벼슬길에 나갈 수 있었고 누대청덕(累代淸德)이라 하여 대대로 청백리 가문이라는 영광이 뒤따랐다. 탐학 관리는 탐관오리이고 파렴치 몰염치로 비하했다.

조선 개국과 청백리

　조선의 청렴은 태조 때부터 시작됐다. 여말 혼란기에 나라를 다시 세운 태조 이성계는 건국 이듬해인 1393년, 전 왕조 청렴한 인물 다섯을 청백리로 선정하여 새 나라의 귀감으로 삼고 조정신료와 지방수령에게 덕치를 펼치도록 했다. 안성, 우현보, 길재, 서견, 유구가 그들이다.

　그중 광주 안씨 천곡 안성(1351~1421)은 고려·조선 두 왕조에서 여섯 고을 수령을 지냈는데 그의 청렴 이야기는 유명하다. 벼슬길로 나아갈 때는 책과 이불을 담은 대나무상자 하나만 가져갔고, 벼슬을 마치고 돌아올 때 가지고 간 대나무상자가 낡아 물건을 담을 수 없게 되었다. 그러자 부인이 "대나무상자가 다 찢어졌는데 왜 다시 바르지 않소." 하니, "내가 헌 종이를 가져오지 않았는데 어떻게 바른단 말이요."라 하여 공과 사의 엄정함을 세상에 전했다. 늙어 병이 깊어지자 방촌 황희가 위문 와서 치자(治者)의 도(道)를 묻자, "죽은 다음 후일을 위해 다만 청렴의 한 글자만 지키고 있을 뿐"이라고 했다. 그리고 야은 길재에 대해 청렴결백과 절의의 명성이 온 나라에 자자한 고려 충신으로 그 절개 기풍을 새 왕조의 사표로 삼는다고 했으며 후손에게 관리 보임의 은전을 내렸다.

청백리 정승, 황희와 맹사성

청백리의 표상은 정승 황희와 맹사성이다. 황희는 조선왕조 최장수 정승이지만 작은 기와집에 거적때기를 깔아놓고 살 만큼 청렴했다. 태조부터 세종까지 4대 56년을 관리로 지냈고 69세에 영의정에 올라 18년간 국정을 책임졌지만 재물과는 거리가 멀었다.

맹사성은 영의정 황희, 좌의정 맹사성으로 부를 만큼 조선을 대표하는 재상이자 청백리 상징으로 왕조 오백 년의 기틀을 다졌다. 성품이 부드러워 황희의 강직함과 단호함을 완화시키고 조정신료와 마찰을 중재했다. 효성이 지극하고 청빈한 살림살이로 사는 집은 민가와 다를 바가 없으며 늘 녹미(녹으로 받은 묵은쌀)로 밥을 하고 바깥출입을 할 때 소를 즐겨 타고 다녀, 보는 이들은 그가 재상인 줄 몰랐다고 한다.

투갑연 삼마태수 백비白碑

청백리 일화가 전설처럼 전해오는 인물은 많은데 그중 대표적인 청백리는 성종조 이약동, 중종조 송흠, 명종조 박수량이다. 육당 최남선이 1908년 잡지《소년》에 조선시대 대표인물 100인을 선정하면서 청렴 분야에서 노촌 이약동(1416~1493)을 꼽았다. 이약동은 제주목사 시절 선정을 베풀고 떠날 때 재임 중 사용한 기물을 모두 관아에 남겨두었고 말채찍조차 읍성 문루에 걸어두었으며, 제주 군교들이 전별 선물로 배에 몰래 실어준 갑옷을 찾아내 바다에 던져 유명한 투갑연(投甲淵) 고사를 낳은 인물로 목민심서에 실려 있다.

전라감사를 지낸 지지당 송흠(1459~1547)을 삼마태수(三馬太守)라 불렀다. 당시 법령에 따라 지방관은 7~8필의 말을 거느리고 떠들썩하게 부임하기 일쑤였지만 송흠은 전라도 여덟 고을 수령을 거치면서 늘 말 세 필만으로 검소하게 행차했고 짐도 단출했다. 효성이 지극하고 재물을 탐하지 않아 백성들이 우러렀고 참찬까지 올랐으며 그로 인해 삼마태수는 청백리의 별칭이 됐다.

삼가정 박수량(1491~1554)은 30여 년 관리생활에 호조판서까지 지냈지만 평생 청렴하게 살아 죽은 후에 장례를 치르지 못할 정도로 청빈했다. 조정에서 장례를 치르게 해주었고, 명종은 그의 청백한 일생의 행적을 글로써 찬양한다는 것이 오히려 청렴에 누가 될 수 있다 하여 무덤에 백비(白碑)만 세우도록 했다. 그 백비가 청백리의 상징으로 오늘날까지 남아있다.

청문, 예문, 탁문

중종은 궁전 뜰에 청문(淸門), 예문(例門), 탁문(濁門)이라는 세 개의 문을 만들고 조정 중신들에게 지나가도록 했다. 청문은 맑고 깨끗한 사람, 예문은 보통 사람, 탁문은 깨끗하지 못한 사람이 통과하도록 했는데 만조백관 대부분은 예문으로 통과했지만 단 한 사람만 조금도 머뭇거림 없이 청문으로 통과했다. 그가 대간직의 송강 조사수(1502~1558)이다. 아무도 그에게 손가락질하는 사람이 없었고 청렴한 그는 하늘을 우러러 한 점 부끄러움이 없었다. 성품이 곧고 맑아 삼사를 두루

거쳤고 경상도와는 묘한 인연이 있다. 1539년 성주사고(史庫)가 화재로 소실됐을 때 조사관으로 내려와 성주고을 백성 100여 명을 하옥시키고 곧은 성품으로 혹독하게 조사하여 원망이 조정에까지 들리게 했던 인물이다.

명종이 조사수를 이조참판에 보임하자 사관은 실록에 이렇게 썼다. "조사수는 청백하여 벼슬한 지 20년이 지났지만 가난한 선비 집 같았다. 성시를 이루어야 할 이조참판댁 대문 앞에는 새 잡는 그물을 칠 정도로 적막했다." 일찍이 그는 친구에게 어려운 시기에 오직 절개를 지켜 스스로 깨끗이 할 뿐, 그래야 영원히 보존될 수 있다고 했다. 조선의 오백 년 왕업은 그냥 이루어진 게 아니었다.

부자 조손 형제 청백리

청백리 정신이 가풍으로 이어져 조선왕조에는 부자(父子), 조손(祖孫), 형제 청백리가 열세 번 나왔다. 가문의 청렴 DNA가 대대로 이어진 집안이다. 조선 초 정척-정성근-정매신은 세종·성종·중종조의 3대 조손청백리이고 세조 때 영의정에 올랐던 정창손은 아버지 정흠지, 형 정갑손과 함께 3부자 청백리이다. 아버지와 아들이 청백리인 집안은 조선 초 최유경과 최사의, 류구와 류겸, 조선 중기에 이제신과 이명준, 강유후와 강석범, 조선 후기에 윤지인과 윤용이다. 할아버지와 손자가 청백리인 인물은 조선 초 안성과 안팽명, 조선 중기에 이기설과 이후정이다. 형제 청백리는 성종조 형제 정승인 허종과 허침, 중종조 염근리 임호신과 임보신이고, 현손 등 직계 청백리는 이지직과 영의정 이준경, 우의정을 지낸 허종과 허욱이다.

영남 선비 청백리

청백리로 녹선된 영남 인물은 많다. 후기에는 중앙 진출이 어려웠으므로 주로 전기에 녹선됐다. 지역별로 살펴보면 안동 지역에는 퇴계 이황, 서애 류성룡, 예안의 이현보, 풍산의 김양진이 청백리이고, 경주 지역에는 양동마을의 손중돈과 이언적, 경주 최 부자의 조상 최진립이 청백리이다. 선산 지역에서는 길재와 김종직, 선산 김씨의 큰 인물 김취문이 청백리이다.

이 밖에 초대 조선통신사를 지낸 의성 비안의 박서생, 달성 현풍 솔례마을의 곽안방, 김천의 이약동, 성주 초전의 벽진 이씨 이철균, 봉화 계서당 종택의 성이성, 동래의 정형복, 영천 호연정의 이형상 등이 영남 선비 청백리이다. 비록 녹선되지 않았지만 우리 집 보물은 오로지 청백뿐이라고 했던 안동 길안의 보백당 김계행도 실질적인 청백리이다.

역사 속의 청백리

조선왕조는 관리 임명에 있어 청렴성이 요구되는 자리를 청요직이라 하여 반드시 청렴한 인물로 보임했고, 탐관오리는 삼천 리 밖으로 귀양을 보내 가혹하게 처벌했다. 역대 국왕들 가운데 사치를 일삼은 국왕은 거의 없었고, 영조는 52년 치세 동안 사치와 낭비를 엄금하고 스스로 검소하게 생활해 나라 곳간을 튼튼히 했다. 왕조실록에 청렴이란 낱말이 역대 국왕마다 수십 회씩 나오다가 19세기부터 급감하게 되는데 헌종 1회, 철종 3회로 줄어들면서 나라는 망국의 길로 접어든다.

영의정보다 되기 어려운 청백리이지만 조선왕조 217명(1명 중복) 청백리 가운데 영의정은 이원익, 이항복 등 14명, 좌·우정승이 18명, 찬성과 참찬이 23명이다. 사관은 실록에 고관들의 졸기(卒記, 죽음 알림 기록)를 쓰면서 청렴한 인물에 대해서는 반드시 청빈하게 살았다고 후대를 위해 기록으로 남겼다.

옛 속담에 '청백리 똥구멍은 송곳부리 같다' 고 했고 '탐관의 밑은 안반 같고, 염관의 밑은 송곳 같다' 고 했다. 이는 탐욕스러운 관리의 밑은 안반(떡판)처럼 넓고 청렴한 관리의 밑은 송곳처럼 뾰족하다는 의미로, 탐관은 재산을 모으고 청렴한 벼슬아치는 평생 가난하게 살았다. 또 청백리 집안에서 어육(魚肉)의 비린내가 풍기는 날은 일 년 열두 달 가운데 설과 추석뿐이라고 했듯이 청백리는 죽을 때까지 독야청청하게 살았다.

청백리는 조상들의 삶이 어려울 때 믿고 기대는 희망의 등불이었으며 오늘날에도 힘없는 민초들의 마음을 보듬어주고 기다리는 시대의 부름이다.

4부
선비사회의 사랑과 미움

조선의 르네상스와 영남의 눈물

임진병화가 끝나고 백여 년이 지난 영·정조 75년 치세는 나라 안팎이 안정되고 왕조 또한 부흥기를 맞이하여 '조선의 르네상스'라 부르기도 한다. 중국은 옹정·건륭제의 안정된 통치로 청의 전성기였고 일본 또한 에도막부 겐로쿠 시대를 거치면서 문화 융성기를 맞이해 동양 삼국은 오랜만에 평화를 구가하고 있었다.

하지만 이 시기는 영남 선비에게 경상도 900년사에서 가장 가혹한 세월이었다. 과거급제해도 당상관 보임은 하늘의 별 따기였고 7품 참하로 마치기 일쑤였다. 사신으로 나가 외국문물을 견문한 선비가 드물었고 어사또 마패 차고 다른 지방을 돌아본 이도 없었다. 조령은 장벽이 됐고 조정에는 항상 '영남인'이란 꼬리표가 붙었다.

인조반정은 친인척 거사

1623년에 일어난 인조반정은 서인 친인척 거사이다. 반정 후 정사공신으로 녹훈된 53명 인물들은 모두 인조의 외조부인 구사맹과 인척 관계이다. 구사맹은 서인으로 좌찬성을 지냈는데, 다섯째 딸이 선조의 다섯째 아들 정원군(훗날 원종으로 추존)과 혼인하여 인조를 낳았고 반정은 인조가 직접 주도했다.

구사맹이라는 한 개인의 인맥에 연결돼 거사는 성공했고(다섯은 이탈)

168

중대한 시기에 공신으로 녹훈됐다. 능성 구씨를 비롯한 거사 집안은 모두 서인 계열로 조선 후기 유력세력으로 부상했다. 인조반정은 물실국혼(勿失國婚, 왕비는 우리 당파에서)과 더불어 서인이 장기 집권할 수 있는 기반이 됐다.

우암 송시열의 유언

숙종은 수차례 환국정치를 실시하며 왕권을 강화하고자 노력했지만 파당의 골을 깊게 판 사건은 송시열의 유언이다. 1689년 기사환국으로 정권을 잡은 남인은 제주로 귀양 보낸 83세 우암을 다시 불러들여 정읍에서 사사시키는데 이때 우암은 제자 권상하에게 유언으로 여덟 글자 '원통함을 품어도 어찌할 수가 없다(忍痛含寃 迫不得已)'라고 전하며 뜻을 같이하는 선비에게 전수하여 잊지 말라고 당부한다. 유언은 훗날 비장한 문구 '날은 저물고 갈 길은 먼데 사무친 통한이 가슴에 맺힌다(日暮途遠 至痛在心)'로 다듬어진다. 두 구절 모두 실록에 실려 있다.

제자들은 모화와 사대를 의미하는 만절필동(萬折必東)에서 만동을 따와 만동묘를 짓고 소론과 남인에 대한 통한을 가슴에 새긴다. 우암의 죽음은 9년 전 경신대출척 때 사사된 남인의 허적 윤휴 오시수의 죽음과 영남 출신 이조판서 귀암 이원정의 장살에 대한 보복이었고, 이후 양 집단 싸움에 군자의 도(道)는 사라지고 선혈만이 낭자하게 된다.

송시열이 사사되고 5년 뒤에 일어난 갑술환국(1694년)은 영남 남인이 역사적으로 피 흘린 마지막 사건이었다. 이조판서로 있던 갈암 이현일은 함경도 종성, 이조참판이던 칠곡의 정재 이담명은 평안도 창성, 대사성이던 안동 내앞의 지촌 김방걸은 전라도 화순으로 유배돼 배소에서 세상을 떠나고 강원감사였던 봉화 바래미의 팔오헌 김성구는 낙향한다. 이후 영남 선비는 과거를 급제하더라도 참상조차 승진이 어렵게 되고 상소를 올리면 역적으로 취급해 귀양을 보내니 조령은 점차 장벽처럼 되고 영남 선비는 나라 동남쪽에 갇히게 된다.

참상參上도 어려운 영남 선비

조선시대 문반 벼슬에서 고위직은 정3품 상계 통정대부 당상관, 하위직은 6품 참상이 벼슬의 경계이고 승진의 관문이다. 당상이 되어야 나라의 중요한 정책에 참여할 수 있고 승지나 참의를 거쳐 판서와 정승으로 나가게 된다. 당하관은 6품 이상을 참상, 7품 이하를 참하라 하는데 그 차이는 무척 컸고 참상이 되어야 고을을 맡을 수 있다. 참하에서 참상으로 올라가는 것을 출륙(出六) 또는 승륙(陞六)이라 하여 대단하게 여겼다. 관복 색깔도 당상은 붉은색, 참상은 푸른색, 참하는 녹색으로 달랐고 문양도 당상관은 쌍학, 당하관은 단학이었다. 참상은 되어야 실록이나 『승정원일기』에 이름이 나오기도 하지만 참하는 그야말로 하급관리였다.

갑술환국 이후 영남 선비는 과거 급제하더라도 조정 진출이 어려워 향리에 머물기 일쑤였다. 그래서 경상감사로 내려온 뜻있는 노·소론 관리들은 영남 인재 등용을 청하는 장계(狀啓)를 조정으로 올리곤 했는데, 영조 초 좌의정을 지낸 소론의 조태억이 1721년 경상감사로 있으면서 올린 글이다.

"영남은 본디 인재의 부고로 국조 융성한 시대에는 조정 공경의 대부분이 영남 사람이었습니다. 근래 인재 배출이 옛날과 같지 못하지만 나라에서 거두어 쓰는 것 또한 매우 드물어 영남 사람으로 문과에 오른 자가 80여 명에 이르는데도 벼슬을 얻어 녹을 받는 자가 없습니다."

훗날 영의정을 지낸 노론의 유척기가 1726년 경상감사를 마치고 영조에게 귀임 보고를 하면서 다음과 같이 이야기한 내용이 실록에 실려 있다.

"영남은 추로(鄒魯)의 고을로 문무(文武)를 지낸 자가 한번 파직되면 곧장 향리로 돌아갔지 식량을 싸들고 와서 직을 구하는 법이 없으니 경상도에는 문무 전직을 가진 자가 매우 많고 문신은 거의 백 명에 이릅니다. 그들은 모두 어려서부터 글을 읽고 어렵게 과거에 합격하여 겨우 한 고을을 얻고는 그만둔 자도 있고 혹은 겨우 6품에 나갔다가 파직되어 초야에 묻혔으니 억울한 탄식을 하고 있는 실정입니다."

이렇듯 영남에는 어렵게 과거급제하고서도 관직을 얻지 못한 선비가 늘 백여 명이 있었다. 3년마다 치르는 식년대과(최종 33명)에 영남 선비는 4~5명이 합격했고 한 갑자에는 20번의 식년시가 있었다. 과거급제자 명부인 『국조방목(國朝榜目)』에는 태조 때부터 고종 때까지 성명과 본관, 4조(四祖) 성함이 수록돼 있는데 『국조방목』에는 이름이 있으나 『왕조실록』과 『승정원일기』에는 전혀 언급이 없는 수많은 영남 선비들은 과거급제 소식이 조령을 넘었을 때는 문중의 자랑이었고 도문연(到門宴, 과거 급제 잔치)을 크게 열었지만 벼슬살이를 제대로 하지 못하고 초야에 묻혀 울분을 삼켰다. 벼슬 운이 없음을 하늘의 뜻으로 여겼고 영남 선비 문집에 그들의 행적이 초라하게 남아있을 뿐이다.

하늘 오르기보다 어려운 영남 당상관

영조 52년 치세 동안 문과급제자는 2,159명이고 당상관 자리는 100여 곳이었다. 정3품 상계 통정대부에 올라야 당상관이 되는데 영조 조정에서 영남 선비가 당상에 오르는 것은 하늘 오르기보다 어려웠다. 간혹 당상이 되더라도 노령에 보임돼 거의 명예직이었다. 영조 또한 늙고 병들어서 특임했다고 공공연히 밝혔고 대신들은 노직당상이 조령을 넘어가 탕평 치적을 이루었다고 치켜세웠다.

나이가 많아 특임된 당상관을 수직(壽職) 또는 노직(老職) 당상관이라 하는데 영조 때 보임된 영남 인물 노직당상관은 영양의 옥천 조덕린(71세), 상주의 청대 권상일(68세), 영천의 매산 정중기(72세), 안동의 죽봉 김간(80세), 용와 류승현(66세), 나졸재 이산두(79세), 양파 류관현(72세), 만화 이세사(70세) 등이다. 그러나 실제로 칠십 노구를 이끌고 한양에 올라가 봉직하는 것은 불가능했고 부임하더라도 극히 짧아 대부분 알현만 하고 낙향했다.

상주의 화재 황익재는 영조 초 45세에 당상관 종성부사로 보임됐지만 이인좌 난에 연루돼 부임조차 못 했으며, 이황 후손 이세태와 이세택, 이언적 후손 이헌묵은 명현의 후예라고 발탁돼 당상에 올랐다. 안동 무실의 삼산 류정원과 선산 장원방의 마지막 급제자 박춘보가 50대에 당상에 올라 대사간을 지냈다. 대산 이상정은 영조 때에는 연일현감으로 관직을 마감했고 정조 때 70세 노직당상관으로 예조참의에 제수됐으나 사양했다.

고위직 고을 수령을 지낸 인물로 선조 때 좌의정, 약포 정탁 후손으로 황해도관찰사를 지낸 정옥과 제주목사를 지낸 풍산의 노봉 김정이 최고위직이지만 모두 고령에 보임돼 임지에서 세상을 떠났다. 이렇듯 영조 치하 52년 동안 실질적으로 문관 당상에 오른 영남 선비는 네다섯에 불과했다. 비국당상(비변사당상)과 금부당상(의금부당상)처럼 요직은 아니지만 노직당상도 당상은 당상이니 가문의 영광이었고 후손은 행장과 묘갈에 크게 썼다.

영남 소모사의 비극

1728년(영조 4년)에 일어난 이인좌 난에 영남 우도가 적극적으로 가담하자 조정은 소론의 오명항을 순무사, 박문수를 종사관으로 급파하면서 영남 인물을 소모사(召募使, 의병 모집 임시 벼슬)로 내려보내야 하는데 조정에는 영남 인재 씨가 말랐다. 어쩔 수 없이 제주목사를 마치고 영천 금호강 변에서 30년을 은거하고 있던 76세 병와 이형상을 가의대부로 승진시키고, 영양 주실의 71세 옥천 조덕린을 당상관 통정대부로 보임해 소모사로 임명했다. 그리고 막 당상관 종성부사로 보임받아 함경도 임지에 가는 상주의 화재 황익재를 수원에서 만나 조정에 장계를 올리고 소모사로 데리고 갔다.

난이 진압되고 반역자 심문에서 병와와 화재의 이름이 나왔다고 연루자로 엮어, 병와는 서울로 압송돼 국문을 받았다. 곧 무고함이 밝혀졌지만 고문 후유증으로 영천에 내려가지 못하고 인천에서 세상을 떠난다. 화재는 노론의 무고로 억울하게 평안도 구성으로 유배를 가서 7년을 귀양살이하고 세상을 등진다. 옥천은 수년 전에 올린 정명론 상소가 이인좌 난을 부추겼다고 훗날 제주 정의현으로 귀양 가다가 전라도 강진에서 세상을 떠난다. 이렇듯 영남 소모사들은 격문을 돌리고 의병을 모집하여 난의 진압에 최선을 다했건만 노론조정은 그들을 버렸고 영남을 반역향으로 취급했다.

옥천 조덕린의 정명론

1725년 영조 1년에 옥천 조덕린은 사간원 사간을 사직하면서 시무 10조소 일명 상소 '정명론(正名論)'을 올린다. 상소문에는 당쟁의 폐해를 강조하는 내용이 있어 노론조정은 그를 함경도 종성으로 귀양을 보낸다. 스승 갈암 이현일이 30년 전에 귀양 갔던 삼천리 유배지에 제자인 옥천 조덕린이 다시 70세에 유배돼 2년을 귀양살이했다. 정명론은 공자의 학설로 "바른 정치를 하려면 국왕은 국왕다워야 하고 신하는 신하다워야 하며 부모는 부모다워야 하고 자식은 자식다워야 나라가 바로 선다."는 왕권이론으로 동양 정치사상의 큰 뿌리였고 왕조 교체, 신분 귀천의 이론적 근거이기도 했다.

이인좌 난이 일어나자 정명론이 반란의 단초가 됐다며 처벌을 강력히 주장했으나 이미 한 번 벌을 받았으므로 영조는 윤허하지 않았고 10년 뒤 다른 상소 사건에 정명론이 다시 불거져 80세 나이에 제주도로 유배된다. 이후 바른 정치를 들먹일 적마다 정명론이 언급돼 옥천의 이름은 왕조실록과 『승정원일기』에 수백 회 나온다. 정명론 상소는 빼어난 명문장으로 『승정원일기』에 전문이 수록돼 있다. 옥천의 외증손이자 고성 이씨 임청각의 풍류주인 허주 이종악이 행초체로 유려하게 쓴 서첩 『옥천선생 십조소 허주부군수필』이 정명론 서첩이다.

사후에도 오랫동안 신원되지 않고 있다가 1788년 정조의 무신창의 재조명 때 화재 황익재와 함께 풀렸으나 순조 초 정순왕후 섭정 시절에 다시 죄인으로 묶인다. 손자와 증손이 대과 급제했으나 노론세력은 죄인의 후손이라 관직삭탈을 주장했고 순조는 맹자의 택참(澤斬, 선대의 일은 후손에게 영향이 미치지 않는다는 논리)을 언급하며 윤허하지 않았다. 1899년 고종 때 사도세자를 장조로 추존하면서 사도세자 설원소를 쓴 봉화의 이도현 부자와 함께 신원됐다. 옥천종택이 있는 영양의 한양 조씨 주실마을은 근·현대 우리 학계에 큰 인물이 많이 나왔기로 유명하고 후손 조지훈의 지조론은 옥천의 절의와 무관치 않다.

영남의 개혁인물 괴천 박홍준

1735년 영조 11년 증광시에 영남 인물 6명이 급제하는데 안동의 제산 김성탁, 양파 류관현, 삼산 류정원, 대산 이상정, 바래미의 학음 김경필과 영주의 괴천 박홍준이 그들이다. 제산·양파·삼산·대산은 당대에 일대 종사가 됐고 학음은 병조좌랑 재임 시 병으로 세상을 떠나는데 그의 아들이 정조 때 대사간 김한동이다. 괴천은 반남 박씨 소고 박승임의 후손으로 영남에서 좀처럼 보기 드문 개혁인물로 영조 조정에서 죽임을 당한다.

괴천은 1747년 사간원 정언으로 있으면서 관료 임용에 예문관과 이조전랑의 추천제를 폐지함으로써 인사 부조리가 성행하고 있다고 상소를 올리자 영조는 당습(黨習), 즉 남인의 시각에 젖어 있다며 진도 군수로 내쫓았고 이후 영광군수를 지냈다. 1755년 52세 때 사간원 사간(종3품)을 마치고 향리에 머물던 괴천에게 사헌부 집의(정3품)가 제수되자 노모 봉양을 사유로 이를 사직하면서 백성 고초가 심한 결전과 면포 징수에 대한 개선책을 올린다. 하지만 상소문에 성의유통(誠意流通)이란 말이 소론의 준소(峻少) 심경연이 쓴 흉서 같다고 하여 졸지에 의금부로 끌려가 국문을 당한다. 27년 전 무신난의 잔영이 괴천을 덮친 셈이다. 억울하게 거제도로 귀양 가다가 사천에서 세상을 떠났다.

젊어서는 사필을 잡았고 장년에는 양사(兩司)를 오가며 20년을 봉직했건만 노론 조정에 변호해 줄 우군 한 사람 없고 처벌에 관여한 인물은 좌의정 김상로였다. 김상로는 영조 총신 김재로의 사촌으로 괴천보다 한 해 먼저 등과하여 정승이 됐고 훗날 사도세자를 죽음으로 몰고 간 인물이다. 괴천이 보임한 사간원 사간과 사헌부 집의는 청요직 당하관으로 당시 영남 선비가 올라갈 수 있는 최고위직 자리이다.

괴천은 영남 선비사회에서 좀처럼 볼 수 없는 제도개혁 상소를 두 번이나 올렸고 조선 후기 뛰어난 영남 선비이지만 오랫동안 기피인물이 돼 문집조차 남기지 못했다. 정조 왕명으로 만든 『영남인물고』에도 이름이 없다. 『대산문집』에도 오고 간 서한이 없고 『청대일기』 모퉁이와 일족인 연암의 『열하일기』 여백에 안타까운 그의 죽음을 알리는 몇 글자가 남아있을 뿐이다. 역사는 그를 잊었지만 영조 조정에서 당쟁으로 희생된 비운의 영남 개혁인물로 기억돼야 할 것이다.

이렇듯 조선의 르네상스가 열리던 시기에 많은 영남 선비들은 나라로부터 외면당하고 사서에 이름을 남기지 못했지만 선비 문집에 담겨진 그들의 행적이 시대의 아픔이 되고 때로는 역사의 목격자가 되어 오늘날 젊은 사학자들이 하나둘씩 그들을 불러내고 있다.

정약용의 『하피첩』과 황사영의 백서帛書

조선 지성사에 우뚝 선 인물 다산 정약용, 경세·고전·경제·의약·국방·천문·지리 등 다방면에 통달하였고 조선 후기 역사 수레바퀴의 참혹함 속에서도 인간의 위대함과 고귀함을 보여준 겨레의 스승이었다.

19세기 동양사의 뛰어난 인물로 그의 학문적 업적은 날이 갈수록 빛을 더해 다산학이라는 새로운 학술분야가 탄생했다. 10년의 짧은 관직생활과 18년의 긴 유배생활, 500여 권의 저술로 500년 왕업에 전무후무한 인물이지만 왕조실록에는 고작 38번만 언급된다.

다산의 경상도 유람

다산은 9세에 어머니를 여의었다. 15세에 풍산 홍씨와 혼인하여 28세에 출사할 때까지 아내와 함께 아버지와 장인의 임지를 오가며 경상도 곳곳에 주옥같은 시를 남겼다. 부친 정재원은 예천군수, 울산부사, 진주목사를 지냈고 장인 홍화보는 경상도 우병사를 역임했다. 그의 시는 밝고 빛이 났으며 해박한 지식이 충만했다.

다산은 경상도를 사랑했다. 퇴계를 흠모하여 『도산사숙록』을 지었고 중앙 진출이 어려웠던 영남 선비들에게 "산야에 묻혔다고 애석하지 마소, 영남 사람 마침내는 큰 성은을 입을 터이니"라고 읊어 몇 년 뒤 일어날 정조의 영남 인재 발탁을 예견했다.

울산부사인 아버지를 뵈러 가는 길에 경주 포석정에 들러 "포석정 앞 물 기운이 향기롭거늘 신라 유민들은 지금도 경애왕을 말하고 있네."라고 신라 멸망사를 「계림회고」로 남겼고, 영천 은해사에 들러 "붉은 단풍 속에 산문은 고요하고, 푸른 덩굴에 얽혀 시냇가 길 그윽하다."라 하여 조선 후기 은해사 모습을 붉고 푸르게 동양화처럼 묘사했다.

진주 촉석루에 올라 "단청한 기둥에는 세 장수의 옛 노래만 남았다오." 하면서 임진란 진주성싸움의 삼 장사를 기렸다. 합천 함벽정에서 당나라 왕유 시를 연상시키는 멋진 구절 "누워서 스님이 가는 곳을 바라보니 산 그림자 저절로 비끼었구나."로 읊었고, 선산 낙동강 변의 월파정에 올라 "아내와의 정이 자못 깊어 산천유람을 함께 한다오."라고 아내 사랑을 노래했다.

다산의 시에는 우리 정서가 담겨있다. 19세 여름날에 예천 반학정에 올라 지은 절구 6수는 싱그럽기 그지없다. 이백 시는 1,500수, 두보 시는 1,200수가 전해오는데 다산은 1,300수를 지었다.

안동 영호루에 올라 류성룡을 그리면서 "하회고택 어디메뇨, 시대가 멀어 쓸쓸히 슬퍼하노라." 동시대를 함께하지 못한 옛 현인을 그리워했고, 예천 선몽대에 올라 "정탁 대감이 놀던 그때 모습이 상상이 된다."고 했다. 함양 박씨 세거지 예천 금당실을 방문하여 영남삼로 박손경을 칭송했다. 영남관문 조령, 죽령, 추풍령을 모두 넘나들며 그때마다 감회를 읊었고 성주, 영주, 영천, 울산의 명승지에 절승시를 남겼다.

봉화에서 과거 동기 김한동과 김희주, 김희락, 이진동을 만나 친교를 다졌다. 봉화 바래미 의성 김씨 일족인 이들은 훗날 정조에게 발탁되어 김한동은 승정원 승지, 김희주는 대사간까지 올랐고 김희락은 도산별시에 급제했고 퇴계 방손 이진동은 무신창의록의 소두였다. 봉화 회합을 마치고 죽령을 넘으면서, "돌아가는 발길은 단양고을 향하는데 삼도의 구름 노을은 천천히 다가온다." 며 조정의 부름을 받아 영남 유람을 끝내고 출사의 길로 들어선다.

포항 장기 유배

다산을 아끼던 정조가 갑자기 승하하고 영조계비 정순왕후가 섭정하면서 천주교 탄압이 본격화되었다. 1801년 노론벽파의 신유박해로 이승훈, 정약종은 처형당하고 이가환, 권철신이 옥사하고 다산은 경상도 장기로, 둘째 형 정약전은 전라도 신지도로 유배된다. 처형당한 이승훈은 매형이고 정약종은 셋째 형, 이가환과 권철신은 절친이다.

장기로 유배 가던 도중 다산은 충주 하담에 있는 부모 산소에 들러 통곡을 한다. 옥당에 빛나는 우리 가문이 어찌 이렇게 멸문의 화를 당했는지, 나이 40세에 꺾여버린 인생사를 절망한다. 다산은 중종·명종 때 판서와 좌찬성을 지낸 명신 정옥형, 정응두의 후손으로, 영주 줄포에 일족이 낙남하여 세거한 나주 정씨 동성마을이 있다.

장기는 감포와 구룡포 중간에 있는 해안고을로 조선왕조의 단골 유배지이다. 왕조 오백 년 동안 211명이 귀양살이했고 최근 포항시에서 유배문화 체험촌을 만들었다. 다산의 거주지는 장기초교 자리의 늙은 군교(관아 군무 담당) 성선봉 집이었다. 귀양살이는 첫해가 가장 어려운데 이때 쓴 다산의 글은 고통과 울분으로 얼룩졌다가 점차 안정을 찾는다.

"작고 작은 나의 일곱 자 몸, 사방 한 길의 방에도 누울 수 있네. 아침에 일어나다 머리를 찧지만 밤에 쓰러지면 무릎은 펼 수 있다네."

「장기농가(農歌)」 10장을 지어 백성의 어려움을 함께하고 관리의 행태를 꼬집는다.

"상추쌈에 보리밥을 둥글게 싸 먹고 고추장에 파뿌리만 곁들인다네. 금년에 넙치마저 구하기 어려운 것은 모조리 건포 만들어 관가에 바쳤기 때문"

그때나 지금이나 포항에는 가자미(넙치)가 많이 잡히는가 보다. 어민들이 칡넝쿨로 어렵게 고기를 잡는 모습을 보고 명주 그물을 소개해 주고 포항사투리가 점차 정이 들 무렵, 시골사람들을 위해 의서 『촌병혹치』를 만들었다. 집에서 보내준 의서와 『본초강목』을 바탕으로 한 40여 가지 간략 치료법이지만 실전되고 서문만 전한다.

장기 선비들은 120년 전 이곳에서 3년 7개월간 귀양살이한 송시열을 추앙하고 있었다. 인근 죽림서원을 찾았는데 이곳 촌로들은 아직도 우암만 노래하고 있다고 불편한 심사를 나타냈다. 장기잡수 27수 등 130여 수의 시와 6권의 저술을 짓고 그해 가을 황사영의 백서사건이 터지자 다시 의금부로 끌려가 장기 유배는 7개월 만에 끝나고 전라도 강진으로 이배돼 18년이란 긴 세월 동안 귀양살이를 하게 된다.

황사영의 백서帛書

황사영은 1790년 15세 때 소과 진사시에 합격한 수재였다. 정조 어전에서 시를 낭송하고 선물로 지필묵을 받은 기록과 정조와 채제공이 황사영 집안의 문재에 관하여 칭찬이 글이 일성록에 실려 있다. 아버지 황석범도 25세에 문과 급제하여 승정원 주서를 지내다가 29세에 갑자기 세상을 떠나 황사영은 유복자로 태어났다. 진사시 합격 이듬해 다산 정약용의 맏형 정약현의 딸 정난주와 혼인하여 처고모부 이승훈, 처삼촌 정약종의 영향을 받아 천주교 신자가 된다.

백서(帛書)는 비단에 쓴 글인데 1801년 황사영이 가로 62cm 세로 38cm 명주 천에 깨알 같은 글씨 13,384자를 써서 신유박해 등 조선 천주교 수난을 중국 북경의 구베아 프랑스 주교에게 알리는 밀서이다. 백서에는 교회를 재건하고 포교의 자유를 얻기 위해 프랑스 함대 파견을 청하는 내용이 있어 대역죄인으로 참형되고 수많은 인물들이 처형당하거나 귀양 갔다. 그 결과 다산의 『목민심서』, 정약전의 『자산어보』, 이학규의 수필 등 주옥같은 유배문학이 탄생되기도 했다. 최근 백서 사건을 신앙 자유의 획득 과정과 교회 평등주의라는 시각에서 재조명해야 한다는 일부 시선도 있다.

백서 사건으로 친모 이윤혜는 거제도로 유배 가고 아내 정난주는 제주도 대정현 관비(官婢)로 떨어진다. 청백리 명문가문에서 태어나 젊은 나이에 대과급제한 남편을 잃고 유복자를 잘 키워 열다섯에 사마시를 합격시켰건만 서학쟁이가 돼 집안은 멸문당하고 절도로 유배돼 목숨을 잃은 조선여인의 일생은 무엇인가.

아내 정난주는 두 살배기 아들을 추자도에 내려놓고 38년을 제주 관비로 살면서 학식과 교양으로 대정 백성을 교화시켜 존경을 받았고 그녀가 세상을 떠났을 때 한양할머니가 죽었다며 슬퍼했다고 전해온다. 2년 뒤 추사 김정희가 대정현으로 유배를 온다. 백서 사건으로 황사영을 키운 숙부 황석필은 함경도 경흥으로, 집안의 머슴 육손은 갑산, 돌이는 삼수, 여종 판례는 위원, 복덕은 홍양, 고음은 단성, 여종의 남편 박삼취는 거창으로 귀양 갔다. 살던 집은 헐어버리고 웅덩이를 파서 물로 채웠다. 나쁜 지기를 물로 다스린다는 오행사상이다.

백서는 원본과 가백서 2종이 전해온다. 가백서는 주문모 신부의 처형사실을 청나라 조정에 알리기 위해 대제학 이만수가 쓴 922자 축약본이고, 원본은 백 년 동안 의금부 창고에 보관되어 오다가 1894년 갑오개혁 때 고문서를 파기하면서 우연히 발견돼 당시 조선교구장이던 뮈텔 주교에게 전해져 1925년 순교자 시복식 때 로마 교황에게 전달됐다. 교황청은 신앙의 징표로 이를 200부 영인하여 주요 가톨릭 나라에 배포했다고 한다.

황사영이 머물며 백서를 쓴 제천의 배론성지의 토굴에는 실물과 동일하게 백서 복사본이 전시돼 있는데 이것을 본 이들은 "어찌 사람이 이렇게까지~"라고 하면서 신앙이 주는 간절함에 가슴이 저민다고 한다.

다산의 『하피첩』 이야기

다산은 강진 유배 동안 불후의 저술을 남김으로써 그의 위대함이 훗날 알려지지만 가장 애틋한 사연은 아내의 하피(霞帔, 붉은 치마) 이야기이다.

귀양살이 10년째 접어든 1810년, 아내 홍씨는 남편 생각이 간절하나 유배지에 갈 수 없으므로 시집올 때 가지고 왔던 붉은 치마 다섯 폭을 보낸다. 붉은빛은 흐려지고 노란빛은 옅어져 글씨 쓰기에 알맞았으므로 다산은 이것을 잘라 아이들에게 교훈이 될 만한 글을 적어 작은 서첩을 만들었는데 이를 『하피첩』이라 했다.

10년 귀양살이에 훌쩍 큰 아들에게 아버지 역할을 하지 못한 아쉬움과 훗날 자식들이 이 글을 보고 부모 흔적과 손때를 생각하며 그리워하는 마음이 생길 것이라고 서문에 밝혔다. 3년 뒤 어린 딸이 어느새 자라 시집갈 때 남은 하피로 〈매조도(梅鳥圖)〉를 그려 보낸다.

훨훨 나는 새 한 마리/ 우리 뜰 매화나무에서 앉아 쉬네/ 매화 향기 짙게 풍기니 반갑게 찾아왔네/ 이곳에 머물며 둥지 틀어 즐겁게 살렴/ 꽃은 이미 활짝 피었으니 열매도 주렁주렁 맺고
　- 계유년(1813년) 7월 14일 동암에서

시에는 어느새 자라 시집가는 딸에게 매실처럼 자식을 많이 나아 번창한 가정을 꾸미라고 당부하는 귀양살이 아버지의 한이 보인다.

『하피첩』은 본래 4첩이었으나 3첩만 전해온다. 대대로 후손집안에 전해오던 것이 6.25 때 분실되었고 2004년 수원에서 폐지 줍던 할머니의 리어카에 있던 것을 한 시민이 취득하여 2006년 KBS 〈진품명품〉에 나와 세상에 알려지게 됐다. 다시 행방이 묘연해졌다가 2015년 경매시장에 출품된 것을 정부가 구입하여 문화재로 선정했다.

다산의 발견

다산은 왜 18년 동안 귀양살이 했을까? 노론 조정에 우군세력이 전멸했고 무엇보다 서용보와 악연이 가장 컸다. 다산이 33세 때 경기도 암행어사로 나가 관찰사 서용보를 탄핵하면서 악연이 시작되었다. 서용보는 노론 벌열가문 대구 서씨 약봉가 출신으로 열일곱에 대과급제

하여 영의정에 오른 인물이다.

다산은 자찬묘지명에서 서용보와 악연을 여러 번 언급했다. 신유박해 때 서용보가 고집하여 장기로 유배되었던 일, 1803년 정순왕후가 해배를 명했지만 서용보가 거부한 일, 1810년 방축향리를 명하였으나 의금부가 막은 일, 1819년 조정에서 다시 다산을 승지로 등용하려 했으나 서용보가 저지한 일 등이다.

고향 남양주 마재로 돌아온 다산은 아내와 함께 18년을 더 살다가 75세에 세상을 떠났다. 고전과 경학 저술 230권, 시문 70권, 경세·목민·의약 저술 200여 권으로 위당 정인보는 오천 년 역사에서 가장 많은 저술을 남긴 인물이라 했다.

순조 이후 조선사에서 사라진 다산을 다시 세상에 알린 인물은 영남출신 언론인 위암 장지연이다. 사후 60여 년이 지난 1899년, 장지연은 〈황성신문〉에 4회 걸쳐 『여유당문집』과 『목민심서』를 소개함으로써 다산의 이름을 식자층에 회자시켰고, 나라가 빼앗기기 직전 1910년 7월에 조정은 증직벼슬과 시호를 내렸다. 1925년 을축년 대홍수 때 본가가 떠내려가 유고(遺稿)가 유실될 뻔했으나 현손 정규영이 극적으로 구해내 보존했다.

서거 100주년을 즈음하여 1934년 정인보와 안재홍의 주도로 문집 간행 논의가 일어나 1938년 신조선사에서 영남 유림 등의 도움을 받아 활자본 『여유당전서』 76책 154권이 발간되었다. 영남 남인은 다산과 동병상련의 아픔이 있었고 정조 치하에서 영남의 벽을 허무는 데 다산이 도움을 주었으므로 영남 유림은 기꺼이 재정지원에 동참하여 다산 유고가 세상에 빛을 보게 되었다.

선비사회의 유배와 사랑

역사는 사람의 이야기이다. 신의 이야기인 신화와 달리 역사 속에는 인간 심성이 알알이 박혀있다. 임금에게 미움을 받으면 유배를 갔고 집안 간 원한이 맺히면 왕래를 끊고 담을 쌓았다. 이를 세혐(世嫌)이라 하여 기록으로 남겨 후손에게 전했다.

옛사람의 인생사에도 사랑이 넘쳤다. 은혜를 입으면 꼭 보답하려 했고, 어려운 이들에게 베푸는 마음이 고결한 것은 예나 지금이나 마찬가지였다. 집안 간 인연을 세의(世誼)라 하여 고귀하게 여겼고 한번 맺은 인연은 누대에 걸쳐 간직했다.

유배는 왕조 통치술

고려·조선의 왕들은 중국 황제를 따라한다고 걸핏하면 신하를 귀양 보냈다. 『조선왕조실록』에 귀양이란 단어가 5,000여 회, 유배가 3,200여 회가 나온다. 유배지는 수도를 기준으로 멀면 멀수록 급이 높았다. 삼천리 유배지란 말까지 생겼다. 제주도 대정이 가장 멀었는데 추사 김정희와 동계 정온이 귀양살이를 했다.

경상도 역시 수도에서 멀리 떨어진 변방이므로 많은 선비들이 유배를 왔다. 정몽주가 언양, 윤선도가 기장, 정약용은 장기, 송시열은 장기와 거제, 권근과 오시복이 영해, 이색이 평해, 이극균이 구미, 민

무질이 태종 때 대구로 유배를 왔다. 숙종 때 영의정 남구만은 남해 등지에서 4번, 평생 벼슬살이 한번 하지 않은 노론의 거두 김춘택은 제주 등지에 5번을 귀양살이했다.

골치 아픈 신하는 '절도 안치'라 하여 섬으로 유배를 보냈다. 김만 중은 남해 노도, 노수신은 진도, 정약전은 흑산도, 이광사는 신지도, 최익현은 대마도로 보냈고 영조는 이인좌 난에 연루된 16명을 서해 고군산군도로 단체 유배 보냈다. 유배기간도 한 달에서 24년까지 다양했다. 24년을 귀양살이한 인물은 황사영 백서사건에 연루된 이학규 이고, 20년 유배는 명종 때 양재역 벽서사건의 노수신, 유희춘이다. 정약용 18년, 윤선도 16년, 서성 11년, 정온 10년, 김정희 9년, 이언적 7년, 송시열은 5년을 귀양살이했다. 열악한 환경으로 영남 인물 권벌, 이언적, 김방렬, 김성탁 등 수많은 선비가 배소에서 목숨을 잃었고 풍 토병을 염려해 이배가 잦았다.

기약 없는 유배생활에 현지 양반의 서출을 첩으로 얻어 자식을 낳 기도 했으며 송시열은 아예 본가의 식솔과 노비를 데리고 다녔다. 유 배 시 나이도 천차만별이었다. 갑자사화에 연루돼 조부 이세좌와 함 께 귀양 간 이연경은 10살이었고 숙종 때 기사환국으로 제주도에 유 배 간 송시열은 83세였다.

선비들은 유배지에서 제자를 가르쳤다. 정약용의 강진 제자들은 다산학단을 만들어 지역사회에 문풍을 일으켰다. 포항 장기로 3년 7 개월간 유배됐던 송시열의 영향으로 장기에 서원이 7개나 생겼고 노 론세가 강했다. 청도 선비 박태고는 송시열을 찾아 거제도까지 가서 제자가 되었다. 유폐된 선비들은 장기간 유배생활에 살아남기 위해 유배지에서 즐겁게 지내려고 노력했다. 적거사미(謫居四味)라 하여 맑은 새벽에 머리 빗는 맛, 늦은 아침을 먹고 천천히 산보하는 맛, 환한 창가에 앉아 햇볕을 쬐는 맛, 등불을 밝히고 책을 읽는 맛으로 마음을 다스렸고 서화를 일로 삼아 〈세한도〉 같은 불후의 작품을 남겼다.

가문의 원한은 대를 잇고

개인에게 원한이 생기면 가문 전체가 원수가 됐다. 집안끼리 원한을 세혐(世嫌)이라 하며 왕조실록에 30번이나 나오니 사대부 사회에서는 익숙한 듯하고 세혐 집안의 인물이 조정의 같은 부서에 보임되면 사임하거나 보직을 바꾸어 달라고 청했다.

『숙종실록』에 따르면 1703년 양주 조씨 조태채가 이조참판으로 보임되자 이조판서인 청풍 김씨 김구와 세혐이 있다 하여 등원을 거부해 숙종은 세혐이 너무 지나치다고 하면서 이조참판을 광산 김씨 김진규로 교체하고 조태채를 얼마 후 호조판서로 보임했다. 오십 년 전 김구의 부친이 조태채의 조부를 탄핵했기 때문이다. 두 집안 모두 노론 명문가이다.

세혐이 있는 집안과 인연을 맺을까 봐 기록으로 남겨 후손에게 전했는데 이를 '세혐록'이라 했다. 세혐록은 심환지 집안에서 나왔다. 노론 벽파의 영수 심환지는 청렴하게 살았으나 소론과 기호 남인, 노론 시파와 치열하게 싸워 사후에 관직이 삭탈당할 정도로 적이 많았다.

역사적으로 세혐의 관계를 넘어 견원지간이 된 집안도 있다. 1589년 선조 때 정여립 모반사건으로 기축옥사가 일어났는데 위관(委官, 임시 재판장)이 정철이었다. 서인 정철은 동인 광산 이씨 이발을 문초하면서 그의 82세 노모와 8세 손자까지 죽여 불구대천의 원수가 되었다.

이 원한이 수백 년을 내려와 아직도 전라도 광산 이씨 집안과 창평의 연일 정씨 집안 간 세혐은 풀리지 않고 있다고 한다.

경상도 칠곡의 이담명은 1680년 경신환국 때 이조판서였던 아버지 이원정이 장살로 죽임을 당하자 아버지의 원수를 잊지 않겠다고 피가 묻은 아버지 옷을 버리지 않고 고이 간직했으며, 대사헌 이조참판 직에 있으면서 노론의 민정중과 김수항을 사사시켜야 한다고 수차례 간언한 것이 실록에 남아있다.

세종 때 소헌왕후 심씨가 왕비가 되자 소헌왕후의 아버지 심온 주변으로 사람들이 몰려들기 시작했다. 이때 상왕으로 물러나 있던 태종은 외척 발호를 염려하여 중국으로 사신 갔다 오는 영의정 심온을 잡아 사사시키는데 심온은 이 간계를 좌의정 반남 박씨 박은이 사주한 것이라 하여 청송 심씨 집안은 앞으로 반남 박씨 집안과 혼인하지 말라고 유언으로 남겼다고 야사에 전한다.

안동의 명문가 풍산의 하회 류씨 집안과 임하의 의성 김씨 집안간 다툼인 병호시비와 노·소론 분당의 단초가 되었던 회덕의 은진 송씨 송시열과 니산(논산)의 파평 윤씨 윤증과의 다툼인 회니시비도 역사적으로 안타까운 세혐이다.

영호남 명문가의 우정

임진왜란의 호남 의병장 고경명에게는 여섯 아들이 있었다. 고경명은 호남으로 쳐들어오던 왜적과 맞서 싸우다가 차남 인후와 함께 금산성 전투에서 순절했고 장남 종후는 학봉 김성일과 함께 진주성을 지키다가 진주성 2차 전투에서 목숨을 잃었다.

아버지와 두 형이 순절하자 넷째 순후는 난을 피해 막내 용후와 조카 등 80여 명의 가솔을 데리고 큰형수 일족이 있는 안동으로 피난 간다. 멀리서 피난 온 고경명의 식솔을 받아들인 곳은 금계의 학봉 김성일 집안이었다. 학봉이 나주목사 시절 대곡서원을 지으면서 호남유림의 도움을 받았고 일본 통신사로 가면서 동래부사였던 고경명과 친교가 있었다. 게다가 진주성 2차 싸움에서 학봉과 고경명의 장남 고종후가 함께 나라를 위해 목숨을 바쳤기에 학봉 집안은 고경명 집안의 식솔을 제 식구처럼 보살폈다.

왜적이 물러가자 고순후는 고향 광주로 돌아가 집안을 일으켰고 막내 고용후는 안동에 남아 공부를 계속하여 1606년 대과에 급제했다. 함께 공부한 조카 고부천과 학봉 손자 김시추도 잇따라 급제했다.

훗날 고용후가 안동부사로 부임했을 때 가장 먼저 한 일은 학봉 김성일의 노부인과 장손 김집을 찾아가 큰절을 올리며 "어르신의 도움이 없었더라면 어떻게 오늘의 제가 있었겠느냐."며 학봉 집안 어른을 부모처럼 모시는 일이었다. 영호남의 두 명문가, 광주의 장흥 고씨 집안과 안동의 의성 김씨 집안 간 우애는 오백 년 선비사회의 귀감이 되었다.

향리 아들에게 베푼 사랑

숙종 때 영의정을 여덟 번이나 한 명곡 최석정이 1689년에 장희빈 사건으로 이조참판에서 안동부사로 좌천되었을 때 안동 관아에서 향역으로 심부름하던 18세 총각 권희학을 만난다. 아전의 자식으로 정식 공부를 하지 않았지만 명석하고 책임을 다하는 뛰어난 젊은이였다. 총명함과 성실함에 이끌려 상경할 때 데리고 와서 공부시키고 유수 가문의 자제들과 교유토록 하여 보살폈다.

1697년 우의정이 된 명곡은 세자책봉 주청사로 연경에 갈 때 군관으로 권희학을 데리고 갔으며 이후 무관 교련관이 되었고 3진 첨사를 지냈다. 1728년 이인좌 난이 일어나자 금위영 무관으로 도순무사 오명항을 따라 난을 평정하는데 공을 세워 공신으로 책록되어 화원군에 봉해졌다. 권희학은 운산군수, 장연부사 등 10개 고을의 수령을 맡아 선정을 베풀었고 영조의 총애를 받았다. 당시 영남 선비들은 과거 급제하더라도 참상(參上, 6품~종3품)조차 올라가기 어려웠던 시기에 권희학은 종2품까지 올랐다.

67세에 벼슬을 그만두고 고향 안동 풍천으로 낙향했다. 향리 아들이 가의대부(관찰사 품계)가 되어 돌아왔다. 1742년 71세로 세상을 떠나 안동 봉강영당에 모셔졌다. 권희학은 양반들로부터 냉대를 받던 향리 중인에서 최상층 양반이 됨으로써 조선 후기 신분변동의 상징이 되었다. 그의 초상화 화원군 영정과 저술 감고당 문적은 유형문화재가 되었다.

그의 호 감고당(感顧堂)은 '고마움을 돌이켜 본다'는 뜻으로 평생 최석정의 은혜를 잊지 않았다. 명곡 사후에도 집안일을 살아 있을 때와 똑같이 맡아 하였고 신분이 높아져 조정에서 상으로 내린 금을 팔아 명곡 향사(鄉祠) 전답을 마련했으며 사비로 문집을 간행하기도 했다. 평생 은인에 대한 의리를 다하여 세상은 그를 진정한 군자라 했고 명곡 또한 사람을 미리 알아보아 후세인의 본보기가 되었다고 그의 비문에 적혀있다.

그의 비문은 운산부사 시절 평안도 절도사로 모셨던 소론의 명재상 귀록 조현명이 정승 시절에 썼다. 경상도 향리집안 출신의 중인 선비 일생에 당대 최고의 영의정 두 사람, 명곡 최석정이 키웠고 귀록 조현명이 아꼈다. 비문의 마지막 부분이다.

신하로서 충성을 다하는데 귀함도 천함도 없다네

눈 밝은 주인을 공으로 보답하니 누가 멀고 누가 가까운가

여기 이 돌에 명(銘)하노니 백 세대를 두고 그를 권한다네

유배문학, 절망 속에 핀 유배의 꽃

조선의 국왕들은 걸핏하면 신하를 유배 보냈다. 왕조 통치술의 일환이지만 유배당한 신하는 말 못 할 고초를 겪었고 많은 이들이 배소에서 목숨을 잃었다.

왕조실록에 유배와 귀양 단어가 가장 많이 나오는 국왕은 영조와 숙종이다. 영조는 1,100여 회, 숙종은 900여 회가 나온다. 유배 형태도 다양했다. 유배지에 주거를 제한하면 안치(安置), 멀리 보내면 원찬(遠竄), 고을 관리가 감시하면 정배(定配)라 했다. 그중 가장 혹독한 형벌은 절도(絶島)에 위리(圍籬)안치시키는 것으로 집 둘레에 가시 울타리를 쳐서 못 나가게 했다.

유배당한 이들은 적거사미(謫居四味)로 마음을 다스렸고 글을 지어 후세에 남겼다. 영남 선비들도 많은 이들이 유배를 갔고 유배지에서 글을 지어 문집에 남겼다. 그중에서 오늘날 학문적 연구가 활발한 세 사람, 광해군 때 제주도 대정으로 유배 가서 10년 귀양살이한 거창의 동계 정온, 숙종 때 평안도 창성과 충청도 보령에서 6년 귀양살이한 칠곡의 정재 이담명, 영조 때 제주도 표선과 광양 섬진에 유배 가서 11년 귀양살이 끝에 배소에서 세상을 떠난 안동의 제산 김성탁이 지은 유배문학을 들여다본다.

동계 정온과 광해군

동계 정온(1569~1641)은 내암 정인홍, 월천 조목, 한강 정구에게서 학문을 배워 강직한 기풍을 이어받았고 기호남인 형성에 큰 영향을 주었다. 광해군에게 바른 소리를 하여 함경도 경성판관으로 좌천되기도 했고 1614년 영창대군 죽음의 부당함을 직소하여 제주도 대정으로 유배됐다. 10년을 귀양살이했고 인조반정 후 돌아와 경상도관찰사와 이조참판을 지냈다. 병자호란 때 김상헌과 함께 척화를 주장하였으나 삼전도 굴욕으로 화의가 이루어지자 남덕유산 자락의 거창 안의로 낙향해 일생을 마쳤다.

제주도 유배 중에 섬사람에게 글을 가르치고 한결같이 학문을 닦아 제주오현으로 추앙받았다. 제주오현은 제주도를 거쳐 간 인물 중 제주 귤원서원에 모신 다섯 현인을 말하는데 충암 김정, 규암 송인수, 동계 정온, 청음 김상헌, 우암 송시열이다. 기묘명현인 충암과 노론영수 우암은 사사됐고 규암과 청음은 관리로 잠시 있었으며 10년 귀양의 동계는 오래 머물었고 유일한 영남인이다. 제주 오현고의 교명은 여기서 유래됐다.

비슷한 시기에 유사한 사유로 제주에 유배 온 인물로 영창대군 외할머니이자 인목대비의 친정어머니 광주 노씨가 있다. 남편 김제남과 아들은 처형되고 광주 노씨만 제주도로 귀양왔는데 그녀는 이곳에서 생계를 꾸리기 위해 술을 만들어 팔았다. 섬사람들은 이 술을 왕후의 어머니가 만든 술이라 하여 모주(母酒)라 불렀고 오늘날 모주의 원조가 됐다. 광해군도 강화 교동도에서 14년 귀양 살다가 제주도로 이배됐고 제주읍성 내에서 병사 감시 속에 4년 더 귀양 살다가 1641년 세상을 떠났다.

선비정신으로 승화한 동계의 유배시

동계의 일생은 철저한 도학적 자세로 원칙과 의리를 신조로 삼고 꿋꿋함과 선비정신으로 일관했다. 그의 귀양살이는 혹독한 위리안치인데도 조금도 벗어남이 없었다. 귀양살이 9년 차 동계의 모습이다.

"섬으로 귀양 온 이후로 여름마다 더위를 먹었다. 가시나무로 둘러쳐진 집은 찌는 듯이 더운데 짧은 처마 아래 누워 하루 종일 땀을 닦았다. 배소 울타리 서쪽 지척에 귤나무 숲이 있었는데, 아들 창훈이 잠시 자리를 옮겨 더위를 피하기를 청하였으나 끝내 허락하지 않았다. 선생이 배소의 울타리 가운데 있으면서 한 걸음도 울타리를 넘어가는 일이 없자, 어떤 사람이 나무라기를, 충암은 귀양살이할 때 매달 한 번씩 한라산에 올랐는데 공은 어찌 그리 융통성이 없소? 하니 선생이 웃으며 답하기를, 사람의 소견은 다 같지 않고 또 죄에도 경중이 있다고 했다."

그러면서 그의 온후한 성품이 유배시 곳곳에 묻어있다. 고향으로 돌아가는 벗에게 안부 전해달라며, 유배를 유람으로 여기며 자신을 달랬다.

돌아가거든 식구들에게 걱정 말라고 하게나
영주가 비록 멀지만 이 또한 임금의 땅이라네

묘향산이나 한라산이나 모두가 색다른 풍경,
한가히 지내거나 유배 온 것 모두가 다 좋은 유람이다

남쪽으로 귀양 와서 묶인 채 고생한다고 여기지 말게나

　　녹봉이 아직 끝나지 않아서 그런 게요

　동계 문집에 554수의 시가 전해 오는데 286수를 제주 유배 중에 지었다. 고립무원의 처지에서 유배자의 필연적 절규도 노래했다.

　　북쪽에서 오는 소리는 모두 두려워

　　밤에는 등불로 점치고 낮에는 동전을 던져 본다네

　귀양살이 고통을 쇠 담금질 하듯 자신을 단련시키고 이겨냈다.

　　추위 속에서 피어난 매화 짧은 가지 꺾임을 한탄하지 말거라/ 나도 이리저리 떠돌다 바다 건너 왔단다/ 맑고 깨끗한 자 예로부터 수많이 꺾여 왔으니/ 다만 향기와 자태를 거두었다가 푸른 이끼에 숨겨두렴

　그렇듯 동계 시에는 유독 매화를 노래한 시가 많다. "고목은 쭈그러지고 떨어져 가지는 절반이 없네. 차가운 꽃술은 성글어도 눈 속 자태는 오만하구나." 했고 또 화분에 심은 국화에게 "붉은 복사꽃과 흰 오얏꽃이 때를 다투고 있음이 부끄러워, 외로이 눈서리 속에 고고한 자태를 지니고 있구나. 아침저녁으로 외로운 귀양객을 대해야 하니 식물 가운데 운수가 기박하다."고 했다.

　벼슬에 집착하게 되면 곧은 성품을 해친다고 위리안치 귀양살이에서도 한결같이 독서로 학문을 닦았고 검은 머리가 백발이 되었지만 인생사에 순응하며 넉넉하게 받아들여 백발을 노래했다. 그의 시 「백

발」의 제2수이다.

젊었을 땐 허물 지은 일이 많았고/ 늘그막엔 새로 얻은 것이 있다네/ 깨끗하긴 가을 서릿빛을 닮았고/ 고상하긴 늙은 학의 자태 닮았네

정재 이담명의 「사노친곡思老親曲」
이담명은 칠곡 광주 이씨 출신으로 1694년 숙종조 갑술환국 때 이조참판으로 있다가 평안도 창성으로 유배 간 인물이다. 이 집안은 연산군 갑자사화 때 경상도로 낙남하여 백 년 만에 석담 이윤우가 한강 정구의 제자가 되어 처음 출사한 뒤 4대가 내리 대과급제하여 현달하다가 이담명을 끝으로 초야에 묻힌 집안이다.
「사노친곡」 12수는 늙으신 어머니를 생각하며 지은 한글 연시조로 창성 유배 시절 지었다. 어머니 벽진 이씨는 성주 초전의 완석정 종가 출신이다. 이조판서를 지낸 아버지 귀암 이원정은 승정원 승지를 지낸 완석정 이언영의 사위가 되어 이담명을 낳았고, 이담명은 경상도 관찰사 시절 구휼로 선정을 베풀어 향리 칠곡 석전에 영사비(永思碑)가 세워졌다. 「사노친곡」 1, 2, 6수이다.

봄은 오고 또 오고 풀은 푸르고 또 푸르니
나도 이 봄 오고 이 풀 푸르기같이
어느 날 고향에 돌아가 부모님을 뵈오려노

어머니는 칠십오요 고갯길은 수천 리라
돌아갈 기약은 갈수록 아득하다

아마도 잠 없는 중야(中夜)에 눈물겨워 설웨라

기러기 아니 나니 편지를 뉘 전하리
시름이 가득하니 꿈인들 이룰쏜가
날마다 노친(老親) 얼굴이 눈에 삼삼하여라

이담명은 평안도 창성에서 4년, 이배된 충청도 남포(보령)에서 2년을 더 귀양 살았다. 귀양살이 어려움보다 늙으신 어머니를 그리워하는 마음이 더욱 사무쳤고, 그의 문집에 서북으로 유배 길을 떠나면서 죽음은 두렵지 않으나 늙으신 어머니를 모시지 못하고 멀리 떠나니 간장이 끊어지는 듯하다고 했다. 「사노친곡」 12수는 효친 연시조의 전형으로 요즘 수능 국어영역 예문에 자주 나온다.

제산 김성탁의 「아유가我有歌」

제산 김성탁은 안동 내앞마을 출신이다. 영조는 이인좌 난으로 어려워진 영남을 달래기 위해 경상감사 박문수, 조현명에게 영남 인물을 천거토록 했는데 모두가 제산을 추천했다. 영조는 조정으로 불러 친견하고 시국책을 듣고 흡족하며 사축서 별제로 특채했다. 이듬해 1735년 증광시에 제산은 을과 1위로 급제한다.

영조는 오랜만에 영남 인재를 얻었다고 특별히 시를 지어 내렸는데 신임이 가득하다. "어제는 영남에서 추천한 인물이더니 오늘은 머리 위에 계수나무 꽃이 새롭도다. 어찌 그대 어버이만을 기쁘게 하랴. 나의 금마문(金馬門)에 학사 신하가 됐도다." 과거급제 3일 만에 정5품 대간직 사헌부 지평으로 보임해 노론조정이 술렁였다.

2년 후 교리가 된 제산은 영조의 신임을 얻었다고 믿었고 스승 갈 암의 사건이 일어난 지 40년이 지났으므로 스승의 신원소를 올린다. 그러나 노론의 벌떼 같은 상소와 영조의 노여움으로 1737년 제주 정 의현(서귀포 표선)으로 유배를 간다.

「아유가(我有歌)」는 제산이 제주 정의현에서 귀양살이할 때 지은 글 로 아유는 '나에게는 무엇이 있다'이다. 그 무엇은 늙으신 모친, 받들 어 모셔야 할 조상, 보살피고 가르쳐야 할 자식과 조카로 아직 나를 필요로 하는 안타까움을 노래했다. 「아유가」는 7수인데 노모, 선친, 형제, 아내, 아들, 조카에 대한 글이 각 1수, 영조에 대한 그리움과 자 신에 대한 회한이 마지막 1수이다. 제1수 노모를 읊은 글이다.

나에게는 여든의 늙은 어머니가/ 기력이 쇠하신 채 병석에 계신다오/ 지 난날 급히 옥에 갇히던 날/ 아이 등에 업혀 문에서 작별할 때/ 못난 아들의 죄가 중한 줄도 모르시고/ 우시며 어서 빨리 돌아오라고 당부하셨네/ 나는 지금 바다 밖 외로운 죄인의 몸으로/ 바다와 하늘이 닿아 건널 수가 없는데/ 어머니께서는 아침저녁으로 문에 기대 기다리신다 (후략)

또 제주도 유배 중에 지은 글로 새끼 까마귀의 보은 행위를 어버이 에 대한 그리움으로 표현한 「반포조(反哺鳥)」라는 효친시가 있다. 까마 귀를 자애로운 새라고 자오(慈鳥)라 부르기도 한다.

저기 저 동백 숲 울창한 곳에/ 새끼 까마귀와 어미 까마귀가 산다네/ 날 밝 으면 새끼는 날아가/ 벌레를 잡아 자근자근 쪼아서 입에 물고/ 숲으로 돌아와 어미에게 먹여주네 (중략) 미물의 까마귀도 오히려 이러한데/ 나는 홀로 무슨 죄와 허물로/ 늙으신 어머니를 봉양도 못 하고/ 병든 어머니를 돌보지 못한 채/ 하늘가 먼 곳에 외로운 죄인이 되어/ 길이 어머니께 근심만 끼치네

제산은 제주로 유배 간 이듬해 전라도 광양으로 이배됐고 귀양에서 풀려나지 못한 채 11년 귀양살이 끝에 매화로 유명한 광양 섬진마을 배소에서 세상을 떠났다. 제산의 일생은 영남 남인의 질곡의 시대였고 조정과 영남과의 거리가 가장 멀었다. 제산의 신원은 60년 뒤 1795년 정조가 영남 우군정책을 펼칠 때 풀렸다.

후손은 안동 내앞마을에 제산종택으로 일가를 이루었다. 문중일족 백하 김대락, 일송 김동삼 등 수많은 인물들이 나라를 빼앗긴 시절에 나라를 되찾기 위해 한 목숨 바쳐 우리나라 독립운동사에 큰 별이 됐다.

남은 자의 슬픔, 상례 만가 만시輓詩

조선은 예법의 나라였다. 왕실에는 왕가의 다섯 가지 기본의례를 만들어 국조오례라 했고 사대부를 비롯한 백성들에게는 가례(家禮)를 만들어 지키도록 했다. 가례란 사람의 일생 중 관혼상제(성인식·혼인·장례·제사)가 가장 중요하다고 여겨 이때 지켜야 할 예법을 말하는데 상례(喪禮)가 가장 까다롭고 복잡했다.

우리나라 가례는 주희의 『주자가례』를 기본으로 만들었고 선조 때 김장생이 우리 실정에 맞게 수정 보완하여 엮은 책이 『가례집람』이다. 『가례집람』은 총론 1권, 각론이 9권인데 관례, 혼례, 제례가 각 1권이고 상례가 6권이다. 이처럼 인간사에서 상례 비중이 가장 컸고 엄격했으며 지킬 것도 많았다. 당쟁의 빌미가 된 예송논쟁도 상례 다툼이었고 상·제례 예법 속에 조선 오백 년은 갇혀 있었다.

상례 만시挽詩

실용보다 형식을 중요시하는 예법이 조선사회를 지배하게 된 것은 주희의 영향이 컸다. 성리학을 집대성한 주희는 예(禮)를 하늘의 이치가 절도에 맞게 드러난 것으로 인간사에서 본받아야 할 규범이라고 했다. 주자학에 경도되어 다른 의견을 이단시한 조선사회는 예법에 몰입하게 되고 동방예의지국이라는 소리까지 듣게 된다.

예법을 학문의 영역까지 끌어올려 예학이라 했고 예학은 성리학에서 높은 위치를 차지했다. 의약, 농잠 등 실학보다 우위였고 예법을 알아야 선비 대접을 받았으며 많은 학자들이 앞다퉈 예법 책을 썼다. 가문마다 예서를 만들어 가풍을 세우고 중히 여겼건만 시대의 물결 속에 옛 가례는 아침 이슬처럼 사라졌다.

예로부터 글을 사랑한 선비는 가까운 이가 세상을 떠나면 글을 지어 망자를 기렸는데 이를 만시(挽詩) 또는 만사(挽詞)라 했다. 만시는 무덤 속에 묻거나 만장으로 만들었다. 만시의 만(挽)은 상여를 끈다는 뜻이다. 만시의 기원은 신라시대 스님 월명사가 누이의 죽음을 기리면서 지은 향가 「제망매가」이다. 고려·조선의 내로라하는 선비는 물론, 규방여인, 중인, 글을 아는 노비도 만시를 지었다. 시묘, 소상, 탈상 같은 상례는 역사 속으로 사라졌지만 만시는 죽은 자와 산 자를 이어주는 명주실 같았고 영혼의 교감이었다.

만가挽歌와 석물

상사에 부르던 구전 민요를 만가라 하여 전통 소리문화로 보존하고 있는데 상엿소리와 달구질소리가 그것이다. 상엿소리는 상여를 멘 상두꾼이 부르는 노랫소리로 하도 구성져 '애소리'라 했으며 청송 진보의 추현리 상두소리는 무형문화재로 등록돼 있다. "북망산이 멀다더니 앞동산이 북망산일세, 어딜갔나 어딜갔나 호호백발 부모님과 어린자식 남겨두고 어디를 갔나~"

망자를 땅에 묻고 흙과 회로 다지고 잔디 띠를 입혀 봉분을 만들면서 부르는 만가가 '달구질소리' 또는 '회다지소리'이다. 선소리꾼이 앞소리를 매기면 달구꾼들이 뒷소리를 받으며 막대기로 땅을 다지고 발로 밟고 빙빙 돌면서 매기고 받는 소리는 삶과 죽음의 경계를 넘어선 영혼과의 대화이다.

무덤가에도 다양한 석물을 만들었다. 망주석을 세워 여기가 고인의 안식처로 신성한 곳임을 알렸고 죽은 이의 일생을 적은 비석을 세웠다. 장명등을 만들어 불을 밝혔고 문인상으로 망자를 보필했으며 무인상으로 망자를 지켰다. 수호석수는 돌사자나 돌호랑이에서 점차 돌양으로 바뀌었다. 양의 순한 모습이 나쁜 기운을 막아준다고 믿었기 때문이다. 봉분 곁에는 동자석을 세워 살아생전처럼 망자 가까이서 시중 들게 했다. 석주를 세우지 못하는 가난한 백성은 망주석과 형태가 비슷한 노간주나무를 심어 대신했고, 백 일 동안 피어있는 붉은 꽃이 악귀 침범을 막아준다는 주술적 신앙으로 배롱나무를 심기도 했다.

무덤 안에는 저승길이 외롭지 않도록 생전에 입었던 옷, 아꼈던 문방사우, 금은 장식이나 옥구슬, 도자기 등 진귀한 물건을 만시와 함께 묻었고 저승길 편히 가라고 지전을 태워 노잣돈을 챙겨줬다. 동서고금을 막론하고 부장품은 진귀하고 값이 많이 나가 도굴은 역사보다 오래됐고 도굴범은 인류사에서 가장 오래된 죄인 중 하나라고 한다.

율곡이 쓴 퇴계 만시

퇴계가 세상을 떠나자 황해도 석담에 머물고 있던 율곡은 부음을 듣고 만시를 지어 애도했다. '남쪽 하늘 아득히 영남 땅에 저승과 이승으로 갈라놓았으니 서해 바닷가 이 몸은 눈물이 마르고 창자가 끊어지는 듯하다' 고 애통했다. 훗날 제자들에 의해 조선 지식인 사회가 두 쪽으로 쪼개져 우리 역사에 큰 상처를 남겼지만 두 사람의 관계는 명경지수처럼 맑았다.

율곡이 16세 때 어머니 신사임당을 여의고 불가에 귀의하는 등 방황하다가 성주목사 노경린 집안으로 장가들었고, 22세 되던 1558년 초봄에 장인 임지인 성주에서 강릉 외가로 가면서 예안으로 퇴계를 찾아간다. 대사성을 마치고 도산서당에서 제자를 가르치고 있던 퇴계는 이때 찾아온, 서른다섯 살 어린 빼어난 젊은이 율곡과 사제의 인연을 맺고 성리학의 가르침과 논변을 주고받는다.

두 사람 모두 이 만남을 글로 남겼는데 퇴계는 '수재(秀才) 이 군이 계상을 찾아오다' 라고 시를 지었다. 율곡은 이때 심정을 훗날 지은 퇴계 제문에서 밝혔는데 스스로를 '소자' 라 칭하며 '공부의 길을 잃어 가시밭길을 헤매다가 수레를 돌려 바른길로 나아감은 스승의 가르침에 크게 힘입었다' 고 했고 '스승을 좇아 업(業)을 마치기를 바랐는데 하늘이 붙들어 주지 않는다' 고 슬퍼했다.

마침 내린 춘설을 핑계로 율곡은 예정보다 이틀을 더 머물다가 사흘 후 강릉 외가로 떠났고 그해 가을 별시(초시)에 장원을 한다. 퇴계는 큰 제자 조목에게 보낸 편지에 율곡을 후생가외(後生可畏, 젊은 후학이 가히 두렵다)라 칭찬했다.

허난설헌의 곡자哭子 만시

지난해에 사랑하는 딸을 잃었고 올해에 사랑하는 아들을 잃었네. 슬프고 슬픈 광릉 땅에 무덤 둘이 마주보고 솟았네. 백양나무에 쓸쓸히 바람 불고 귀신불이 숲속에서 깜박인다. 지전(紙錢)을 태워 너의 넋을 부르고 맑은 물을 네 무덤에 뿌린다. 나는 안다네, 남매의 넋이 밤마다 서로 따르며 노니고 있

다는 것을. 배 속에 아이가 있다한들 어찌 장성하길 바라겠는가? 헛되이 황

대조사(명나라 유명한 애도시)를 읊조리니 피눈물이 나와 슬픔으로 목이 메네.

선조 때 8세 여아 신동으로 이름을 떨친 허난설헌이 어린 자식 둘

을 돌림병으로 잃고 그 슬픔에 지은 만시이다. 죽음은 인간사에서 가

장 큰 슬픔이고 자식 잃은 부모 아픔이 가장 크다는데 애처롭기 그지

없다. 당시 영·유아 사망률이 무척 높아 성장할 때까지 이름 짓지 않

고 태명으로 불렀다. 난설헌의 두 자식은 운명을 피하지 못했고 배 속

의 아이도 유산했다고 한다.

그녀가 살았던 시기는 임란 전이라 재산상속이 남녀균등이고 처가

거주혼이 성행하여 여성 지위가 상대적으로 높았으며 친정아버지가

경상감사를 지낸 허엽으로 명문가 집안에서 유복하게 자랐다. 많은

교육을 받고 문학에 천재적 재능을 나타냈지만 결혼생활은 순탄치 못

해 27세에 요절했다.『홍길동전』을 지은 허균이 남동생이다.

허균은 요절한 누이의 작품을 모아 『난설헌집』을 펴냈고, 1606년

명나라 한림원 수찬 주지번(朱之蕃)이 우리나라로 사신 와서 그녀의 시

문을 읽고 매우 경탄했다고 한다. 왕조실록에 따르면 주지번은 성균

관 명륜당 현판을 썼으며 당시 접빈사가 허균이었다. 주지번은 난설

헌의 글을 중국으로 가져가서 중국에서 문집을 발간하여 큰 인기를

끌었고 중국 문인들이 애송했다.

1711년 부산 동래에 온 일본인 분다이야 지로(文台屋次郎)에 의해 일

본으로 전해져 일본에서도 난설헌 문집이 발간됐다. 우리 시문이 중

국과 일본에서 문집으로 발간된 경우는 무척 드문데 이처럼 난설헌

문학은 빼어났다. 당시 선비사회에도 그녀가 널리 알려져 류성룡은

서애집에 시에 능한 여자로 난설헌을 소개하며 그녀의 시 두 편을 문집에 실었고, 조선 후기 지식인 사회도 그녀를 뛰어난 규방시인으로 평가하며 문학적 천재성을 인정했다.

추사의 아내 만시, 도망悼亡

추사 김정희는 안동 김씨 세력과 싸움에서 패하여 나이 55세에 제주 대정현으로 유배를 당하는데 유배지에서 아내 예안 이씨의 부음을 듣고 통곡하며 만시를 지었다. 35년을 해로하다가 먼저 간 아내이기에 유배의 몸으로 지켜주지 못한 슬픔을 시로 승화시켰다.

> 어쩌면 저승의 월로에게 애원하여
> 내세에는 그대와 나의 처지를 바꿔 태어나
> 나 죽고 그대 혼자 천리 밖에 살아남는다면
> 이 마음 이 슬픔을 그대가 알런마는

추사는 일생 동안 걸핏하면 아내에게 한글편지를 썼다. 현재 남아있는 편지가 30통이나 되니 없어진 것을 감안하면 매년 서너 통은 쓴 듯하고 대부분 아내에게 투정부리거나 달래는 듯하니 금실이 무척 좋았다. 그런 아내에게 바치는 마지막 헌시, 도망(悼亡)은 만시의 백미로 안타까운 사연이 있다.

제주도 유배생활 3년째 접어든 1842년 11월, 아내의 병을 걱정하며 편지를 썼는데 풍랑으로 배가 떠나지 못했다. 간절한 마음으로 나흘 뒤 또 한 통을 써 같이 보냈는데 아내는 이미 닷새 전에 세상을 떠났다. 유배지에서 답장을 기다리던 추사가 아내 부음을 들은 것은 아내가 세상을 떠난 지 한 달이 지난 뒤였다. 아끼고 사랑한 아내 죽음에 하늘이 무너지는 아픔으로 통곡했지만 슬픔을 달래고 자신을 다스려 2년 뒤 유명한 〈세한도〉를 그린다.

이처럼 우리 조상들은 가까운 이를 떠나보내며 만시를 지었고 만시는 죽은 자에게 바쳐진 마지막 헌사로 인문학 속에 남아있다.

내방가사, 양반여성의 놀이문학

내방가사는 조선 후기 영남 양반가 부녀자들 사이에 성행한 한글 가사이다. 지은이와 창작 연대가 미상인 작품이 대부분이지만 지금까지 발굴된 편수는 대략 6천 편에 달한다. 규방 부녀자의 글이라 주로 양반여성의 예의범절을 읊은 계녀가(誡女歌), 여성의 일생을 돌아보는 회상가, 가문을 칭송하는 세덕가(世德歌), 봄놀이를 노래한 화전가(花煎歌)가 대부분이다. 여성이 지은 언문이니 문집 발간은 엄두도 못 냈고 필사하여 두루마리나 장책(粧冊)으로 내려왔다.

이렇듯 전근대기에 영남 북부지방을 중심으로 여성 문학 장르가 생긴 까닭은 무엇인가? 성리학에 경도된 영남 사족들은 부녀자의 글 짓기를 선뜻 용인했을까? 내방가사는 영남 명문가 여성으로서 자기 삶에 대한 자전적 기록인 동시에 여성 주체적 자기표현이다. 낭송으로 향유됐고 필사나 기억으로 전파돼 이본이 많다. 오늘날 새삼 그 가치를 인정받고 있으며 세계기록유산에 등재되었다.

내방가사의 시원

내방가사의 시원은 16세기 허난설헌(1563~1589)의 「규원가」로 보고 있다. 글 솜씨가 뛰어난 난설헌의 시문은 우리나라뿐만 아니라 중국 일본까지 널리 알려졌고 문집도 발간됐다. "엊그제 젊었더니 하마 어이 다 늙거니 소년행락 생각하니 일러도 속절없다. 늙어야 설운 말씀 하자 하니 목이 멘다."로 시작되는 「규원가」가 창작된 이후 거의 이백 년 동안 내방가사의 실재를 찾을 수 없다.

그러던 중 정조 때 영주의 순천 김씨가 한평생을 돌아보며 회상가로 읊은 1789년의 「노부탄」, 안동 하회마을로 시집온 서울의 연안 이씨가 장남과 장조카의 동반 급제 기쁨과 가문의 세덕을 읊은 1794년의 「쌍벽가」가 지은이와 창작 연대가 확실한 초기의 내방가사이다. 이 외에도 영조 때 지은 것이라고 추정되는 안동 권씨의 「반조화전가」 등 몇몇 작품이 있다.

이 밖에 선산 해평의 북애고택으로 시집가서 13년 만에 안동 친정 나들이의 즐거움과 삶을 회상한 진성 이씨의 「회심곡」, 임청각의 종부 김우락이 지은 만주 망명가사, 향산 이만도 며느리 김락이 쓴 「유산일록」 등이 지은이가 분명한 내방가사이다. 근래에는 조지훈의 고모, 영양 주실마을의 조애영이 19편의 한글가사를 『은촌내방가사집』에 실었다.

내방가사의 생성과 전승

이처럼 18세기 이후 영남 명문가 여성들 사이에 내방가사가 성행한 이유는 무엇일까? 이는 영남 사대부가 다른 지방과 다른 몇 가지 특질에서 그 원인을 찾아야 한다. 당시 영남 사족은 전부 재지(在地)양반으로 농사에 기반을 두었고 문중을 중심으로 결속돼 있었다. 부녀자들은 수도의 경화사족과 달리 동성마을에 거주하며 문중 부녀자끼리 친밀도가 높았고 길쌈이라는 여성 중심의 베짜기 노동이 활발했다. 곳간 열쇠는 안주인이 관리했고 종부의 권한은 무척 컸다.

실학자 이익은 『성호사설』에서 서울 부녀자는 길쌈하기를 부끄럽게 여기고 복식을 화려하게 꾸미지만 영남 부녀자는 누에 치고, 삼으로 길쌈하여 무명을 만들어 사철 옷을 손수 장만한다고 했다.

게다가 혼맥이 영남을 벗어나지 않아 '따지고 보면 남이 없다'는 '연비연사'(직간접의 친인척, 영남 방언)의 독특한 모습이 생겨났다. 문중 부녀자들은 형제 같았고 당내(堂內)는 한 식구였다. 형제 같은 문중 부녀자들이 삼삼오오 모이게 되니 새로운 놀이문화가 요구됐다. 어느 문중에선가 시작된 한글가사놀이가 딱 적격이었다.

총명하고 부지런한 영남 여성은 예로부터 '글하기'라는 이름으로 한글을 깨우쳐 고전소설을 즐겨했으므로 한글가사를 쉽게 지을 수 있었고 한 집안의 풍속은 다른 집안으로 쉽게 전파됐다. 시집을 가면서 친정 가사 몇 편을 가져가 시가 쪽으로 전하고 시댁 가사를 친정으로 보내기도 했다.

선비들은 한자 문화를 독점했고 한글은 언문이라 하여 천하게 여겨 부녀자의 글이 됐다. 시문과 풍류를 즐기던 영남 사족들은 유교문화에 배치되지 않은 부녀자의 한글가사 창작을 반대하지 않았고 나라 안팎도 비교적 안정된 조선의 르네상스 시대였다.

이로써 3·4조 음률에 맞게 가사를 짓고 베끼고, 문중 실정에 맞게 고치고 낭송하는 여성 고유의 놀이문학이 탄생됐다. 원본을 알 수 없는, 원본이 무의미한 수많은 이본이 만들어지고 성행했다. 필사에 못지않게 기억으로 새로운 작품이 생산됐다. 불완전한 기억은 작품을 각색했고 작품은 터진 봇물처럼 폭발적으로 증가됐다. 여성들은 비로소 오랜 침묵에서 벗어나 말하기 시작했다.

내방가사는 낭송으로 향유된다. 집안의 길사, 가을걷이가 끝난 농

한기, 화창한 봄날에 문중 부녀자 여럿이 모여 초성이 좋은 집안 여성의 낭송으로 공감을 하고 탄성과 찬사를 불러일으킨다. 이러한 여성 주도의 창작과 전승은 그들의 의도와 상관없이 전근대에서 근대로 넘어가는 중요한 문화 활동이 됐고 세계기록유산에 선정됐다.

하회마을 연안 이씨의 「쌍벽가」

「쌍벽가(雙璧歌)」는 하회마을 북촌 화경당의 안주인, 연안 이씨(1737~1815)가 지은 가사이다. 조선 후기 서울 명문가 출신으로 아버지는 예조판서를 지낸 이지억이고 정조 때 영의정 채제공과 내외종간이다. 집안이 기호남인과 가까워 서울에서 안동 서애 집안과 연을 맺은 특이한 경우이다. 서애 집안은 조선 후기에 어려움을 많이 겪었다. 숙종 때 충청도사를 지낸 우헌 류세명이 1675년 등과한 이후 100여 년 동안 대과 급제자를 한 사람도 배출하지 못했다. 그러던 중 정조 18년 1794년 알성시에 서애 종손 류상조, 같은 해 정시에 연안 이씨 장남 류이좌가 급제하여 오랜만에 서애 가문에서 두 사람이 동반 등과했다.

정조는 서애 봉사손과 사촌이 함께 등과했음을 알고 이들을 인견하고, 승지 이익운을 하회에 보내 치제(致祭, 왕의 제사)를 지내게 하자, 58세 연안 이씨는 그 기쁨과 집안 세덕을 칭송하며 한글가사 「쌍벽가」를 지었다. 쌍벽은 동갑내기 장남과 장조카를 의미하며 163구절로 된 이 가사는 유려한 문장, 빼어난 구성, 적절한 전고(典故)로 규방가사의 수작으로 꼽힌다.

> 샹벽이 진퇴ᄒᆞ니 봉황이 쳔의놀고

문광이 영농ㅎ니 기린이 원의노닉

기기후 처음으로 문명ㅎ다 ㅎ리로다

삼빅년 유래고풍 모두써셔 웃는 거동

디당의 호혜신가 동정의 명월인가

셩경현전 비에있고 졔즈백가 입의잇닉

평싱이 궁박더니 의연홈도 의연ㅎ다

경향으로 닉왕ㅎ여 삼쳔지교 비호신가

산고ㅎ민 옥이나고 희심ㅎ민 금이나닉

　

쌍벽을 봉황과 기린으로 표현했고 삼백 년 서애 가문에 동반 등과를 기뻐했다. 성경현전(聖經賢傳)을 가슴 깊이 이해하고 제자백가 글을 입으로 암송했으며 서울과 안동으로 오고 간 가르침을 맹모 삼천지교(三遷之敎)에 비유했고 산이 높으니 옥이 나고 바다 깊으니 금이 난다고 대구법을 즐겨 썼다.

훗날 류상조는 병조판서, 류이좌는 호조참판까지 올랐고 연안 이씨는 정부인이 됐다. 하회의 부녀자들은 서울 할매 「쌍벽가」를 줄줄 외워 낭송 못 하는 이 없었고 며느리는 친정으로, 딸은 시댁으로 전파했다. 지금까지 발견된 이본이 6종이나 된다. 이후 많은 영남 문중은 가문을 칭송하는 세덕가를 지어 조상을 기렸고 후손이 잘되도록 기원했다.

임청각 종부 김우락의 망명가사

19세기에 영남 내방가사는 문중마다 성행했고 일제 침략기에는 만주로 망명 가서도 가사를 지었다. 현재까지 발굴된 만주 망명가사는

16편이다. 그중 안동 임하의 내앞마을 출신으로 석주 이상룡과 혼인을 맺어 임청각의 종부가 된 김우락(1853~1933)이 지은 가사가 4편이다. 석주가 조상의 위패를 땅에 묻고 1911년 서간도로 망명 갈 때 김우락도 함께 떠났고 만주 망명지에서 「해도교거사」, 「정화가」, 「간운사」, 「조손별서」 등 4편을 지었다. 이에 대한 답가로 올케 영양 남씨가 지은 「답정화가」, 손녀 고성 이씨 유실이가 지은 「답사친가」가 있고, 향산 이만도의 며느리인 막냇동생 김락이 지은 「유산일록」, 손자며느리 허은이 지은 「회상」이 모두 김우락과 관련 있는 내방가사이다.

「해도교거사(海島僑居詞)」는 망명 첫해 가을, 만주 유하현에서 처음 지은 가사인데, 해도는 사해(四海, 중원의 별칭) 밖의 섬이고 교거는 임시 거주이니 '외진 만주에 머물며 지은 글'이다. 안동에서 간도 망명길, 고달픈 만주생활, 독립운동의 고난과 역경을 읊었다.

「정화가(情話歌)」는 같이 망명한 큰오빠 백하 김대락이 만주 통화현에 살고 있어 오랜만에 찾아가 친정 가족과 재회 기쁨을 노래한 정담 가사이다. '어와 며느리들 고향 근심을 치우고 나와 함께 놀자'고 하니 올케 영양 남씨가 답가 「답정화가」를 지었다.

「간운사(看雲詞)」는 길어지는 만주 생활로 고국에 있는 동생들이 그리워 고국 가는 인편에 편지글 대신 평소 잘 짓는 가사로 대신하고자 열흘간 공들여 창작했다. 칠 남매가 부모 은덕 아래 함께했던 기억과 핏줄에 대한 그리움을 노래했다.

　　　원이한 우리남미 싱ᄉ간의 잇지마라
　　　일싱일ᄉ 은일인의 상시어든
　　　닌들엇지 면ᄒ깃나 쳔당의 도라가셔

부모슬하 다시모혀 손잡고 눈물쌕려

첩첩소회 다한후의 요지연 견여중의

우리도 함기모혀 희소담락 ㅎ오리다

우리 남매는 죽든지 살든지 잊지를 말자, 생과 사는 하늘의 뜻이니 낸들 어찌 면하겠냐만 천당으로 돌아가서 부모슬하에 다시 모여 손잡고 눈물 뿌리며 희소담락하자고 서간도에서 고국의 핏줄을 그리워했다. 이처럼 내방가사는 조선 후기 영남 양반가 여성의 놀이문학이었고 여성의 자전적 기록이다. 근대로 넘어오는 길목에서 시대의 광풍에 휩쓸려 들꽃처럼 살다 간 조선 여인의 삶이 그대로 녹아있다.

국문학사에서 처음 발굴된 부부 한글가사

영남 선비들은 가문의 지체에 따라 격이 비슷한 집안끼리 혼사를 맺었다. 중매로 연을 맺은 그들 사이에 부부 사랑이 있기는 있었을까. 남편은 과거공부와 글 읽는 것이 일상의 전부였고 살림을 꾸려 나가고 재산을 늘리는 것은 오로지 아내의 몫이었다.

열아홉에 인연을 맺어 40여 년을 함께 살다가 회갑을 맞은 늙은 아내는 한평생을 돌아보며 가사를 지었고 남편은 답가로 화답했다. 우리 문학사에 보기 드문 부부 가사가 최근에 발굴됐는데 영주 선비 두암 김약련 부부가 쓴 「노부탄(老婦歎)」과 「답부사(答婦詞)」이다. 거기에는 영남양반가 여인의 삶, 과거공부와 가족의 헌신, 억울한 귀양과 평생 없는 벼슬 운, 선비의 아내 사랑이 잘 나타나 있다.

두암 김약련과 부인 순천 김씨

예안(선성) 김씨 두암 김약련(1730~1802)은 세종 때 우리 역법 칠정산을 만든 이조판서 김담의 후손이다. 김담의 현손이 퇴계 제자로 대사헌을 지낸 김륵인데 두암의 6대조이다. 두암은 1774년(영조 50년) 비교적 늦은 나이인 45세에 과거 급제하여 승정원 가주서에 보임됐다. 벼슬살이 2년 차 정조 원년에 계촌 이도현이 올린 사도세자 신원소에 연루돼 평안도 삭주로 유배됐다. 계촌의 취조에서 두암의 이름이 나왔다고 동조자로 엮이어 정배죄인이 됐고 귀양 5개월 만에 정조의 배려로 풀려나 낙향했다.

이후 16년 동안 노론 조정에서 벼슬을 하지 못했고 1792년 영남만인소에 몇 안 되는 전직관리로 이름을 올렸다. 정조는 오래전에 마음의 빚이 있었던 두암이 초야에 있음을 알게 됐고 이듬해 특명으로 의망(擬望, 관리 후보)에 올려 다시 가주서에 보임됐다. 좌랑, 지평, 헌납이 연이어 보임됐으나 이미 환갑을 훨씬 넘긴 나이에 제대로 근무할 수 없었다. 1800년 71세 고령임에도 불구하고 세자 책봉 하례에 참석했고 통정대부에 올라 노직당상관이 됐다. 참의, 승지가 잇달아 제수됐으나 병으로 부임하지 못하고 73세 일기로 세상을 떠났다.

부인 순천 김씨는 류성룡의 제자로 대구부사를 지낸 동리 김윤안의 후손이다. 안동의 순천 김씨 집안은 수양대군의 계유정난에 명신 김종서가 목숨을 잃고 멸문에 이르자, 일족인 예조참의 김유온이 화를 피해 처가 고을인 안동으로 낙남했다. 김유온의 장인은 상주목사를 지낸 권집경으로 여말의 권신 권한공의 증손이고 벌족 성주 이씨 이인임의 사위이다.

안동으로 낙남한 순천 김씨 집안은 과거 급제자가 여럿 나오고 광산 김씨, 순흥 안씨 등과 혼반을 맺어 가세를 넓히고 낙동강 변의 풍천 구담에 오백 년 세거지를 만들었다. 이렇듯 조선 초기부터 영남북부 사족이던 예안 김씨와 순천 김씨 두 집안은 혼인으로 세교를 맺어 부부사랑가가 탄생됐다.

순천 김씨의 「노부탄」

'늙은 아내의 노래' 「노부탄」은 93구절로 된 한글가사이다. 조선 후기 영남 양반가에서 성행한 내방가사 중 지은이와 창작 연대가 분명한 작품으로 사대부가 여인의 일생이 녹아있다. 가사는 이렇게 시작된다.

> 어화, 우습구나 어리석은 부녀로다/ 아이 때 길쌈 배워 곱도록 정성 들여/ 열한 새 열두 새는 내 눈에도 덜 고와라/ 의복도 하려니와 쓸덴들 없을손가/ 가히고 또 가혀서 상자농에 넣어 놓고/ 어미 눈 가릴망정 다시금 모아내니/ 가는 베, 고운 명주 평생 입고 남겠더라

영남 양반가 여인은 몸종이 있더라도 길쌈이나 음식은 반드시 할 줄 알아야만 했다. 부녀자가 길쌈과 음식을 못 하면 장부가 시서(詩書)나 예법을 모르는 것과 같다고 했다. 새는 피륙을 세는 단위이며 순천 김씨는 길쌈 솜씨가 뛰어나 처녀 시절에 이미 시집가서 쓸 옷감을 많이 짜 두었다. 한글을 일찍 깨우쳤고 시문에 나오는 한자를 능숙하게 구사했으며 문장도 뛰어났다.

아버지는 딸의 손재주를 보고 '이 아이 시집가면 세간을 일굴 것'이라고 칭찬했고 딸은 "장부를 만나오면 치산(治産)을 먼저 할까/ 곱도록 입혀 내어 봉후(封侯) 찾아 보내오리/ 초년에 공을 들여 그 덕을 내 입으리다."라고 했다. 재산 관리는 안주인 몫이었고, 처녀 시절에 남편에 대한 기대와 앞날의 각오가 당차다.

혼인 후에는 "입히시고 먹이는 일, 내 직분 그 아닐까/ 문방(文房)의 넷 벗님네 나를 믿고 부르시며/ 머리의 갓과 망건, 발아래 신는 신을/ 좋도록 이어 드려 뜻대로 가옵소서."라 읊었으니 남편을 위하는 조선 여인의 아름다운 모습이 그림처럼 그려진다.

과거공부와 가족의 헌신

조선시대 과거공부에는 돈이 많이 들었다. 가난한 선비는 과거 꿈을 일찍 접었다. 두암은 부지런한 아내 덕분에 20년간 과거공부 할 수 있었고 순천 김씨는 회갑을 맞아 남편 과거 뒷바라지로 힘들었던 지난날을 회상한다.

산방(山房) 공부에 드는 양식/ 과거시험 보는 정초(正草, 시험종이)/ 서울의 정시와 알성시/ 시골 감시(鄕試)와 동당시/ 베 팔아 명지(明紙) 사고, 소 팔아 과장여비 하니/ 아이 때 유념한 것 다 써서 없어지고/ 혼자서 샀던 전답 아낄 줄 모르고서/ 이 과거에 한 밭 도지 주고/ 오는 식년시에 한 논 팔았네

입신출세에는 가족의 끝없는 헌신이 뒤따라야만 했다. 등용문에 오른다는 것은 예나 지금이나 쉬운 일이 아니었다.

과거 급제와 억울한 귀양

남편이 드디어 한 해에 소과와 대과를 모두 합격했으니 그 기쁨을 순천 김씨는 이렇게 썼다.

울은 독 깨졌던지 성의에 감동했는지/ 청춘을 다 지나고 강사년(强仕年) 넘은 후에/ 삼춘에 소과하고 그해 겨울 대과하니/ 어사화 숙여 쓰고 청삼을 떨쳐입고/ 가뜩이나 좋은 풍채 은광을 가득 입어/ 북, 장고, 피리를 앞뒤에서 치고 부네/ 산 너머 저 장재님 곡식 두고 자랑마오/ 부세(浮世)에 좋은 영광 과거 밖에 또 있는가/ 하물며 모인 사람 한결같이 하는 말이/ 한 해에 소과 대과는 평생 끽착(喫着, 음식과 의복) 못다 하리

승정원 겸춘추 벼슬살이는 1년 8개월 만에 끝나고 관서 귀양길에 오른다.

> 환로(宦路, 벼슬길)도 못 올랐는데 귀양은 무슨 일인고/ 지은 죄 없건마는 노하시니 천은(天恩)일세/ 머나먼 관새(關塞)길, 가네 오네 빚이로다/ 팔고 남은 작은 밭을 또 한 자리 판단 말인가

조선시대 귀양 죄인은 자기 부담으로 숙식을 해결하며 귀양지로 갔다. 호송관리가 있었으나 동행하지 않았고 귀양지에서도 돈이 없으면 비참하게 살았다. 의복과 침구 등의 물품은 자기 돈으로 마련해야만 했고 귀양살이 어려움에 가난은 더 큰 고통이었다.

낙향 후 아내는 남은 밭에 농사나 짓자고 하니 어릴 적 농사일을 배운 적 없는 남편, 이제 어찌 가르치겠느냐며 단념한다. 글 짓네 쓰네 하면서 지필묵만 찾으니 '옥황상제님은 녹봉 없는 벼슬아치를 왜 내어주었을까? 하늘을 원망하다 돌이켜 생각하니 세상에 굶고 못 입고 글 하다가 과거도 못 한 사람 많다'고 끝을 맺는다.

두암의 「답부사(答婦詞)」

두암이 아내의 글에 답해 쓴 「답부사」는 96구절로 된 한글가사이다. 정조 특명으로 다시 벼슬길을 나서기 4년 전, 1789년 59세 때 지었다. 두암이 열여덟, 순천 김씨가 열아홉에 부부 연을 맺었고, 아내는 스물다섯 살 남편이 창경궁 춘당대 과장(科場)에 간다고 나서니 황소를 팔아 열 냥을 노자로 주었다. 두암은 이 과거를 헛되이 보내고 다음 식년시도 또 지나간다고 했다. 불혹을 넘겨 어렵게 등과한 감격

을 이렇게 썼다.

벽소런 봄에 꺾고 계전화 겨울에 피여/ 빈가의 도문연(到門宴, 과거잔치)을
일 년 중 거포하고/ 부녀를 위로코져 세속 말로 하였으되/ 홍지(紅紙)에 제명
(題名)하기는 장부의 내 일이라

영조 치하에 영남 선비의 과거급제는 무척 어려웠다. 어려움 속에
등과했으니 가난한 살림에 잔치를 크게 열었고, 소과는 백패를 받으
니 흰 연꽃으로, 대과는 복두에 계화 꽃가지를 꼽으니 계전화라 했다.
부인에게 쓰는 글이라 한글로 썼지만 교지를 받고 조정 출사가 장부
의 길이라 했다.

아내에게 드리는 사랑의 노래
후반부는 아내에 대한 사랑의 노래이다. 선비의 근엄함은 어디에
도 없고 40년을 해로한 아내 사랑이 넘쳐흐른다.

늙은 부인 들어 보오/ 돌밭에 풍년 들면 환자(還子) 빚 능히 갚고/ 썩은 집
에 비 오거든 웅차리 저기 있네/ 햇조밥 정히 지어 우리 둘 드리거든/ 맛나게
먹고 앉자 근심없이 좋게 있자/ 굳은 이 다 빠지고 검은 머리 희였으니/ 허송
한 저 광음이 아깝다 하련마는/ 우리는 이럴망정 결발(結髮)부부 아니던가
　금년은 임자 회갑, 내년은 내 나던 해/ 행여나 더 살아서 우노전(優老典, 노
령에 받는 은전) 입게 되면/ 귀 뒤에 금옥관자, 허리에 붉은 띠를/ 내 그걸 하려
니와 부인첩(帖) 자네 타리/ 이것도 하늘이니 기다려 보옵시소
　천년을 다 살고서 한 가지로 돌아가면/ 뒷사람 말에서 내려 이 무덤 유복

하다/ 백세를 함께 살고 자손도 많고 많아/ 알음이 있을진대 그 아니 즐거운
가/ 부인도 내 말 듣고 싱긋이 웃노매다/ 어우와 부세(浮世)인생 이렁구렁 즐
기리다

아내가 글 짓고 남편이 화답한 조선 선비의 아름다운 부부 사랑 이
야기는 두암이 직접 쓴 필사본 『두암제영(斗庵題詠)』에 수록돼 있으며
한 권만 전해온다. 안동에는 원이 엄마 한글편지가 있듯이 영주에는
두암 부부의 한글가사가 있다.

5부
남아있는 자를 위하여

고을의 조건, 객사 관아 향교

조선 중기 경상도에는 71개 고을이 있었다. 대구경북 41개, 부산경남 30개 고을로 조정에서 임명한 관리가 고을을 다스렸다. 고을마다 왕권의 상징인 객사, 고을 수령 집무처인 관아, 유학을 가르치는 향교를 세웠다. 이 세 기관은 고을이 되기 위한 필수 건물로 반드시 있어야만 했고 경상도 고을도 한 곳 빠짐없이 지어져 오백 년 왕업을 유지했다.

일제강점기와 한국동란을 거치면서 객사와 관아는 멸실되거나 훼손되어 온전하게 남아있는 곳은 거의 없다. 반면 향교는 옛 모습 그대로, 비록 퇴락했을지언정 멸실되지 않고 대부분 남아있고 대구경북에도 경상감영 소속 41곳과 강원감영 소속 울진, 평해향교 2곳을 포함해 43곳에 향교가 있다.

왕권 상징인 객사

객사는 국왕에게 충성심을 고취하기 위해 왕조 통치술의 일환으로 지어졌고 고을에서 격이 가장 높았다. 객사의 모습은 정청을 가운데 두고 좌우에 익사(翼舍)를 만들었는데 전면이 11칸 또는 13칸, 측면이 3칸으로 웅장하며 정청 지붕은 좌우 익사보다 높게 만들어 위엄을 세웠다. 정청은 국왕, 좌우 익사는 문·무관으로 이미지화했다.

정청에는 국왕을 상징하는 전패(殿牌)를 모셔두고 매월 음력 초하루와 보름에 고을 수령은 아전을 이끌고 망궐례(望闕禮)를 올렸다. 국왕과 왕비 생일, 명절에 국가의례를 치렀고 고을 수령은 부임과 이임시 객사에 들러 배례를 했다. 1763년 영조 때 조엄이 일본통신사로 가면서 영천 신녕객사에서 관복을 갖추고 망궐례를 올렸다고 그의 『해사일기』에 썼다. 왕명을 전달하고 교지를 낭독한 곳도 객사였고 국왕 관련 문서를 보관하는 협실도 있었다.

객사는 풍수사상에 의해 고을에서 가장 터가 좋은 곳에 세웠으며 이름도 고을의 옛 지명에, 건물을 나타내는 한자어 중 묵직한 관(館)을 붙였다. 대구객사는 달성관, 경주객사는 동경관, 상주객사는 상산관, 성주객사는 성산관, 영천객사는 영양관, 청송객사는 운봉관, 청도객사는 도주관이다. 울산객사는 학성관, 동래객사는 봉래관, 남원객사는 용성관, 나주객사는 금성관, 전주객사는 풍패지관이다. 풍패는 조선왕조 탄생고을임을 의미한다.

전패는 국왕을 상징하므로 분실하거나 훼손, 불경시 엄한 벌을 받았다. 왕조실록에 따르면 정조 2년에 함경도 성진진에서 전패 훼손사건이 일어나 첨사와 상관인 길주목사가 파직당하고 함경감사까지 문책받았다. 순조 때 충청도 덕산현에서 같은 사건이 일어나 현감은 물론 덕산현 전체가 벌을 받았다.

객사의 훼손

고려시대부터 세워졌던 객사는 오백 년 왕업 동안 해당 고을을 대표하다가 왕조가 멸망하자 하나둘씩 훼손되기 시작했다. 대구객사가 시발점이 됐다. 경상감영을 대표하던 대구객사는 1908년 관찰사서리

친일파 박중양이 대구읍성을 허물고 객사건물을 일본인에게 매각하려고하자 대구부민들은 결사반대하며 야간에 횃불을 들고 지키려 했으나 군대를 앞세운 일본인에게 팔려 헐리고 지금은 사진 한 장 남아 있지 않다.

경산에도 객사가 셋 있었다. 1912년 경산객사가 팔려 헐리게 되자 그 목재로 임란 때 활약한 명나라 장수 두사충의 재실 모명재를 대구 만촌동에 지었다. 자인객사는 일본인이 매입하여 일본불교 일련종 사찰인 혜성사 대웅전을 지었고, 하양객사는 은해사에서 매입하여 불교 포교당을 지었다. 경주객사는 교육청을 짓는다고 훼손시켜 정청과 좌익사는 없어지고 우익사만 남았는데도 대단하다.

이처럼 객사는 일본강점기를 거치면서 민간인에게 매각돼 헐렸고 일부는 관공서로 사용됐다. 건국 후 초등학교 의무교육이 실시되면서 학교건물 수요가 급격히 늘자 객사는 학교 교사로 사용되어 까까머리와 단발머리 단체사진 속에 남아있기도 하다. 이후 도시화가 진행되면서 도심 중심에 있던 객사는 개발의 방해물이 됐고 문화재 인식이 부족했던 시절이라 쉽게 훼손됐다. 지금은 객사터마저 찾기 어렵고 우도를 대표하던 진주객사터에는 아파트가 들어서 흔적마저 사라졌다.

국보 문화재가 된 객사는 전라좌수영 객사인 여수 진남관(304호), 경상우수영 객사인 통영 세병관(305호)이다. 수영에도 객사를 만들었고 충무공 승전관을 겸하고 있었다. 경북에는 상주객사, 청송객사, 청도객사, 안동의 선성현객사, 선산객사가 남아있거나 최근에 복원됐다. 감영객사로 전주객사가 유일하게 남았고 보물 문화재이다.

객사·객관·역참

당나라 시인 왕유의 '객사청청류색신(客舍青青柳色新)' 한시 구절이 우리에게 익숙한 탓인지 객사를 숙박시설로 인식하고 안내문에도 그렇게 되어 있다. 그러나 고려·조선왕조 객사는 숙박시설이 아니다. 숙박은 고을에 별도 지어진 객관이나 역참을 이용했다. 고려사에 객사는 관아, 객관은 숙박시설로 분명하게 구별돼 있고『조선왕조실록』에도 객사는 전패와 국왕 관련 이야기만 나오고 사신이나 관리 숙소로 객관이 수백 번 넘게 언급된다.

먼 길을 온 사신이나 관리가 하룻밤을 유숙하며 한잔 술로 여독을 풀어야 하는데 고을 수령이 직을 걸고 관리하는, 국왕 전패가 모셔진 건물에서 여장을 풀고 한잔하는 것은 현실적으로 맞지 않다. 사료를 검증하지 않고 한자 뜻풀이로 용어를 혼용한 듯하다. 물론 작은 고을에서는 객사의 좌·우익헌을 잠시 객관으로 사용하기도 했겠지만 기단이 높고 신전처럼 웅장하게 지은 객사와 아늑하고 포근한 잠자리 위주의 객관을 동일시하는 것은 맞지 않다.

조선 후기 경상도 고을을 가장 많이 방문한 조정 관리는 조선통신사 사신이다. 사행 귀경 길에 대구에서 일시 유숙한 사신들은 경상감영에서 별도 마련한 객관에 머물렀지 객사에서 유숙했다는 사행 기록은 없다. 객관은 고을마다 지어져 남관, 북관이라 부르고 부산포 객관이 너무 외진 곳에 있어 이건해 달라는 소청도 있었다. 학봉 김성일이 함경도·순무어사로 나가 명천객관에 머물며 '빈 객관에 날은 저물고 홀로 앉아' 로 시를 지었다. 일본통신사 가는 길에 경산 장산객관에서 인근고을 현감들의 전송을 받은 기록이 있고 선교사 아펜젤러가 부산으로 갈 때 인동객관에 유숙했다고 여행기에 남겼다.

객관이 없는 곳에는 원(院)이나 역에서 묵었다. 원(院)은 공무로 다니던 관리에게 숙식을 제공하는 곳으로 그 흔적이 노원, 원대, 양원 등으로 남아있고, 역은 공문서 전달과 파발마를 관리하며 공무 관리에게 마필을 공급했다. 김종직이 성주 답계역에서 잠을 자다가 지은 조의제문으로 무오사화가 일어났고 정약용도 경안역과 금정역을 지나면서 시를 지었다. 역과 원을 합쳐 역원, 역참(驛站)이라 했고 한음 이덕형이 임란 후 삼남체찰사로 내려와 가장 먼저 한 일이 역참의 복구였다.

수령 집무실 관아(동헌)

고을은 규모에 따라 수령의 품계를 달리했다. 경상도에는 관찰사(종2품)가 가장 높고 그다음 경주부윤(종2품), 대도호부 안동부사(정3품)와 정3품 하계의 진주, 상주, 성주목사이고 그 아래 부사, 군수, 현령, 현감 순이다.

감영 관아의 명칭은 선화당이다. 팔도감영에는 모두 선화당이 있었는데 현재 남아 있는 곳은 대구 선화당, 충청감영의 공주 선화당, 강원감영의 원주 선화당이고 경상감영 선화당이 가장 양호하다. 수령 집무실인 관아를 동헌(東軒)이라 부르고 살림집을 내아(內衙)라 하는데 서로 이웃해 있고 출입문은 대부분 삼문(세 칸 문)으로 돼있다. 경상감영 외삼문이 포정문이다. 그래서 포정동이 생겼다. 동헌은 주로 헌(軒)으로 이름 붙였는데 안동동헌은 영가헌, 성주동헌은 백화헌, 울산동헌은 반학헌, 청도동헌은 주흘헌이다. 상주동헌은 청유당, 동래동헌은 충신당으로 당(堂)을 붙이기도 했다.

조선시대 품계는 30품계로 돼있는데 1품에서 9품까지를 정(正)과

종(從)으로 구분하여 18관품을 만들고 다시 정1품부터 종6품까지를 상계(上階)와 하계(下階)로 나누어 30품계가 됐다. 정3품 상계인 통정대부 이상을 당상관, 하계인 통훈대부 이하를 당하관이라 하며 벼슬의 경계이다. 당상관은 국왕과 더불어 국정을 책임지는 자리로 100여 개이다. 당하관에서 당상관으로 승진이 확실시되는 자리를 '따 놓은 당상'이라 불렀고 오늘날에도 일이 확실시된다는 의미로 사용되고 있다. 따 놓은 당상 자리는 승문원 판교, 통례원 좌통례, 봉상시 정이다. 중앙부처의 문관 보임 실무자는 이조전랑이고 무관 보임의 실무자는 병조전랑이다.

당상관으로 보임되는 경상도 고을수령은 경상감사와 경주부윤이며 종2품이다. 대도호부 안동부사와 진주, 상주, 성주 목사는 정3품 하계로 당하관이다. 밀양, 김해, 선산 같은 도호부 부사는 종3품인데 동래부사와 함경도 종성부사는 왜인과 야인을 관리하는 주요 고을이므로 특별히 정3품 당상관으로 보임되기도 했다. 군수는 종4품, 현령은 종5품, 현감은 종6품이다. 현령이 보임되는 고을은 경산현, 의성현, 영덕현, 남해현 등 몇 곳밖에 없고 영남 71개 고을 중 60%가 현감 고을이다.

참상(정3품 하계~6품)이 되어야 고을수령에 보임될 수 있고 참하(7~9품)는 그야말로 하급 관리이다. 무관인 병사(병마절도사)와 수사(수군절도사)는 당상관이고 수군의 첨사는 부사급 종3품, 만호는 군수급 종4품이다. 부산진첨사 정발은 임란 때 순국했고 노계 박인로는 조라포(거제 구조라)만호를 지냈다. 변방인 경상도에는 주요 교통거점을 관장하는 역참이 많았다. 큰 역에는 현감급인 종6품 찰방, 작은 역에는 종9품 역승이 배치됐다. 영남의 큰 역참은 양산 황산역, 청도 성현역, 영천(신녕) 장수역, 안동 안기역, 김천역, 문경 유곡역이다. 다산 정약용은 충청도 금정도찰방으로 좌천됐고 궁정화가 단원 김홍도는 안동 안기찰방을 지냈다. 역참(驛站)이란 용어는 오늘날 우리는 역, 중국은 참으로 남았다. 기차역 이름이 우리는 서울역, 중국은 북경참(베이징잔)이다.

고을 수령의 집무처인 동헌은 일제강점기에 대부분 멸실됐는데 현재 남아있는 영남고을 동헌은 울산동헌, 동래동헌, 청도동헌, 다대진 동헌 등 4개뿐이다. 1938년 경상도 두 번째 큰 고을, 경주동헌 건물을 민간에게 불하하자 갑부 정영호가 이를 매입하여 이건하고 기림사에 포교당으로 희사했다. 현재 대릉원 후문 건너편 대로변에 붉은색 삼문과 그 너머 전면 7칸 대웅전 건물이 고고하게 서 있는데 이것이 옛 경주동헌과 삼문 건물이다. 지금은 불국사 포교당이다. 경주 내아는 일제 때 박물관으로 사용되다가 현재 경주문화원이 됐고 경주객사는 우익사만 남았는데도 고색창연하다. 경주경찰서 뒤편에 있다.

경상도 세 번째 고을, 안동동헌도 시청사로 사용하다가 멸실된 것을 2006년 정면 7칸 측면 4칸의 옛 모습으로 복원했다. 영가헌 현판을 달고 문루인 대동루를 함께 웅부공원으로 조성했다. 안동댐 수몰로 성곡동으로 이건한 선성현객사는 안동객사가 아니고 예안객사이다. 선성은 예안의 옛 이름이다.

지역유림이 지켜 낸 향교

근대화 과정에서 객사와 관아는 거의 멸실되었지만 향교는 온전하게 남아 있었다. 도시화가 진행되면서 왕조 유물인 객사와 관아는 개발 방해물로 취급받았지만 향교는 지역유림의 근거지로 최근까지 유림이 존재한다. 향교 관리를 지역유림이 했으며 성리학의 뿌리가 깊었고 위치도 도심에서 떨어져 있었기에 살아남았다. 향교 마을이 교동, 교촌이다. 대구 교동시장도 옛 향교 자리이다.

향교는 제향과 교육을 담당하는데 제향 건물이 대성전, 교육 건물이 명륜당으로 모든 향교가 똑같다. 서원은 서원마다 강당과 사당의 이름을 달리하는데 도산서원은 전교당과 상덕사이고 병산서원은 입교당과 존덕사이다. 향교의 제향공간을 사당이라 부르지 않는다. 사당은 조상을 모시는 곳이고 대성전은 성현을 모시는 곳이라 하여 당호를 궁전, 대웅전과 같이 '전(殿)'을 붙였기 때문이다. 건물 당호를 위세에 따라 전·관·당·헌·각·루 등 다르게 표시하는 것은 한자문화의 뽐냄, 현학성이다.

향교 건물로 국보 문화재는 한 곳도 없다. 보물이 된 영남 향교는 경주향교, 영천향교, 상주향교, 성주향교이다. 유형문화재가 16개, 문화재자료가 23개이며 시군별로 포항이 4개, 대구, 김천, 영주, 경산이 3개로 발길이 줄어들어 점차 퇴락하고 있다. 옛 건축물은 사람이 짓고 세월과 역사가 옷을 입혔다. 성리학이 과학에게 자리를 물려준 오늘날, 이제 발상을 전환하여 대성전 문을 활짝 열고 젊은이를 위한 공간으로 탈바꿈해야 하지 않을까.

사족土族의 집, 종택·서원·사우·재실·정자

호남은 음식, 서울은 출사(出仕), 영남은 집짓기라 했다. 호남은 물산이 풍부해 음식문화가 발달했고 서울 사족은 관리가 되어 조정에 들어가는 것이 평생 목표였고 영남 사족은 집 짓기로 일생을 보냈다는 이야기이다. 경상도는 한옥의 고을이다. 문화재로 등록된 한옥의 65%가 경상도에 있다. 그러기에 동성마을의 얼굴인 종택, 유생의 사립학교인 서원, 묘제를 위한 공간 재실, 선비 쉼터인 정자가 유별나게 많다. 영남 사족은 무엇 때문에 집짓기로 일생을 보냈는가?

영남 명현의 집짓기

퇴계 이황은 대단한 건축가였다. 평생 학문과 더불어 다섯 번 집을 지었다. 재혼으로 권씨 부인을 맞이하면서 지산와사를 지었고 46세에 양진암을 지어 거처를 옮겼고 50세에 한서암을 짓고 성리학을 공부하다가 51세에 계상서당을 지어 제자를 받아들였다. 60세에 도산서당을 지었는데 이것이 오늘날 도산서원에서 가장 오래된 건물로 보물 2105호이다.

회재 이언적은 평생 두 번 집을 지었다. 41세 때 모재 김안국과 알력으로 낙향하여 지은 건물이 독락당이다. 옥산서원을 지나 정혜사지 가는 길 우측에 있으며 전면 4칸 측면 2칸의 고졸하고 단아하며 성리학적 질박함이 물씬 풍겨 보물 413호이다. 또 양동마을에 향단이란 특이한 이름과 구조를 가진 건물을 지었다. 경상도관찰사 시절 모친을 위해 지은 집인데 풍수지리에 의거해 몸채는 月자형이고 一자형 행랑채를 두어 전체적으로 用자형이다. 건축에 대한 회재의 탁월한 안목을 엿볼 수 있다. 보물 412호이다.

학봉 김성일은 중국으로 사신 가서 가지고 온 중국 상류층 주택 도면을 참고해 종가를 지었다. 안동 임하 내앞의 의성 김씨 대종택이다. 모두 55칸의 웅장한 모습이며 전면 4칸 측면 2칸의 一자형 사랑채와 口자형 안채, 전체가 巳자형의 독특한 모습이다. 보물 450호이다.

안동 고성 이씨 임청각은 1519년 형조좌랑을 지낸 이명이 낙향하여 지은 주택인데 이름에 각을 붙인 것으로 보아 초기에는 그리 크지 않았던 듯하다. 허주 이종악을 비롯한 종손들이 대단한 안목과 능력으로 증축하여 99칸의 대저택이 됐다. 보물 186호이다.

이처럼 영남 명현은 건축에 대해 탁월한 식견을 가졌고 손수 집을 지었으므로 훗날 영남 사족의 집짓는 문화에 큰 영향을 끼쳤다.

영남종택은 조선의 얼굴

조선은 씨족사회이다. 풍수에 따라 문호를 연 동성마을이 몇 개 모여 고을을 이루었고 동성마을에는 어김없이 문중 종택이 번듯하게 세워져 있었다. 게다가 경상도는 성리학의 종법(宗法)이 유난히 강해 종가 위세가 대단했고 유력문중 종손은 경상감사와 바꾸지 않는다는 말까지 생겼다.

조선 후기 중앙 진출이 사실상 막혀버린 영남 사족은 종가를 중심으로 문중결속만이 자신을 지켜준다는 것을 알았고 보종과 조상숭배는 신앙처럼 강했다. 종가가 번듯해야 문중이 빛난다고 여겼고 개인의 현달은 문중의 자랑이기도 했다. 할보(割譜)는 족보에서 이름을 지워 친족 관계를 끊는 것으로 가장 무서운 벌이었다.

영남종가는 대체로 口자형으로 되어있는데 대문에 들어서면 전면 4~5칸의 사랑채(바깥채)가 있고 중문을 지나면 가운데 마당이 있으며 ㄷ자형 안채와 별채가 나타난다. 안쪽 높은 곳에 3칸으로 된 사당이 있고 4대조 신위를 모신 곳으로 문중에 일이 생기면 조상의 장탄식 소리가 들린다고 했다.

마당에는 소나무, 매화, 배롱, 단풍, 철쭉, 산수유를 주로 심었고 자손의 번창을 상징하는 석류나무와 학자를 상징하는 회화나무를 선호했다. 감나무, 호두, 대추, 살구 등 유실수는 뒷마당에 심었다.

종택의 당호는 조상의 아호를 따 우복종택, 목재고택, 백하구려처럼 종택, 고택, 구려(舊廬)로 불렀고 하회마을의 양진당과 충효당, 양동마을의 서백당과 무첨당처럼 한자어 당(堂)을 붙여 당호를 나타내기도 했다.

한때 경상도 문중을 빛냈던 천여 개의 종택들은 도시화와 세월의 흐름에 점차 쇠락해지고 현재 문화재로 등록된 종택과 고택은 전국적으로 375개인데 그중 256개가 경상도에 있다. 안동 68개, 영덕 30개, 봉화 22개이다. 예안 이씨 충효당, 고성 이씨 임청각 등 10여 개 종가 건물이 보물문화재이다.

오늘날 고색창연한 모습으로 우리의 발길을 멈추게 하고, 웅혼한 필치의 현판 아래 풍채 좋고 인자한 종손이 반겨주는 곳, 봉화 바래미의 만회고택(의성 김씨), 춘양의 만산고택(진주 강씨)에서 동해 영덕 축산의 무의공종택(무안 박씨), 영해의 난고종택(영양 남씨) 그리고 거창의 동계종택(초계 정씨), 함양의 일두고택(하동 정씨) 등 경상도 외진 곳에도 어김없이 남아있는 영남종가의 아름다운 모습은 조선의 얼굴이다.

서원, 사당, 사우祠宇

사당과 사우(祠宇)는 돌아가신 분의 신위를 모시는 곳이다. 사당(가묘)은 조상을 모시므로 집 안에 있고 사우는 명현이나 명신을 모시는 곳으로 별도 건물을 지었다. 모두 죽은 자를 위한 공간이므로 실내는 어둡고 창문이 거의 없다. 불천위신위를 모신 사당을 불천위사당이라 하는데 영남 명문종가의 독특한 모습이다. 불천위신위를 두 분 모시는 양진당에는 사당이 두 채이다.

사우는 ○○사(祠)로 돼있는데 서원의 전신이기도 했다. 나라에서 관리하는 사우는 주로 무신을 모신 곳으로 웅장하다. 통영과 남해의 충렬사는 이순신 장군, 부산 충렬사는 임란 때 순국한 송상현과 정발, 진주 창렬사는 김시민과 김천일 등을 모시고 있다. 대원군 서원 철폐령에 살아남은 47개 서원을 '신미존치 47개소'라 하는데 그중 20개는 서원이 아니고 사우이다.

서원은 유생이 많은 영남에 가장 많았다. 1741년 영조가 300여 개, 1871년 대원군이 400여 개 철폐했는데 영남서원이 주 대상이었다. 영조의 서원 철폐는 숙종 때의 남설을 정리했지만 대원군의 철폐령은 정략적이었다. 세도정치를 혁파하고 탐관오리를 응징해도 흉년과 삼정문란으로 백성 불만이 줄어들지 않으니 관심을 돌리려는 의도가 컸다. 별로 대단치 않은 기호의 작은 서원은 노론 근거지이므로 남겨두고 영남의 유서 깊고 품격 있는 서원을 많이 없앴다.

성리학 기풍이 물씬 나는 봉화 삼계서원, 상주 도남서원, 성주 회

연서원, 대구 연경서원, 영천 임고서원, 산청 덕천서원, 밀양 예림서원 등이 철폐된 것은 몹시 아쉽다. 남아있었더라면 유네스코 문화유산으로 등재될 수도 있을 터인데 안타깝다. 훼철된 영남서원은 곧바로 80여 곳이 복원됐고 사우는 최치원을 모신 영당이 가장 많이 생겼다.

제사를 위한 공간 재실齋室

재실은 묘제를 지내는 곳이다. 묘소나 선산 근처에 세웠다. 시제(時祭)나 절사(節祀)에 산소에서 묘제를 지낼 때 비가 오거나 묘가 여럿이면 불편하고 소홀해질 수밖에 없었다.

퇴계언행록에 제자 김부륜이 묘제의 정성과 공경이 해이해지는 것을 막기 위해 분소를 마련하여 잔을 올리고 재실에서 합제하는 것이 어떠한지 물음에 퇴계는 좋은 생각이라고 답했고, 실학자 순암 안정복은 신도(神道)는 그윽함을 숭상하니 묘제를 평계로 묘역을 더럽힐 수 없으므로 남쪽 산문 밖에 깨끗한 자리를 마련하여 제위를 만들고 멀리서 바라보며 제철 음식으로 묘제를 지낸다고 했다.

성리학이 뿌리를 내려 보종이 중요시되면서 영남 양반은 문중마다 재실을 지었고 선산이 여러 곳인 집안은 수 개의 재실을 마련했다. 새로이 경제력을 갖춘 신향 집안도 가장 먼저 재실을 지었으니 경상도 외진 골짜기의 번듯한 기와집은 대부분 재실이다.

재실의 현판은 ○○재(齋), ○○재사(齋舍)로 돼있으며 문화재로 등록된 재실은 전국적으로 163개인데 그중 109개가 경상도에 있다. 국가민속문화재로 등록된 9개 재실은 안동의 예안 이씨 근재재사, 안동 권씨 능동재사와 소등재사, 의성 김씨 서지재사, 풍산 류씨 금계재사,

영양 남씨 남흥재사, 봉화의 선성 김씨 빈동재사, 예천의 함양 박씨 희이재사, 영덕의 안동 권씨 옥천재사이다.

재실의 구조는 경상도 북부지방에는 口자형이 주류이고 남쪽으로 내려올수록 一자형이 많다. 재실은 크고 웅장하다. 제사를 지내고 음식을 마련하며 멀리서 온 문중인들이 숙식해야 하고 제물과 제기를 보관하기 때문이다. 재실을 관리하는 이를 재지기 또는 산지기라 하여 위토와 함께 관리했다. 마을에 세워진 재실은 문중 도서관으로 활용하거나 문중 학교가 되기도 했다.

선비와 자연이 만든 명품, 정자

정자는 단층이고 누각은 2층이다. 그래서 누정인데 누정은 사방의 벽을 틔우고 언덕이나 대 위에 높게 지었다. 선비가 모이고 머무는 곳으로 휴식과 교유의 장소이며 자연 경관이 최우선이다. 삼국시대부터 세워졌으며 성리학 영향으로 남성 위주 공간이 됐고 이곳에서 창작과 풍류를 즐겼다.

이름난 영남누각은 나라에서 관리하는 관루가 많다. 영남루, 촉석루, 영호루, 태화루, 청송 찬경루, 의성 관수루 등 모두 강을 바라보며 지었다. 조선 초 서거정은 순회어사로 경상도에 내려와 영남을 둘러보고 영남 7루를 찬미하는 시를 남겼다. 영남 7루 중 양산 쌍벽루, 김해 연자루는 허물어져 옛 터만 남아있다.

정자는 대부분 문중 소유로 유가경전에 나오는 문자향을 담아 운치 있게 이름 짓고 정(亭)이나 대(臺)를 붙였다. 아무리 경관이 좋더라도 한 곳에 정자를 두 개 짓지 않았다. 이는 자연에 대한 배려이며 경관의 배타적 소유이다. 정자는 선비와 자연이 만든 명품으로 그림보다 아름답다.

경상도에는 정자가 많다. 문화재 전문위원인 홍익대 박언곤 교수가 쓴 『한국의 정자』 책에 전국 361개 유명 정자 일람표가 있는데 그중 180개가 영남 정자이다. 안동과 봉화 등 북부지역에 많이 있고, 그중 달성 하목정과 태고정, 예천 야옹정, 김천 방초정, 봉화 한수정, 안동 체화정과 청원루는 보물, 문화재이고 예천 선몽대와 초간정, 안동 백운정과 만휴정, 구미 채미정, 영덕 침수정, 포항 용계정, 거창 용암정, 함양 거연정은 명승 문화재이다.

이렇듯 영남 사족은 집 짓기로 일생을 보냈다고 후세 사가들이 이야기하지만 영남 선비들이 지은 것은 단순한 집이 아니었다. 그들은 조정 출사의 꿈을 접고 종가 서원 불천위사당 재실 정자를 지어 자신들만의 성리학적 공간을 구축했다. 거기에는 성리학 특유의 질박함과 엄정함 그리고 고결함이 있다.

왜인과의 통상·외교의 공간, 왜관

조선왕조는 나라를 세울 때부터 왜구의 노략질에 시달렸고 종국에는 왜인에게 나라를 빼앗겼다. 역사상 네 번의 왜란을 겪었고 급기야 임진년 왜란에는 15만 대군이 쳐들어와 전 국토가 유린당했다. 왜인은 왕조 내내 골치 아픈 이웃이었다. 노략질을 염려해 쓰시마 영주에게 매년 세사미(歲賜米) 100석을 주어 달랬고 상인에게 사(私)무역을 허락했다. 사무역을 하기 위해 우리 땅에 무상으로 지은 왜인의 숙소가 왜관이다.

임진란 후 왜인과의 통상은 부산포를 통해 재개됐다. 왜관은 두모포왜관 70년을 거쳐 초량왜관 200년으로 개화기까지 존속했다. 부산항의 출발은 왜관으로부터 시작됐다. 그런데 왜관이란 이름은 생뚱맞게 구한말 경부선철도가 부설되면서 칠곡군에 생겼다.

서울왜관 동평관

옛날 부산은 동래부사가 고을을 다스리고 경상좌수사가 바다를 지켰다. 좌수영 아래에 부산진 다대진 가덕진 등 6진이 있었는데 큰 진은 첨사, 작은 진은 만호가 맡았다. 부산진은 범일동에 있었고 좌수영 자리가 오늘날 수영이다.

조선 전기에는 일본사신, 유구국(오키나와)사신, 여진족사신이 매년 동지 또는 정초에 서울로 와서 국왕에게 신년하례를 올렸다. 우리나라 동지사가 중국 가서 황제에게 새해인사하고 신년 책력을 받아오듯 이웃나라에서도 우리나라로 사절을 보냈다. 조정은 이들을 객사(客使)라 부르며 별도 의례를 만들어 조회에 참석시켰다. 일본사신에게는 종2품 반열(참판급)에 서게 했다. 이때 일본사신이 머문 숙소가 동평관이다. 동평관은 태종 때 지어져 200년간 존속했으며 인현동에 있었고 옛날에는 이 일대를 왜관동이라 불렀는데 지금은 표지석만 있다. 일본사신은 1589년까지 서울에 71번 왔다.

두모포왜관

임란 이후 왜인의 내륙 출입은 금지됐다. 삼포에 거주하던 왜인들이 임란 때 길잡이를 했기 때문이다. 일본사신은 서울에 올 수 없었고 왜관의 개시무역과 통신사 파견협의도 동래부사를 통해 이루어졌다. 동래부사는 75개 도호부 중 함경도 종성부사와 더불어 정3품 당상관이 보임되는 중요한 자리였다.

기유약조로 통상이 재개되면서 왜인을 관리하기 위해 부산진 옆 두모포 어촌에 왜관을 지었다. 지금의 수정동 동구청 일대로 1609년부터 1678년까지 70년간 존속한 두모포왜관이다. 두모포는 선창이 얕고 부지가 협소하며 해풍이 거세 이전 요구가 처음부터 있었고 우리나라도 부산진성과 가까워 불편했다. 1670년 현종은 영의정 상촌 신흠의 손자로 훗날 예조판서를 지낸 신정을 동래로 보내 왜관 이전을 살펴보게 하고 초량 이전을 허락했다. 이때 신정이 지은 부산 절승 시가 많이 남아있다. 왜관이 초량으로 이전되자 두모포왜관을 옛 왜관, 고관(古館)이라 부르며 고관로, 고관입구 지명이 생겼다.

초량왜관

일본 목수를 불러 수년간 공사 끝에 1678년(숙종 4년) 초량왜관이 완성됐다. 용두산 공원을 중심으로 10만 평 부지 위에 수십 동의 건물이 들어섰고 500여 왜인이 상주했다. 모두 남성이었다. 왜관의 우두머리를 관수라 했으며 매월 6회 개시(開市)무역이 열리는 개시대청을 지었고 사방이 담장으로 둘러싸여 왜인과 조선인 사이 사적 왕래는 금지됐다. 오늘날 중앙동·광복동·남포동·대청동 일대이다. 왜관 밖 동쪽에 초량객사 대동관을 지어 일본사신이 오면 반드시 들러 망궐례를 올리게 했다. 객사의 위치는 영주동 봉래초교 자리이고 인근에 역관의 집무소인 성신당이 있었다.

3·8일날 5일장으로 열리는 개시무역에 일본상인은 인삼, 소가죽, 중국산 비단, 견직물 등을 사갔고 동래상인은 은, 구리, 납, 염료 등을 수입했다. 일본산과 중국산 물품의 중계무역도 이루어졌다. 또 왜관 살림살이에 필요한 채소, 과일, 생선을 공급하는 아침장(朝市)이 매일 정문 앞에 열렸다. 조시 상인은 대부분 여성이었다. 남자가 파는 물건은 사 가지 않고 여성이 파는 물건은 질이 나빠도 잘 팔렸기 때문이다. 젊고 예쁜 여성이면 가지고 간 물건 값을 두 배로 쳐주니 어물 채소를 파는 것이 아니라 아내와 딸을 파는 것이라는 말까지 나왔다.

그리고 왜관 인근에 옛 초량촌이 있었는데 왜관의 일본 남성과 초량촌의 조선 여인 사이 매춘이 일어나 말썽이 생기자 초량촌 민가 90여 가구를 강제로 이주시켰다. 이때 형성된 마을이 신초량으로 현재의 초량이다.

왜풍과 「초량왜관사詞」

실학자 성호 이익의 외증손으로 신유사옥에 연루돼 김해에서 24년 귀양살이한 이학규가 1811년 유배 10년 차에 초량왜관을 구경하고 「초량왜관사」와 「금관죽지사」를 지었다. 그는 왜관으로 왜풍이 불어 19세기 동래·김해·기장 사람들은 일본산 부채, 거울, 양산, 칼, 도자기, 음식 등 일본문화를 경험하고 즐기는 일상을 시로 나타냈다.

"승가기(스키야키) 국물은 기녀보다 낫다는데 만드는 법이 일본에서 전해졌네. 신선로 국물이 승가기만 못함을 걱정하지 말고"라고 스키야키가 부산 사람들이 즐기는 음식이 됐음을 노래했고 "초하루 남호에서 치마 빨고 돌아갈 때 일본 양산으로 햇빛 가리며 천천히 걸어가네."라고 일본 양산을 은근히 뽐내는 여인의 마음을 그렸다. 또 왜관내에서 벌어지는 동성애를 "한창 봄날에 고뇌에 찬 원앙귀신이 왜관에 들끓으니 몰래 찾아온 미소년과 함께 옷을 벗고 남색을 즐긴다."고 원색적으로 읊었다. 남색 풍습은 통신사 사행일기인 김세렴의 『해사록』과 신유한의 『해유록』에도 나온다.

문위행과 사행선의 침몰

조선무역을 가업으로 물려받은 쓰시마 영주와 왜관을 감독하는 동래부사 사이에는 정기적으로 사절단이 오갔다. 에도막부로 가는 조선 통신사와 달리 쓰시마 영주에게 보내는 사절단을 문위행(問慰行)이라 했다. '묻기도 하고 위문 가는 행렬' 이란 의미로 쓰시마 영주가 에도 생활을 마치고 돌아오면 일본정세를 알아볼 겸 보냈다. 통신사는 12회, 문위행은 54회 갔다. 통신사 인원은 500명, 문위행은 100명 내외이다. 문위행은 당상역관이 정사였고 여러 번 다녀온 역관도 있었다.

한편 일본에서 우리나라로 오는 사신을 차왜(差倭)라 했다. 상인이 아니라 공무로 오는 왜인이라는 뜻으로 대차왜, 소차왜, 별차왜 등 중요도와 임무에 따라 다양하게 불렀고 조정에서는 접위관을 임명해 동래부사와 함께 이들을 상대했다. 성신당에는 일본어역관 30여 명이 상주했고 가장 고위직이 훈도, 그다음이 별차, 소통사이다.

문위행 사행선이 침몰하는 해난사고가 두 번 있었다. 1703년(숙종 29년) 훈도 한천석이 이끄는 사행선이 쓰시마 앞바다에서 침몰하여 112명 사절단 전원이 익사했고 1766년(영조 42년) 당상역관 현태익이 이끄는 사절단이 오륙도 앞바다에서 침몰하여 10명만 구조되고 93명이 익사했다. 쓰시마 한국전망대 옆에 위령비 '조선국 역관사 순난지비'가 세워져 있다.

역관의 밀무역

역관은 통역이 주 업무였지만 대부분 밀무역에 관여했다. 밀무역으로 거대한 부를 축적한 역관집안이 출현했다. 밀무역의 주된 상품은 인삼과 쌀, 일본산 은이다. 역관가문이 등장하니 밀무역 규모도 커졌다. 신유한의 사행일기 『해유록』에 "밤에 역관의 행장을 수색했더니 권홍식의 자루에서 인삼 12근과 은 2,150냥, 황금 24냥, 오만창에게서 인삼 한 근이 나와 두 역관을 결박하고 처단하기로 했다."는 기록이 있다. 이처럼 공식 사절단에도 밀무역이 있었다.

그러나 조선 최고의 부자였지만 평생 검약하게 살면서 나라가 필요할 때 공을 세워 중인신분으로 종2품 가선대부까지 올라간 두 사람의 일본어역관 이야기가 전설처럼 전해온다. 변승업과 김근행이다. 변승업은 부의 흐름에 대해 남다른 식견을 가진 인물로 연암 박지원이 지은 『허생전』의 모델이 됐다. 김근행은 효종의 북벌 준비에 청나라 몰래 일본에서 유황, 화약 등 군수품을 수입하고 초량왜관의 건립 비용을 일부 조달했으며 과욕은 화를 부른다며 평생 절제된 삶을 살아 조선역관의 상징이 된 인물이다.

칠곡군 왜관

왕조실록에 왜관이 450회 나오지만 칠곡왜관에 대한 언급은 없다. 성주읍지인 『경산지』에 조선 초 삼포가 개항되고 일본사신이 낙동강을 거슬러 서울로 갈 때 강 중류인 칠곡 금산리에 일시 유숙하는 왜인 숙소가 있었다는 기록과 인동읍지에 약목 관호리를 왜관진으로 표시한 지도가 있으니 칠곡 낙동강 변에 한때 왜관이 있었음을 알 수 있다. 무역을 주로 하는 삼포왜관과 달리 사신의 임시숙소였고 임란 후 왜인의 내륙출입이 금지되자 없어졌다.

조선 후기 칠곡 부락을 왜관리로 지칭한 적이 없는데 오늘날 왜관읍이 존재하는 이유는 구한말 일본자금으로 부설한 경부선에 역명을 붙일 때 칠곡 기차역을 왜관역이라고 명명했기 때문이다. 당시 조선 양반은 철도의 반촌 통과를 결사반대했고 조선을 침탈한 일본관리는 자신들의 옛 혼적을 나타내려고 억지로 왜관 이름을 붙였다.

약탈과 회유의 왜관사에서 칠곡왜관은 존재조차 희미하고 왜관은 그리 좋은 이름이 아니다. 금오산 자락에는 길재, 이원정 같은 큰 인물이 나오고 현대에는 국무총리가 세 분이나 배출됐다. 삼국유사면, 문무대왕면도 생겼는데 왜관읍 백 년은 어쩐지 생뚱맞다.

조선통신사는 1811년, 문위행은 1854년에 막을 내렸다. 일본이 개항되고 조선이 갈팡질팡하는 사이 정한론이 일어나고 조선은 침탈당했다. 왜관은 역사의 소용돌이 속에 이름만 남기고 사라졌지만 국제 관계에서 힘의 우위가 무엇인지를 시사해 주고 있다.

금가루처럼 빛나는 봉화의 반촌마을

　　조선시대 봉화의 내성, 춘양, 재산은 안동의 속현으로 안동 사족들이 터를 잡고 문호를 열었다. 영남 명문가로 성장했고 혼반 1순위 집안으로 위세가 대단했다. 지금은 그 흔한 고속도로도 통과하지 않는 한촌이지만 봉화를 가로지르는 36번 국도 변에는 한때 찬란했던 반촌 고택들이 금가루처럼 빛나고 태백·소백 산록에는 선비 정자가 숨바꼭질하듯 숨어있다. 전국 600여 개 정자 중 100여 개가 봉화에 있다. 수려한 산세에 역사의 옷을 입힌 곳, 그곳이 봉화이다.

닭실마을

　　닭실은 조선 명종 때 우찬성을 지낸 충재 권벌이 문호를 연 마을이다. 안동 권씨 오백 년 세거지로 금닭이 학의 알을 품고 있는 형세라 유곡(酉谷)인데 우리말로 닭실이다. 이중환은 『택리지』에서 이곳을 경주 양동, 안동 내앞, 하회와 함께 삼남의 4대 길지라 했다.

　　충재는 회재 이언적과 여러모로 비슷하다. 동시대에 같은 조정의 신료였고 충재가 13살 많으나 둘 다 실직(實職, 실제 벼슬)이 종1품 찬성에 올랐고 증직벼슬이 영의정이다. 양재역벽서사건에 연루돼 충재는 평안도 삭주로, 회재는 평안도 강계로 유배돼 모두 배소에서 세상을 떠났다. 연로한 충재는 이듬해 71세로 별세했고 회재는 7년 귀양살이

하면서 수많은 저술을 남겨 대학자로 추앙되고 문묘에 배향됐다.

닭실에는 충재가 세운 청암정과 아들 권동보가 지은 석천정사가 고즈넉하게 남아있는데 조선 사대부의 미학이 무엇인지 말해주는 곳으로 봉화 정자의 시작점이다. 충재를 배향하는 삼계서원이 바로 이웃에 있는데 이곳에서 정조 말엽 제1차 영남만인소 때 통문을 보내 영남유림대회를 열었고 대원군이 안동의 병호시비를 충역(忠逆)으로 엄단하려 할 때 병파와 호파의 화해를 주도했다.

닭실의 위세를 말해주는 이야기는 많다. 명성황후 시해로 일어난 을미의병에 안동 봉기가 가장 치열했다. 이때 안동의진 의병자금을 각 문중으로 할당했는데 닭실은 하회(풍산 류씨), 무실(전주 류씨)과 함께 천 냥을 냈고 닭실의 권세연이 의병장을 맡았다. 충재 손자 권래가 지은 춘양의 한수정은 은둔과 한사(寒士) 정자의 모범으로 보물이 됐고, 5세손 권두경은 퇴계종택 사랑채인 추월한수정을 지었다.

동래 정씨 영의정 정광필은 "충재의 의(義)는 추상과 같아 죽음으로도 뺏을 수 없는 절의가 있다."고 했고 규암 송인수는 충재를 '재상 중에서도 진정한 재상'이라고 했다. 퇴계는 충재 행장을 지었는데 "충재와 내외종 간으로 오랫동안 이끌어 주고 깨우쳐 준 은덕을 입었고 조정에 계실 때 크게 빛나는 절개를 마음속에 기억하고 있어 공의 충의와 풍절(風節)을 후세에 전할 군자가 나타나기를 기다린다."고 칭송했다.

종가 옆에 위치한 충재유물관에는 권벌 종가의 고문서, 유묵, 전적,『충재일기』,『근사록』등 수백 점이 보관돼 있으며 5점이 보물 문화재이다.

바래미마을

일제강점기 시절 독립지사 14인을 배출한 봉화읍 해저리(海底)는 의성 김씨 동성마을이다. 바다 밑이라는 뜻의 바래미는 마을 앞을 흐르는 내성천 하상이 마을보다 높은 데에서 유래했다.

안동 내앞마을과 일족이지만 세계(世系)가 오래전에 갈라졌고 성주의 동강 김우옹과 같은 집안이다. 명종 때 개암 김우굉과 동강 김우옹 형제가 연년으로 대과급제하였다. 벼슬살이를 마치고 개암은 상주로, 동강은 성주로 낙향하고 개암의 현손인 팔오헌 김성구가 숙종 때 강원도 관찰사를 마치고 이곳에 문호를 열었다.

영남 선비의 중앙진출이 어려웠던 조선 후기에 대과 14장, 소과 66장이라는 과거급제 인물을 배출했다. 정조의 영남 인재 발탁 시 이곳 김한동, 김희주는 승정원승지와 대사간을 지내 영남 인물로는 보기 드물게 당상관에 올랐고 다산 정약용이 이들과 나눈 친교를 시로 남겼다.

바래미는 을미년 안동의진 거병비로 학봉의 검제마을, 임청각과 함께 오백 냥을 냈다. 영남혼반 1순위 집안으로 개암종택, 팔오헌종택, 만회고택, 남호구택, 해와고택, 김건영가옥이 문화재로 등록됐다.

바래미 독립운동은 심산 김창숙과 관련이 있다. 심산 부친은 바래미 출신으로 일족인 성주의 동강종가로 입양을 가서 심산이 태어났다. 심산은 뜻을 같이하는 생가 일족들과 함께 독립운동을 했다. 3.1 운동 직후 심산이 주도하여 만든 독립운동 청원서 파리장서는 이곳 만회고택 사랑채에서 만들었다.

마을 입구에 세워진 석판에는 독립유공자로 선정된 바래미 출신 열네 분의 애국지사 이름이 새겨져 있다. 안동의 내앞, 하계, 임청각,

부포, 무섬, 하회 등과 더불어 한 마을에서 10명 이상 애국지사를 배출한 독립운동 성지와 같은 곳이다. 전 재산을 상해임정의 군자금으로 낸 인물이 있고 두 차례 유림단 의거에 모두 적극 참여하여 마을 전체가 일제 감시대상이 됐다. 누군들 배움이 없고 뜻이 없었겠느냐만 나라 잃었던 시절에 내 한 몸 던진 선비의 기개는 갸륵하다. 그렇기에 바래미는 자랑스러운 반촌이다.

오록마을

물야면 오록리 오록마을은 풍산 김씨 동성마을이다. 서애 류성룡이 낙향한 후 가르친 풍산 김씨 팔 형제 중 차남 망와 김영조, 셋째 장암 김창조, 여섯째 학사 김응조 후손이 터를 잡았다. 오록은 오동나무 숲 마을이라는 뜻으로 뒷산 봉황산과 의미가 연결돼 있다. 전설의 새 봉황은 오동나무가 아니면 앉지 않고 대나무 열매가 아니면 먹지를 않는다고 했다.

망와고택의 김영조는 이조참판까지 올랐던 인물로 형 김봉조, 우복 정경세와 함께 병산서원 건립을 주도하여 오늘날 유교건축의 백미인 병산서원과 만대루를 있게 한 당대의 안목이다. 노봉정사 주인인 입향조 노봉 김정은 김응조의 증손으로 영조 때 제주목사를 지냈다. 제주목사 시절 치적을 남겨 조선 오백 년 제주목사 중 최고의 선정관으로 꼽혔다. 수년 전 40여 명의 제주도민들이 자기 고장을 잘 다스려 준 옛 목민관의 유적을 찾아 이 마을을 방문하여 노봉정사에 절을 올렸고, 후손은 현조(顯祖)의 치적이 300년 세월이 흘렀음에도 아직 빛나고 있음에 자랑스러웠다.

내성천 따라 마을 길은 이어졌고 마을 입구에 아름다운 숲, 생명의 숲 전국대회에서 대상을 받은 비보림(神補林)이 있다. 수백 년 된 노송이 120m 이어진 솔밭은 영양 주실마을 문중숲과 함께 반촌 비보림으로 유명하다. 비보림은 풍수상 마을의 허한 지세를 보완하기 위해 조성했다.

아울러 가문의 역사를 그림으로 남긴 풍산 김씨『세전화첩』이 자랑거리이다. 문중 현조 19명의 주요 인생사를 47편의 그림으로 남겼는데 효도 이야기, 선비풍류, 임란전쟁사 등이 담겨있다.

화첩 가운데 〈천조장사전별도(天朝將士餞別圖)〉는 1599년 2월 정유재란에 원병 왔던 명군이 철수할 때 훈련원에서 베푼 연회 모습을 그린 그림으로 명군 장군 형개가 접빈사로 수고한 풍산 김씨 김대현에게 준 선물이다. 그림에는 서양 병사 모습이 보이는데 이는 실록에 나오는 명군의 포르투갈인 용병이다.

마을 돌담은 시작과 끝이 없다. 군위 부계 한밤마을과 함께 돌담이 아름다운 경북 마을로 선정됐고 마을 어귀의 솟대 무리도 이채롭다. 문중 자손이 대과 소과에 급제하여 교지를 받을 때마다 하나씩 세웠는데 한때 111개가 됐다고 한다. 오방간색인 주황색 장대에 새 대신 푸른색 청룡을 올렸다. 청운의 꿈을 이루었다는 뜻일까. 망와고택, 노봉정사, 장암정, 오서고택, 화수정사 등 19개 고택과 정자가 돌담 안에 숨어있는 소백산록의 반촌마을이다.

만산고택과 음지·양지마을

봉화 동쪽 춘양과 법전에는 영남에서 보기 힘든 노·소론 집안 진주 강씨 동성마을이 있다. 병자호란 때 인조가 삼전도에서 삼배구고두례(三拜九叩頭禮, 세 번 절하고 아홉 번 머리를 조아림)의 치욕을 당하자 세상을 등지고 이곳으로 은둔한 태백오현 후손이다.

춘양에는 만산고택, 법전에는 양지·음지마을이 있는데 만산고택과 양지마을은 윤증 학풍을 계승한 소론계 반촌이고 음지마을은 신흠, 김장생 학맥을 이은 노론계 반촌이다. 법전을 버저이라 하여 버저이 강씨라 부르는데 순조 이후 현달했고 중앙의 노·소론 싸움이 이곳까지 영향을 미쳐 한때 법전천에 노론다리, 소론다리를 만들어 따로 다니기도 했다.

춘양에 있는 만산고택은 1878년 만산 강용이 지은 조선 후기 사대부 건물로 국가지정 중요민속문화재이다. 한때 경북 북부 여덟 고을의 최고 부자로 99칸을 춘양목으로 지었는데 80여 칸이 남아있다. 편액이 18개 있는 현판 보고로 만산은 흥선대원군, 칠류헌은 오세창이 썼고 영친왕 글씨도 있고 해강 김규진이 쓴 백석산방 글씨는 신선이 노니는 듯하다.

강운, 강하규, 강진규, 강용 등 누대에 걸쳐 당상관을 배출했고 안동사족과 교유하며 퇴계 집안과 대대로 혼반을 맺었다. 독립지사 향산 이만도는 이 집안의 외손이다. 강진규는 예조참판 시절 위정척사 만인소를 지원하여 퇴계 후손 이만손과 함께 전라도 절도로 유배됐고 강용은 낙향 후 도산서원장을 지냈으며 위당 정인보가 묘갈을 썼다. 주변에 와선정, 태고정 등 아름다운 정자 10여 개가 숨어있다.

음지마을에는 헌종이 세자 시절에 시강원 필선이었던 강두환이 낙향해 지은 기헌고택이 있고 건너편에 태종 후손으로 영남에 뿌리를 내린 송월재 이시선 종택이 있다. 이시선 모친이 닭실마을 충재 권벌의 증손녀이므로 외가 마을에 세거했고 법전 풍정리에 있던 고택을 백 년 전 이곳으로 이건했다. 후손이 사도세자 설원소를 올린 이도현이다. 그리고 단아한 선비 같은 정자 경체정이 이웃에 있는데 경체정에는 추사 김정희가 태백산사고 방문 때 쓴 현판과 세도가 안동 김씨 영의정 김병국이 쓴 현판이 나란히 걸려있다.

양지마을에는 순조 때 유일(遺逸)로 천거돼 돈녕부도정까지 오른 강필효의 종가 해은구택과 법전 강씨 종택이 고색창연하다.

고려 때부터 봉화 금씨와 봉화 정씨의 향리이었고 봉화읍 거촌리 쌍벽당, 도암정과 경암헌고택, 물야의 창녕 성씨 계서당종택, 의양리 권 진사 댁, 명호의 도천고택 등 봉화 땅에는 사족의 역사가 겹겹이 쌓여있는 고택과 정자가 오늘날에도 금가루처럼 빛나고 있다.

동해안 7번 국도 변의 명문 종가들

조선시대 양반들은 바닷가를 갯가라 하여 선호하지 않았다. 갯비린내가 풍기는 바닷가는 바람이 드세 사람 살기에 적합하지 않은 곳이라 했지만 동해안 영해는 달랐다. 해안 고을이지만 학문을 숭상하고 문풍이 넘쳐 안동사족과 혼반을 맺고 뛰어난 인물이 많이 나와 작은 안동이라 불렸다.

지금은 영덕군에 속해있는 소읍이지만 옛날에는 강릉과 경주 사이 가장 큰 고을로 부사가 고을을 다스렸고 예주라 불렸다. 안동에서 반변천을 따라 임하, 진보를 거쳐 창수령을 넘는 영해 길은 골짜기마다 고택과 재실이 연이었고 문향(文鄕)이 송홧가루처럼 날렸다. 세거 역사가 오백 년이 넘는 괴시리, 원구리, 인량리 반촌마을과 무안 박씨 청신재종택, 평해 황씨 해월종택이 오늘날에도 동해안 7번 국도를 빛내고 있다.

영해를 거쳐 간 역사적 인물

영해 문풍은 여말에서 시작됐다. 성리학을 도입한 안향의 수제자 역동 우탁이 영해에서 관리 생활을 시작했고, 불교를 비판한 성리학자 담암 백문보가 외가인 이곳으로 낙향했으며 대학자 목은 이색이 태어났다. 조선 초에는 사림의 종조 점필재 김종직이 영해부사를 지냈다.

기라성 같은 역사적 인물들이 영해로 귀양 왔다. 여말의 권근을 시작으로 광해군 때 안동 김씨 문장가 하담 김시양, 대구 서씨 중흥조 약봉 서성, 숙종 때 국문학의 큰 인물 『서포만필』의 김만중, 『청구영언』의 김춘택, 기호남인 정승 석담 권대운, 실학 4대가 척재 이서구가 귀양살이했고, 명필판서 휴곡 오시복은 영해 배소에서 세상을 떠났다.

동학혁명의 시발도 영해이다. 1871년 3월 최제우 교주의 순교 7주기를 맞이하여 동학교도 600여 명이 영해에 모였다. 최시형과 이필재의 주도로 교조신원과 탐관오리 척결을 내걸며 천제를 지내고 관아로 몰려가 영해부사를 처단했다. 『고종실록』에 '영해부에 도적 무리 수백 명이 밤중에 들이닥쳐 부사를 죽이고 인신(印信)과 병부(兵符)를 빼앗아 갔으니 토벌을 조금도 늦출 수 없다'고 기록돼 있다. 이 사건으로 동학교도 100여 명이 처형당했다. 영해동학혁명은 갑오동학혁명보다 23년 빠르다.

축산 청신재 박의장종택

북상하는 동해안 7번 국도를 타고 올라가면 영덕 축산에서 무안 박씨 청신재 박의장 종택을 만난다. 박의장은 임란의 명장이다. 1592년 4월 가토 기요마사에게 빼앗긴 경주성을, 경상좌병사 박진과 함께 화포 비격진천뢰를 사용하여 5개월 만에 탈환했다. 7년간 경주부윤으로 있으면서 대구, 영천, 경주, 울산 등지에서 수많은 전공을 세워 5품 판관에서 종2품 가선대부까지 올랐다. 임란 후에는 삼도 병사와 수사(수군절도사)를 맡아 나라를 지키다가 임지에서 세상을 떠났다. 명군 장수 양소조가 선조에게 박의장을 칭찬하는 이야기가 실록에 나오고 무의는 시호이다.

종택은 아들 박선이 1644년에 지었다. 영남종가의 견본 같은 모습이다. 대문채에 들어서면 중문 너머 口자형의 본채, 높낮이 있는 건물의 배치, 사랑채의 위엄, 너른 바깥마당과 안마당의 조화, 독립 공간을 가진 불천위사당과 내삼문, 번잡하지 않고 고졸한 품격이 있다. 청신재는 퇴계 제자 김언기에게 학문을 배웠고 아들 박선은 여헌 장현광의 제자로 서애 손녀와 혼인을 맺었으니 그 옛날부터 안동사족과 세교를 다졌다.

영해 괴시리 전통마을

영해면 소재지 동북에 자리 잡은 괴시리는 영양 남씨 400년 세거지로 30여 고택이 즐비하다. 괴시리의 괴(槐)는 학문의 나무, 회화나무를 뜻한다. 부산 괴정동도 마찬가지다. 선비고을에 많이 심었다. 중국의 고도 시안과 산시 평요고성의 가로수는 전부 회화나무이다.

고려 말 대학자 목은 이색이 외가인 이곳에서 태어났다. 마을 생가터에 목은기념관이 세워져 있고 목은은 영해를 소재로 20여 수의 시를 남겼다. '관어대는 영해부에 있고 영해는 나의 외가' 라 하여 관어대소부를 지었다.

점필재 김종직이 성종 때 영해부사로 부임하여 목은 생가에서 목은을 그리며 지은 시이다.

선생의 연원이 앞뒤로 빼어나

나라 인물에게 가르침을 주었는데

이제 선생이 태어난 곳을 부질없이 들르니

시대가 달라 모시지 못한 게 한이로다

이처럼 동해 외진 마을 괴시리에서 우리 역사의 큰 인물 두 사람이 글 속에서 조우했다.

마을 전체가 국가민속문화재로 지정됐고 영양 남씨 괴시리종택, 대남댁, 영은고택, 물소와고택, 임천정, 괴정 등 문화재가 16점 있어 전국 으뜸의 해안 반촌마을이다.

영해 원구리 반촌마을

영해에서 창수령 방향으로 4km 가면 원구리 반촌마을이 나온다. 영양 남씨, 무안 박씨, 대흥 백씨 세 집안의 오백 년 세거지이다. 한때 마을에 서원이 세 개 있을 정도로 문풍이 강했다. 박의장·홍장 형제를 배향하는 구봉서원이 복원됐다. 임란 때 세 집안의 종손이 모두 의병장으로 활약해 선무공신이 됐다. 남의록과 남경훈 부자, 박세순, 백충언과 백사언이 그들이다. 영해에서 의병을 일으켜 영천, 팔공산, 화왕산에서 왜적과 싸웠다.

세 집안의 고풍스러운 고가, 영양 남씨 난고종택, 무안 박씨 경수당종택, 대흥 백씨 상의당이 모두 문화재이다. 대흥 백씨는 이곳으로 낙향한 담암 백문보 후손이다. 담암은 숭불의 폐단을 비판했지만 동시대 고승 나옹화상이 여기서 태어났다. 상의당 추녀는 승무 춤사위 같고 고깔모자 형상이다. 경수당종택은 한때 99칸 대저택으로 박의장의 숙부 박세순이 지었고 현판은 퇴계가 썼다. 경수당(慶壽堂)은 '경사가 많은 집안으로 천수를 누린다'로 풀이한다.

난고종택의 주인은 의병장 난고 남경훈이다. 증손 남노명·구명 형

254

제가 숙종 때 나란히 대과에 급제하여 영남 유림에 이름을 떨쳤다. 남노명은 거창군수를 마치고 낙향하여 난고종택 사랑채 만취헌을 지었다. 만취(晚翠)는 『소학』의 구절로 '늦게까지 푸르다'는 의미이다. 현판은 택리지 이중환의 아버지 성재 이진휴가 썼다. 남구명은 순천부사 시절 치적을 베풀어 순천을 빛낸 역사적 인물로 선정됐고, 후손은 경주 보문에 세거하여 보문 남씨라 불렀다. 진평왕릉 옆 마을이다.

또 광해군의 계축옥사에 연루돼 11년 귀양살이한 대구 서씨 약봉가의 개산조, 약봉 서성이 원구에서 귀양 살았다. 원구는 선비 쉼터인 정자가 5개나 숨어있고 곡강고택 등 고풍스러운 고가가 숨바꼭질 하듯 나타나는 보석 같은 마을이다.

팔성종택마을 인량리

원구에서 북쪽 영해평야를 가로지르면 창수면 인량리가 나온다. 나라골이라 부르고 어진 인물이 많이 나와 인량이다. 영해읍지에 팔성종택 마을, 여덟 성씨 집안의 종가가 있던 마을이라 하니 대단한 길지이다. 광해군 때 이미 향약을 만들었고, 재령 이씨, 안동 권씨를 비롯한 몇몇 집안 종가가 아직 남아있다.

재령 이씨 종택은 임란 전후에 지은 마을 안쪽의 충효당종택이다. 영남 사족은 충효를 유난히 숭상했으므로 당호가 충효당인 영남고택이 8개나 있다. 의령현감을 지낸 이함은 종택에 만권서루(萬卷書樓)를 만들었다. 만 권의 책은 학문의 별, 문창성이 이를 비춘다고 해서 대단하게 여겼고 수십 마지기 문중전답에 닥나무를 심어 한지를 생산했다. 이함의 손자가 영남 산림으로 이조판서에 오른 갈암 이현일이고 이곳 충효당에서 태어났다. 갈암은 청신재 박의장 집안과 가깝게 지냈고 청신재 손녀와 결혼했다. 진보의 갈암종택이 임하댐으로 수몰되자 이곳으로 옮겼다. 이웃 우계종택은 갈암의 백부 이시형 종택이다.

안동 권씨 영해문중은 세조 때 예조판서 권자신이 성삼문과 함께 단종복위를 도모하다가 멸문당하고 13세 어린 조카 권책이 영해로 유배오면서 시작됐다. 권책은 문종의 비 현덕왕후가 당고모이고 단종과 재외종간이다. 이곳 오봉종택의 주인이다. 종택 내 오봉헌과 벽산정이 고색창연하다. 뒷산에 커다란 왕바위와 주변에 엎드린 모습의 작은 바위 여섯이 있는데 사육신의 모습이라고 한다. 이웃 강파헌과 지족당은 대과 급제한 후손이 벼슬살이를 마치고 낙향하여 지은 고택이다.

용암종택은 선산 김씨 용암 김석중이 건립한 천석꾼 종택이고, 삼벽당은 예안의 농암 이현보 아들, 영천 이씨 이중량의 종택이다. 처인당은 영양 남씨 종택이고 만괴헌은 평산 신씨 종택이다. 종가 고을이니 재실도 많다. 가까이 있는 안동 권씨 옥천재사와 무안 박씨 희암재사가 국가민속문화재이다.

평해 황씨 해월종택

울진 월송정과 망양정 사이에 있는 해월종택은 선조 때 길주목사를 지낸 해월 황여일의 종택이다. 임란 때 권율 종사관으로 행주대첩에서 공을 세웠고 1598년 정응태 무고사건 때 이항복, 이정구와 함께 서장관으로 북경에 가서 변무사건을 해결했다. 정사 이항복은 사행기 『조천록』에서 해월을 칭찬했다. 학봉 김성일의 질녀와 혼인했고 대대로 안동사족과 혼반을 맺었다.

종택 별채인 해월헌의 현판은 선조 때 영의정 이산해가 평해로 귀양 와서 썼다. 해월헌기에 '군자의 마음은 광대 고명하여 길이 변치 않는 바다와 달'이라 새겼다. 해월이 동래부사를 마지막으로 귀향하면서 풍진 세상을 떠돌다가 이제야 고향으로 돌아간다고 만귀헌(晩歸軒) 현판을 추가했다. 글씨는 한석봉이 썼다고 전한다.

해월 10세손이 애국지사 국오 황만영이다. 혼반을 맺은 석주 이상룡과 함께 1912년 만주로 망명 가서 서간도 신흥학교에서 독립운동을 했고 상해 임정에서 활약했다. 건국훈장이 추서됐다.

이렇듯 근현대로 넘어오면서 아침이슬처럼 사라진 서울의 경화사족과 달리 수백 년을 굳건히 이어온 영남종택은 조선의 얼굴이다. 문중은 한번 해체되면 다시 일으켜 세우기 어렵고 고전회귀가 큰 흐름이니 미래 세대를 위하여 소중히 지켜야 할 역사의 자산이다.

경주, 그 그리운 것들을 위하여

경주박물관장을 두 번 지낸 소헌 정양모 선생께서 경주를 알고 싶으면 에밀레 종소리를 들어보고 진평왕릉과 장항리 절터에 가 보라고 했다. 에밀레 종소리는 언제 들어봐도 긴 여운이 가슴을 울리지만 하고많은 경주 유적 가운데 왜 진평왕릉과 폐사지 장항사지를 꼽았을까.

경주 진면목을 보려거든

에밀레종은 성덕대왕신종인데 8세기 통일신라의 국력이 총동원돼 만들어진 신라문화의 정수로 7백여 년을 봉덕사에 걸려 있었다. 그러다 봉덕사가 수몰되자 조선 초 봉황대 옆에 종각을 짓고 읍성 남문 종으로 사용했다. 높이 3.66m 무게가 18.9톤이니 전란에도 훔쳐갈 수 없었던 경주 유일의 신라종이다. 청아한 종소리는 서방정토의 게송 같다.

진평왕릉은 명활산성 아래 숲머리 보문들에 있는 평지 능이다. 왕을 보필하는 문인석과 무인석, 악귀를 막아주는 12지신도 없고, 이곳은 제왕이 잠든 신성한 곳이니 함부로 묘역을 더럽히지 말라는 엄숙함도 없다. 그 멋진 왕릉 도래솔이 이곳에는 엉성하기 짝이 없지만 그래도 무엇인가 범접할 수 없는 기품과 고귀함이 있다.

통일 왕업을 딸과 외손자(선덕여왕·무열왕)에게 넘겨주고 백성 속으로 들어가 노니는 듯, 늙어 비뚤어진 왕버들 고목마다 푸근함이 있고 수수함이 주는 힘은 천년을 넉넉하게 했다. 40여 기 신라왕릉 가운데 가장 고즈넉하고 멀리 낭산 위에 잠들어 있는 선덕여왕릉과 황복사지 3층탑이 눈에 들어온다. 가장 신라다운 곳이다.

장항사지는 토함산 동남쪽 산허리의 깊은 산중에 있다. 그 옛날 우리 조상은 무엇을 그리 희구해 이 깜깜한 오지에 절집을 지어 부처를 모셨는지. 계곡 위 좁은 절터에 동서 오층탑이 나란히 서 있는데 서탑은 복원돼 국보가 됐고 동탑은 지붕돌만 덩그러니 포개져 있다.

금당터 부처는 집을 나가 박물관으로 갔고 깨어진 연화대좌만 쓸쓸히 절터를 지키고 있는, 들풀 속에 폐허가 된 장항사지의 처연한 아름다움은 허무적멸 그대로이다. 몸돌의 문비 조각과 정교한 해태상, 금강역사의 위엄이 보여주는 신라 융성기의 자부심, 호국불국토의 간절한 기구(祈求)가 천년 비바람에 허물어졌지만 한때는 이곳이 화려한 미타찰이었음을 말해주고 있다. 적막과 바람 소리가 전설을 들려주지만 그래도 범부의 눈에 장항사지는 들을[聽] 폐사지, 감은사지는 볼[見] 폐사지 같다.

옥룡암 이육사 「청포도」

경주 남산의 북쪽 자락에 있는 옥룡암에서 이육사는 두 번이나 요양생활을 했다. 탑골 마애불상군으로 알려진 옥룡암은 상서장에서 천년숲정원으로 가는 길에 있다. 1920년 16살에 고향 안동 원촌마을을 떠나 대구 남산동으로 이사한 육사는 청년 시절을 대구에서 보내면서 조선은행 대구지점 폭탄 투척사건에 연루돼 대구형무소에 2년을 복역하는 등 그동안 피폐해진 몸을 회복하고자 경주로 내려온다.

1936년 7월 포항의 친지 포도원에 잠시 거주하다가 8월부터 남산 옥룡암에 머무는데 이때 경주 최부자 집안과 경주고교를 설립한 수봉 이규인 선생의 도움을 받는다. 옥룡암에서 육사는 동해 포도원에서 착상한 시 「청포도」의 초고를 다듬고 있었다고 한다. 수개월 동안 옥룡암에 머물면서 전설이 주저리주저리 열린 탑골 부처바위 아래서 청포를 입고 찾아온다는 님을 기다리며 명작 「청포도」를 완성했으리라. 이듬해 서울로 올라간 육사는 《문장》지에 「청포도」를 발표해 수많은 조선 청춘의 가슴에 뜨거운 불을 지폈다.

1942년 7월 신석초와 함께 다시 경주로 내려와 기계면의 지인 집에 머물다가 옥룡암으로 와서 요양을 한다. 이듬해 북경으로 건너가서 국내로 무기 반입을 도모하다가 발각돼 1944년 1월 북경형무소에서 40세 나이로 순국한다. 그가 머문 곳으로 알려진 옥룡암 삼소헌(三笑軒)은 세월의 무게를 견딜 수 없어 곧 무너질 듯 위태하다. 이육사와 「청포도」의 산실이라는 작은 안내문 하나라도 있었으면 좋겠다.

집경전 옛터

태조 이성계가 조선을 건국하자 태종은 부왕의 어진(초상화)을 주요 다섯 고을에 봉안하고 의례를 지내도록 했고 세종은 전각에 이름을 지어 내렸다. 경주 집경전, 전주 경기전, 평양 영숭전, 영흥 춘원전, 개성 목청전이다. 경사가 모인다는 집경전은 경주객사 동경관 북편에 세워졌고 건국 시조를 모신 곳이니 전패가 있는 객사나 향교 대성전보다 격이 높아 경주에서 으뜸이었다.

임진란이 발발하여 왜군이 파죽지세로 쳐들어오자 집경전 참봉이던 안동 선비 정사성은 태조 어진을 양동서원으로 옮겼다가 다시 안동 도산서원 뒤 산골짜기 백동서당으로 이안했다. 이때 안동 선비들이 자발적으로 어진을 지켰다는 기록이 남아있다. 왜군이 안동으로 쳐들어오자 어진을 강릉객사로 옮겼다가 1631년 인조 때 화재로 소실됐고 경주 집경전도 아름다운 석조물만 남겨둔 채 임진병화로 불탔다.

그 후 경주유림에서 수차례 집경전 복원 상소를 올렸지만 이미 감영이 대구로 옮겨갔고 경주부윤이 적극성을 보이지 않아 복원이 이루어지지 못했다. 1798년 정조는 경주유림을 달래기 위해 '집경전구기(集慶殿舊基)'란 글을 내려 집경전 옛터에 비각을 짓고 홍살문을 세웠다. 해서체의 전아한 필치에 어필이라는 두 글자가 있어 정조의 친필임을 알 수 있다. 오늘날 비석만 홀로 남아있다.

경주부윤 홍양호

조선왕조 오백 년 동안 경주부윤을 지낸 이는 339명이다. 그중 가장 많이 고적을 답사하고 곳곳에 족적을 남긴 이는 영조 때 경주부윤을 지냈던 이계 홍양호(1724~1802)다. 훗날 청나라 사행을 두 번이나 다녀왔고 조선의 문예 부흥기 정조시대에 양관(홍문관·예문관) 대제학을 지낸 인물로 학문·문장·서예의 대가이다. 1760년 36세의 한창 나이에 경주부윤으로 내려와 풍부한 지식과 안목을 바탕으로 경주를 사랑했다.

풍산 홍씨인 이 집안은 문장과 서예에 뛰어난 인물이 많이 나왔다. 경상감사를 지낸 모당 홍이상의 손자 홍주원이 영창대군의 누이 정명공주와 혼인하여 일곱 아들을 낳아 그 후손이 영·정조시대에 현달하게 되는데, 첫째 후손이 혜경궁 홍씨와 홍봉한·홍인환, 둘째 후손이 정조 초기 세도가 홍국영, 막내 후손이 홍양호이다. 조선 여류서예가의 최고로 알려진 정명공주가 어머니 인목대비와 함께 서궁에 유폐됐을 때 쓴 '화정(華政)'이란 글씨는 대단한 명작이다.

이계는 등과 8년 만에 경주부윤으로 보임 받아 옥산서원에서 유생의 글짓기 대회를 열고, 임진란 때 왜적과 싸워 목숨을 잃은 경주 선비들의 공적을 찾아내 정려비명을 지어 위로했다. 안강의 이팽수, 양동의 손종로, 강동의 권복흥, 산대의 권사악이 그들이다. 여러 선비 문집에 서문을 쓰고 양북의 노일당, 보문의 남덕정 기문을 지었다. 손곡의 모고암, 내남의 흠흠당, 교동의 사마소 편액은 그의 필적이다.

무엇보다도 그의 뛰어난 공적은 암곡의 무장사 비편 발견이다. 삼국이 통일됐으니 이제 병기와 투구를 땅에 묻는다는 전설이 담긴 절이다. 그동안 탁본으로만 전해오던 무장사 비석을 이계가 인근 농가에 사용하던 맷돌이 비석의 파편임을 알아보고 찾아내 기록으로 남겼다. 왕희지체로 된 이 금석문의 보물은 그 후 추사 김정희가 추가로 비편을 발견했다. 이계는 문무왕릉비, 태종무열왕릉비, 김각간(김유신) 묘비에 대해서도 귀중한 글을 남겼다.

「무녀도」 완화삼 나그네

형산강 상류인 경주 서천이 금장리에서 암벽을 만나 큰 소(沼)를 이루는데 옛날부터 예기소라 불렀다. 강변 성건동에 살고 있던 스물세 살의 문학청년 김동리는 어릴 적부터 들어왔던 예기소 전설을 모티브로 단편소설 「무녀도」를 완성한다.

고도 경주에 들어온 교회, 무당 모화, 기독교인 된 아들 욱이, 벙어리 딸 낭이를 통해 기독교 세계와 전통 샤머니즘이 충돌하는 1930년대 사회적 갈등을 경주를 배경으로 빼어나게 그렸다. 무당 모화의 칼에 아들 욱이는 죽고 모화 또한 부잣집 며느리의 혼을 건지려다 예기소 푸른 물속으로 사라지는, 전통과 근대의 아픔을 미학적으로 묘사한 현대소설의 기념비적인 작품이다. 최근 경주의 새로운 명소 황리단길도 옛적에는 살풀이굿 대나무가 서너 집마다 서있는 무당골목이었고 그 끝에는 큰 교회가 있었다.

1942년 초여름 월정사에서 하산한 스물두 살 조지훈은 고향 영양 주실로 가려던 생각을 바꾸고 박목월을 찾아 경주 모량으로 내려온다. 3년 전《문장》지를 통해 함께 등단한 목월과 지훈은 죽이 맞았고 일주일을 경주에서 함께하면서 배반들 밀밭길 따라 불국사로, 반월성과 포석정을 거닐며 망국의 슬픔을, 형산강 건너 독락당까지 경주 농주에 취해 노래를 불렀다.

지훈은 고향으로 돌아가 눈이 큰 친구의 따뜻한 우정과 고마움에 시「완화삼」을 지어 보낸다. "구름 흘러가는 물길은 칠백 리/ 나그네 긴 소매 꽃잎에 젖어/ 술 익는 강마을의 저녁 노을이여"라 했고, 목월은 "길은 외줄기 남도 삼백 리/ 술 익는 마을마다 타는 저녁놀/ 구름에 달 가듯이 가는 나그네"로 화답했다. 완화삼의 부제는 '목월에게'이고, 목월은 지훈을 "그는 해방될 때까지 내가 사귄 유일한 시우"라 했다. 암울했던 시기에 경주를 인연으로 영원한 우리들의 시 두 편이 그렇게 탄생했다.

역사는 그저 존재할 뿐, 애써 아는 척하는 것이 오히려 방해되고 흠이 되지만 역사는 우리들의 이야기이고, 옛사람들은 먼저 산 우리들이기에 따뜻한 옛이야기를 가슴에 담는다.

고운 최치원의 자취를 찾아서

신라의 대학자 최치원(857~?)은 경주 사량부 출신으로 12세 나이에 청운의 꿈을 품고 당나라로 유학을 갔다. 불철주야 노력하여 6년 만에 과거급제하고 당나라 관리가 되었다. 황소의 난(881년)이 일어나자 토황소격문을 써 문명을 떨쳤고 885년 29세 때 신라로 금의환향했다. 진성여왕에게 시무10조를 올리는 등 자신의 뜻을 펼치려고 했으나 육두품의 한계와 난세임을 한탄하고 자연 속으로 사라졌다. 후세인들은 우리 문장의 비조(鼻祖)라 하여 칭송했고 문묘에 배향된 첫 번째 인물이 되었다.

『계원필경』

그의 대표적인 저술은 『계원필경』이다. 중국에서 귀국한 이듬해, 당나라에서 쓴 작품을 간추려 정강왕에게 바친 문집으로 20권이다. 회남절도사 고변의 종사관 시절에 쓴 글인 만큼 우리나라와 관계없는 시문이 대부분이지만 사륙변려문의 화려한 문체와 수많은 전고(典故), 적절한 대구와 압운으로 동양의 명저로 평가받으며 중국 신당서에도 기록되어 있다. 우리나라에서 가장 오래된 최초의 개인문집이다.

『계원필경』은 어떻게 천년 세월에 멸절되지 않고 오늘날까지 전해 왔을까? 국가저작물은 아니지만 고려·조선왕조는 그 가치를 인정해 나라에서 관리했다. 조선 태종은 충주사고에 보관되어 있는 고려왕조 서적을 춘추관으로 옮기도록 명했는데 그 목록에 『계원필경』이 들어 있었다. 단종 때 승정원에서 『계원필경』 책판 50여 개를 보완하여 다시 새기도록 교서관에게 지시한 기록이 있다. 순조 때 전라감사 서유구는 전주의 호남포정사에서 『계원필경』을 중간했고 고종은 1877년 일본의 초대공사 하나부사 요시타다에게 선물로 책 4권을 주었다는 기록이 있다.

최치원은 서문에서 "모래를 헤쳐 금을 찾는 마음으로 계원(桂苑, 과거급제)을 이루었고, 난리를 만나 융막에 기식하며 붓으로 생계를 유지하였으므로 붓농사 필경(筆耕)을 제목으로 삼았다."고 그 뜻을 밝히고 있다. 또한 『계원필경』은 고려 광종 때부터 실시한 과거시험 과문(科文, 과거 문장)의 전범(典範)이 되기도 했다. 과거는 중국 제도를 본받았고 중국 과거에 급제한 그의 글에는 유려한 문체와 풍부한 전고, 시와 부, 책(策), 표(表), 장(狀), 계(啓)를 수록하고 있어 천년 과거시험에 원용되었다. 최치원의 변려문(4·6대구의 화려한 시문) 솜씨는 타의 추종을 불허했다. 문사(文詞)를 아름답게 다듬고 형식미가 정제된 솜씨는 천하일품이었고 세상을 종횡무진했다. 시와 부 또한 성당시풍과 구별되는 만당풍의 단아한 모습이었다. 그는 글을 사랑하는 우리 선비의 시원이었고 사표였다.

사산비명四山碑銘과 『고운문집』

『계원필경』이 당나라에 있을 때 저술한 대표 작품이라면 사산비명은 귀국 후 쓴 작품 가운데 백미라 할 수 있다. 신라 고승 네 분의 생애와 공덕을 지은 비문으로 한 개는 임진왜란 때 파괴되어 세 개가 남아

있는데 모두 국보이다.

먼저 구산선문 중 희양산문 개산조인 지증대사 적조탑비이다. 문경 봉암사 경내에 있으며 국보 315호이다. 다음은 쌍계사에 있는 진감선사 대공탑비로 글씨도 최치원이 직접 썼고 국보 47호이다. 그리고 구산선문 중 성주산문 개산조인 낭혜화상백월 보광탑비이다. 충남 보령군 성주사터에 있으며 국보 8호이고 글씨는 최치원의 일족인 최언위가 썼다. 마지막으로 경주 외동의 초월산 대승복사비인데 임진왜란 때 파괴돼 현재 파편과 비문만 전한다.

사산비명은 모두 왕명에 의해 찬술되었으며 우리나라 금석문의 신기원을 열었다. 변려문의 전형으로 전고를 적절히 구사하여 화려한 수식과 함께 함축미와 전아함을 갖추고 있다. 불교 학인들의 독본으로 널리 사용되었고 해설서가 십수 종이 되며, 신라 말기 불교, 역사, 문학, 정치, 사상을 연구하는데 귀중한 사료로 평가받고 있다.

『고운문집』은 고려시대 이후 누차 간행되었으나 고간본은 전혀 전해오지 않고 있으며, 지금 남아있는 것은 후손 최국술이 1926년에 간행한 것으로『계원필경』,『동문선』, 불교서적 등에 산재되어 있는 시를 한데 모았다.

역사적으로 문집에 대한 기록은 많다. 시부와 서책 등 4종 8권을 진성여왕에게 올렸다는 기록이 있으며,『삼국사기』「열전 최치원 편」에『고운문집』30권이 전한다는 문장이 있다. 또 조선 성종 때 만든『동문선』에 최치원 시문이 무려 195편이나 수록되어 있으며, 광해군 때 해안스님이 고운문집에서 비문 네 편을 뽑아 주석을 붙이고 책으로 엮었다는 기록으로 보아 문집은 예부터 널리 존재했다. 지금쯤 고간본이 나올 법도 하건만 아직 소식이 없다. 사찰과 서원의 장경고,

문중 소장고, 일본과 중국의 고서점 등 어디서든지 나와 진품명품의 골든벨을 울렸으면 좋겠다.

역사 속의 최치원

최치원은 고려 개국에 우호적이었다. 해인사에서 태조 왕건에게 보낸 서한에 '경주 계림은 누런 잎이요 개성 송악은 푸른 소나무다' 하여 신라가 망하고 고려가 등장할 것을 예견했고 후손들은 고려 관리가 되었다.

그가 진성여왕에게 올린 시무 10조는 빛을 보지 못했지만 후손 최승로가 이를 계승하여 고려 성종에게 올린 시무 28조는 정국을 안정시키고 유교정치 실현에 기여했다. 이후 나라가 어려울 적마다 수많은 선비들은 시무소(時務疏)를 올렸고 시무소의 기원은 고운의 시무 10조였다.

1020년 고려 현종은 최치원을 문묘에 배향토록 하였고 문창후로 봉했다. 문묘는 신라 성덕왕 때 처음 건립되어 공자와 그의 제자 공문십철을 모셔오다가 우리나라 인물로는 최치원을 처음 배향했고 설총과 안향이 뒤따랐다.

김부식은 『삼국사기』를 지을 때 「최치원전」을 특별히 저술했고 정지상은 설총과 최치원을 이백과 두보로 비견해 칭송했다. 이규보는 『동국이상국집』에서 당사(唐史) 열전에 최치원의 전기가 들어 있지 않은 것은 중국인들이 그의 글재주를 시기한 때문이라고 말하고 있다.

최치원 숭모는 조선시대에도 계속 이어졌다. 서거정은 우리나라 시문은 최치원을 개산비조로 하여 내려오고 있으며 그는 우리나라 문예의 근원이라 했다. 성현은 우리나라 문장은 최치원에서 시작되었다고 했으며 주세붕은 최문창후는 백세의 스승이라 칭했다.

우리나라 문예가 중국과 비견될 수 있는 위상을 거론할 때마다 최치원을 내세웠고, 유가와 도가에서도 숭모의 열기를 이어갔다. 스님들은 그가 찬술한 사산비명을 익혔고 도사들은 우리나라 도교의 종조로 그를 받들었다. 그는 우리나라 유불선(儒佛仙)의 불세출 인물이었다.

최치원 유적

『삼국사기』에 따르면 최치원은 가족과 함께 해인사에서 일생을 마쳤고 『세종실록지리지』 등에 그의 자취에 대한 기록이 있다. 서원과 사우, 석각 및 유적인데 80여 곳에 이른다. 서원 사우가 23곳, 석각이 40여 곳, 유적이 15여 곳이다. 지역별로 살펴보면 경남 28곳, 경북 22곳, 전북 11곳, 충남 11곳, 경기, 광주, 부산, 대구에 1~2곳이다.

최치원의 아호는 고운과 해운이다. 고운사와 해운대는 그의 호를 직접 따 이름 붙였고 그가 지방관으로 있었던 태산군은 전북 정읍이고 천령군은 경남 함양이다. 그 유적이 정읍의 무성서원과 함양의 상림이다. 석각은 부산 해운대와 창원 월영대, 청룡대를 비롯하여 산청 고운동계곡, 하동 쌍계사계곡, 합천 홍류동계곡, 문경 선유동계곡 등지에 있다.

최치원을 배향하고 있는 서원은 정읍 무성서원, 경주 서악서원, 진주 남악서원 등이다. 무성서원은 태산태수 시절 치적을 기리기 위해 고려 때 사우로 건립되어 존속하다가 조선 숙종 때 사액을 받았고 최근 유네스코 문화유산으로 등재되었다. 무성은 정읍의 옛 이름이다. 서악서원은 경주 무열왕릉 바로 옆에 있으며 대원군 서원철폐에도 살아남았다.

사우(祠宇)는 전국적으로 퍼져 있다. 대구에는 도동의 문창후영당, 대곡동의 대곡영당이 있고 경북에는 청도 각남의 학남서원, 안동 용강서원, 영덕 모운사, 울진 아산영당 등이 있다. 경주 최씨 시조인 그를 모시기 위해 문중세가 넓게 퍼지면서 많은 곳에 사우가 세워졌다.

최치원 영정은 19곳에 봉안되어 있는데 문인풍과 신선풍 영정으로 대별된다. 관모과 관복을 입고 의자에 앉은 단아한 모습, 심의(深衣, 높은 선비 웃옷)에 복건을 쓴 유학자 모습, 심산계곡에 앉아 있는 신선 모습이 있다. 문인풍 영정은 대체로 전라도 일대에 있고 영남에는 신선풍 영정이 많다.

최치원 기념관

기념관은 우리나라와 중국에 모두 세워졌다. 함양군은 그가 태수 시절 조성했다는 상림에 역사공원을 만들고 고운기념관을 세워 그를 기리고 있고 의성군은 최치원의 전설이 담긴 아름다운 사찰 누각, 가운루와 우화루가 있는 고운사 입구에 최치원문학관을 만들어 그의 일생을 영상으로 꾸몄다.

중국 장쑤성 양저우시는 부산 해운대구청과 공동으로 2007년 한중문화교류사업을 진행하면서 4년간 벼슬살이했던 양저우 수서호 남문 밖 당성(唐城) 유허지에 최치원기념관을 세웠다. 그의 일생을 입당구학, 야간고학, 회남종직, 숙정, 금의환향, 문창후의 6단계로 나뉘어 조각으로 뜻을 새겼다.

아울러 진성여왕에게 시무 10조를 올린 경주 상서장과 꿈을 키웠던 양저우 기념관에는 모두 그의 시 「범해(泛海)」가 유려하게 새겨져 있다. 「범해」는 2013년 한중정상회담에서 인용되었다.

돛을 달고 푸른 바다에 배 띄우니
바람 불어 만 리 길 나아가네

해와 달은 허공 밖에 있고
하늘과 땅은 태극 가운데 있네
봉래산이 지척이라 가까이 보이니
나 또한 신선을 찾아가리라

조선의 얼굴

초판인쇄 ㅣ 2024년 4월 19일
초판발행 ㅣ 2024년 4월 23일

지은이 ㅣ 이도국
펴낸이 ㅣ 신중현
펴낸곳 ㅣ 도서출판 학이사

　　　출판등록 : 제25100-2005-28호
　　　주소 : 대구광역시 달서구 문화회관11안길 22-1(장동)
　　　전화 : (053) 554~3431,3432
　　　팩스 : (053) 554~3433
　　　홈페이지 : http://www.학이사.kr
　　　전자우편 : hes3431@naver.com

ISBN _ 979-11-5854-501-7 03810